茅盾文学奖
获奖作家短经典

Short Classic

青春和病

毕飞宇 ——

著

人民文学出版社

图书在版编目(CIP)数据

青春和病/毕飞宇著. —北京:人民文学出版社,2020
(茅盾文学奖获奖作家短经典)
ISBN 978-7-02-012963-8

Ⅰ.①青… Ⅱ.①毕… Ⅲ.①中篇小说—小说集—中国—当代 ②短篇小说—小说集—中国—当代 ③散文集—中国—当代 Ⅳ.①I217.2

中国版本图书馆CIP数据核字(2019)第125999号

选题策划	付如初
责任编辑	付如初
装帧设计	刘 远
责任印制	任 祎

出版发行	人民文学出版社
社　　址	北京市朝内大街166号
邮政编码	100705
网　　址	http://www.rw-cn.com
印　　刷	三河市中晟雅豪印务有限公司
经　　销	全国新华书店等
字　　数	180千字
开　　本	787毫米×1092毫米　1/32
印　　张	9.25　插页3
版　　次	2013年1月北京第1版
印　　次	2020年3月第1次印刷
书　　号	978-7-02-012963-8
定　　价	38.00元

如有印装质量问题,请与本社图书销售中心调换。电话:010-65233595

出 版 说 明

茅盾文学奖自1981年设立迄今,已近四十年。这一中国当代文学的最高奖项一直备受关注,获奖作品所涉作家近五十位,影响甚巨。其中获奖作品人民文学出版社所占的比例接近百分之四十,几乎所有的获奖作家都与人民文学出版社有过合作。这些作家大多在文坛耕耘多年,除了长篇小说之外,在中篇小说、短篇小说和散文等"短"体裁领域的创作也是成就斐然。

2013年,我们以全面反映茅盾文学奖获奖作家的综合创作实力为宗旨,以艺术的眼光,遴选部分获奖作家的中篇小说、短篇小说和散文的经典作品,编成集子,荟萃成了"茅盾文学奖获奖作家短经典"丛书,得到了专家和读者的一致好评。

此次再版,我们在原丛书的基础上,增添了第九届和第十届茅盾文学奖获奖作家的"短经典",一些作家的作品篇目也有所增删,旨在不断丰富丛书内容,让读者更加全面细致地了解这些作家的创作。相信该系列图书能够与我社的

"茅盾文学奖获奖作品全集"系列一起,为您完整呈现一代又一代茅盾文学奖获奖作家的创作实绩、艺术品位和思想内涵。

人民文学出版社编辑部
2020年1月

目　录

- 001　青衣
- 068　雨天的棉花糖
- 129　哺乳期的女人
- 139　是谁在深夜说话
- 147　地球上的王家庄
- 157　祖宗
- 170　相爱的日子
- 189　怀念妹妹小青
- 202　生活在天上

- 219　人类的动物园
- 233　那个男孩是我
- 244　永别了,弹弓
- 247　我所接受的语文教育
- 251　写满字的空间是美丽的
- 253　听老太太聊天

256 我描写过的女人们
262 2008读《德伯家的苔丝》
268 青春和病
275 记忆是不可靠的
280 作家身份、普世价值与喇叭裤

283 《推拿》的一点题外话

青 衣

一

乔炳璋参加这次宴会完全是一笔糊涂账。宴会都进行到一半了,他才知道对面坐着的是烟厂的老板。乔炳璋是一个傲慢的人,而烟厂的老板更傲慢,所以他们的眼睛几乎没有好好对视过。后来有人问"乔团长",这些年还上不上台了?炳璋摇了摇头,大伙儿才知道"乔团长"原来就是剧团里著名的老生乔炳璋,八十年代初期红过好一阵子的,半导体里头一天到晚都是他的唱腔。大伙儿就向他敬酒,开玩笑说,现在的演员脸蛋比名字出名,名字比嗓子出名,乔团长没赶上。乔团长很好听地笑了笑。这时候对面的胖大个子冲着乔炳璋说话了,说:"你们剧团有个叫筱燕秋的吧?"又高又胖的烟厂老板担心乔炳璋不知道筱燕秋,补充说:"1979年在《奔月》中演过嫦娥的。"乔炳璋放下酒杯,闭上眼睛,缓慢地抬起眼皮,说:"有的。"老板不傲慢了,他把乔炳璋身边的客人哄到自己的座位上去,坐到乔炳璋的身边,右手搭到乔炳璋的肩膀上,说:"都快二十年了,怎么没她的动静?"乔炳璋一脸的矜持,解释说:"这些年戏剧不景气,筱燕秋女士主要从事教学工作。"烟厂老板一听这话直着腰杆子反问说:"什么景气?你说说什么景气?关键是钱。"老板向乔炳璋送出他的大下巴,莫名其妙地颁布了他的命令,说:"让她唱。"乔炳璋的脸上带上了狐疑的颜色,试探性地说:"听老板的意思,老板想为我们搭台啰?"老板的脸上重又傲慢了,他一傲慢脸上就挂上了伟人的神情。老板说:"让她唱。"乔炳璋对小姐招招手,让她给自己换上白酒。炳璋捏着酒杯站起身,说:"老板可是开玩笑?"老板不仅傲慢,还严肃,一严肃就像做报告。老板说:"我们厂没别的,钱还有几个。——你可不要以为我们光会赚钱,光会危害人民的身体健康,我们也要建设精神文明。干了。"老板没有起立,乔炳璋却弓着腰站起来了。他用酒杯的沿口往老板酒杯的腰部撞了一下,仰起了脖子。酒到杯干。乔炳璋激动了。人一激动就顾不上自己的低三下四。乔炳璋连声说:"今天撞上菩萨了,撞上菩萨了。"

《奔月》是剧团身上的一块疤。其实《奔月》的剧本早在1958年就写成了,是上级领导作为一项政治任务交代给剧团的。他们打算在一年之后把《奔月》送到北京,献给共和国十周岁的生日。可是,公演之前一位将军看了内部演出,显得很不高兴。他说:"江山如此多娇,我们的女青年为什么要往月球上跑?"这句话把剧团领导的眼睛都说绿了,浑身竖起了鸡皮疙瘩。《奔月》当即下马。

严格地说,后来的《奔月》是被筱燕秋唱红的,当然,《奔月》反过来又照亮了筱燕秋。戏运带动人运,人运带动戏运,戏台本来就是这么回事。不过这已经是1979年的事了。1979年的筱燕秋年方十九,正是剧团上下一致看好的新秀。十九岁的燕秋天生就是一个古典的怨妇,她的运眼、行腔、吐字、归音和甩动的水袖弥漫着一股先天的悲剧性,对着上下五千年怨天尤人,除了青山隐隐,就是此恨悠悠。说起来十五岁那年筱燕秋还在《红灯记》中客串过一次李铁梅,她高举着红灯站在李奶奶的身边,没有一点铮铮铁骨,没有一点"打不尽豺狼决不下战场"的霹雳杀气,反倒秋风秋雨愁煞人了。气得团长冲着导演大骂,谁把这个狐狸精弄来了?!

但到了1979年,《奔月》第二次上马了。试妆的时候筱燕秋的第一声导板就赢来了全场肃静。重新回到剧团的老团长远远地打量着筱燕秋,嘟哝说:"这孩子,黄连投进了苦胆胎,命中就有两根青衣的水袖。"

老团长是坐过科班的旧艺人,他的话一言九鼎。十九岁的筱燕秋立马变成了A档嫦娥。B档不是别人,正是当红青衣李雪芬。李雪芬在几年前的《杜鹃山》中成功地扮演过女英雄柯湘,称得上红极一时。但是,在A档和B档这个问题上,李雪芬表现出了一位成功演员的得体与大度。李雪芬在大会上说:"为了剧团的明天,我愿意做好传帮带,我愿意把我的舞台经验无私地传授给筱燕秋同志,做一个合格的接力棒。"筱燕秋眼泪汪汪地和同志们一起鼓了掌。《奔月》被筱燕秋唱红了。剧组在各地巡回演出,《奔月》成了全省戏剧舞台上最轰动的话题。所到之处,老戏迷抚今追昔,青年人则大谈古代的服装。全省的文艺舞台"和其他各条战线一样",迎来了他们的"第二个春天"。《奔月》唱红了,和《奔月》一样蹿红的当然是当代嫦娥筱燕秋。军区著名的将军书法家一看完《奔月》就豪情迸发，他用苍松翠柏般的遒劲魏体改换了叶剑英元帅的伟大诗篇："攻城不怕坚，攻戏莫畏难，梨园有险阻，苦战能过关。"下面是一行行书落款："与燕秋小同志共勉"。将军书法家把筱燕秋叫到了家中，他在抚今追昔之后亲自将一条横幅送到了筱燕秋的手上。

谁能料得到"燕秋小同志"会自毁前程呢？事后有老艺人说，《奔月》这出戏其实不该上。一个人有一个人的命，一出戏有一出戏的命。《奔月》阴气过重，即使上，也得配一个铜锤花脸压一压，这样才守得住。后羿怎么说也应当是花脸戏，须生怎么行？就是到兄弟剧团去借也得借一个。否则剧组怎么会出那么大的乱子？否则筱燕秋怎么会做那样的事？

《奔月》剧组到坦克师慰问演出是一个冰天雪地的日子。这一天李雪芬要求登台。事实上，李雪芬的要求不过分。她毕竟是嫦娥的 B 档。相反，过分的倒是筱燕秋。《奔月》公演以来，筱燕秋就一直霸着毡毯，一场都没有让过。嫦娥的唱腔那么多，戏那么重，筱燕秋总是说自己"年轻"，"没问题"，"青衣又不是刀马旦"，"吃得消的"。其实大伙儿早就看出来了，闷不吭声的筱燕秋心气实在是太旺了，有吃独食的意思。这孩子的名利心开始膨胀了，想着法子横在李雪芬的面前。可是谁也没法说，领导一找她，她漂亮的小脸就成了猪肝。筱燕秋没心没肺，就有猪肝，她是做得出来的。领导们只能反过来给李雪芬做工作，让她"多指点指点年轻人"，"多扶持扶持年轻人"。可是李雪芬这一次的理由很充分，李雪芬说，她演《杜鹃山》的时候就经常下部队，今天上午还有很多战士冲着她喊"柯湘"呢,她在部队有观众基础,她不上台,"战士们不答应"。

李雪芬在这个晚上征服了坦克师的所有官兵,他们从嫦娥的身上看到了当年柯湘的影子,当年的柯湘头戴八角帽,一双草鞋,一把手枪,威风凛凛的。而今夜的柯湘却穿起了古装。李雪芬嗓音高亢,音质脆亮,激情奔放,这种高亢与奔放经过十多年的巩固与发展,业已构成了李雪芬独特的表演风格,即李派唱腔。基于此,李雪芬在舞台上曾经成功地塑造过一连串的巾帼豪杰,透过李雪芬的一招一式,观众们可以看到女战士慷慨赴死,女民兵英姿飒爽,女知青豪情冲天,女支书不让须眉。李雪芬在这个晚上重点展示了她的高亢嗓音,战士们有组织地给她鼓掌,掌声整齐而又有力,使人想起接受检阅的正步方阵。没有人注意到筱燕秋。其实戏演到一半,筱燕秋已经披着军大衣来到舞台了,一个人站立在大幕的内侧,冷冷地注视着舞台上的李雪芬。谁都没有注意到筱燕秋,谁都没有发现筱燕秋的脸色有多难看。厄运在这个时候其实已经降临了,它笼罩着筱燕秋,同时也笼罩着李雪芬。《奔月》演完了。五次谢幕之后,李雪芬来到了后台,脸上洋溢着一股难以掩饰的飞扬神采。李雪芬就是在这个时候和筱燕秋在后台相遇了,面对面。一个热气腾腾,一个寒风嗖嗖。李雪芬一看见筱燕秋的脸色便主动迎了上去,左手拉着筱燕秋的右手,右手拉着筱燕秋的左手,说:"燕秋,都看了?"筱燕秋说:"看了。"李雪芬说:"还行吧?"筱燕秋却不开口。说话的工夫许多人已经走上来了,围在了她们的四周。李雪芬掀掉肩膀上的军大衣,说:"燕秋,我正想和你商量呢,你看看这样,这样,这句唱腔我们这样处理是不是更深刻一些,哎,这样。"李雪芬这么说着,手指已经翘成了兰花状,一挑眉毛,兀自唱了起来。艺人们都是知道的,同行是冤家,即使是师傅传艺,"宁教一声腔,不教一个字,宁教一个字,不教一口气"。可是李雪芬不。她把李派唱腔的一字一气毫无保留地演示给了筱燕秋。筱燕秋不声不响,只是望着李雪芬。人们站立在李雪芬和筱燕秋的四周,默默地看着剧团里的两代青衣,一个德艺双馨,一个谦虚好学,许多人都看到了这个令人感慨的一幕,这个令人心宽的一幕。但是筱燕秋的眼神很快就出了问题,是那种极为不屑的样子。所有的人都看得出,燕秋这孩子的心气实在是太旺了,心里头不谦虚就算了,连目光都不谦虚了。李雪芬却浑然不觉,演示完了,李雪芬对着筱燕秋探讨性地说:"你看,这样,这才是旧社会的劳动妇女,我们这样处理,是不是好多了?"筱燕秋一直瞅着李雪芬,脸上的表情有些说不上来路。"挺好,"筱燕秋打断了李雪芬,笑着说,"只不过你今天忘了两样行头。"李雪芬一听这话就把双手捂在了身上,又捂到头上去,慌忙说:"我忘了什么了?"筱燕秋停了好大一会儿,说:"一双草鞋,一把手枪。"大伙儿愣了一下,但随即就和李雪芬一起明白过来了。燕秋这孩子真是过分了,眼里不谦虚就不谦虚吧,怎么说嘴上也不该不谦虚的!筱燕秋微笑着望着李雪芬,看着热气腾腾的李雪芬一点一点地凉下去。李雪芬突然大声说:"你呢?你演的嫦娥算什么?丧门星,狐狸精,整个一花痴!关在月亮里头卖不出去的货!"李雪芬的脚尖一跷一跷的,再一次热气腾腾了。这一回一点一点凉下去的却是筱燕秋。筱燕秋似乎被什么东西击中了,鼻孔里吹的是北风,眼睛里飘的却是雪花。这时候一位剧务端过来一杯开水,打算给李雪芬焐焐手。筱燕秋顺手接过剧务手上的搪瓷杯,呼的一下浇在了李雪芬的脸上。

后台立即变成了捅开的马蜂窝。筱燕秋愣在原处,看着无序的身影在自己的面前急速穿梭,耳朵里充斥着慌乱的脚步声。脚步声轰隆轰隆的,从后台移向了过道,从过道移向了远处,最后变成了远处汽车的马达声。眨眼的工夫后台就空荡荡的了,而过道更空荡,像通往月亮的路。筱燕秋站立在原处,愣了好大一会儿,沿着寂静的过道拐进了化妆间。筱燕秋站在镜子面前,吃惊地盯着镜子里的自己。直到这个时候筱燕秋才弄明白自己到底干了什么。她失神地望着自己的双手,一屁股坐在了化妆间的凳子上。

保温杯里的水到底有多烫,这个问题已经没有任何意义了。事情的"性质"永远决定着事态的严峻程度。一心扶持筱燕秋的老团长气得晃起了脑袋,他把中指与食指并在一处,对着筱燕秋的鼻尖晃了十来下。老团长说:"你,你,你,你你你你你呀——啊!"老团长急得都不会说话了,就会背戏文,"丧尽天良本不该,名利熏心你毁就毁在妒良才!"

"不是这样的。"筱燕秋说。

"又是哪样?"

"不是这样的。"筱燕秋泪汪汪地说。

老团长一拍桌子,说:"又是哪样?"

筱燕秋说:"真的不是这样的。"

筱燕秋离开了舞台。嫦娥的A角调到戏校任教去了,而

B角则躺在医院不出来。《奔月》第二次熄火。"初放蕊即遭霜雪摧,二度梅却被冰雹擂。"《奔月》没那个命。

二

谁能想到《奔月》会遇上菩萨呢。

启动资金终于到账了。这些日子炳璋一直心事重重。他在等。没有烟厂的启动资金,《奔月》只能是水中月。其实炳璋只等了十一天,可是炳璋就好像熬过了一个漫长的岁月。等钱的日子里炳璋发现,钱不只是数量,还是时光的长度。这年头钱这东西越来越古怪了。

但是,炳璋没有料到反对筱燕秋重新登台的力量如此巨大,预备会在筱燕秋能不能登台这个问题上僵持住了。炳璋把玩着手上的圆珠笔,一直在听。后来他把手上的圆珠笔丢到会议桌的桌面上,上身靠在了椅背。炳璋笑了笑,说:"你们还是让步吧,人家可是点了筱燕秋的名的。这年头给钱让步,不丢脸。"会议室里一片沉默。人们不说话。不说话虽说还是反对,但通融的余地肯定就大了。幸亏李雪芬离开剧团开饭店去了,要不然,李派唱腔的高亢嗓音炳璋现在可是招架不住的。大伙儿继续沉默,不说是,也不说否。但无声有时就是默许。炳璋顺势利导,很含糊地说:"我看就这样了吧。"

然而,谁担纲B档,问题又来了。对一个演员来说,给当红演员做B档,本来就是一个寒碜人的角色,更何况又是筱燕秋的B档呢。还是老高出了一个好主意,B档让筱燕秋自己在学生里头挑。筱燕秋忌妒心再重,再名欲熏心、利欲熏心,总不能和自己的弟子争风。大家都说好。可是老高接下来的一句话让炳璋心里不踏实了。老高说:"我看你们都白说,二十年过去了,筱燕秋也四十岁的人了,她的嗓子还能不能扛得住?我看悬。"这句话让炳璋觉得自己真的疏忽了,怎么就没有想到这个?毕竟是二十年哪。二十年,什么样的好钢不给你锈成渣?炳璋偷偷地叹了一口气。会议开来开去,在筱燕秋一个人的身上就纠缠了将近两个小时。这哪里是筹备?简直是回顾历史。没钱的时候想钱,钱来了却不知道怎么花。钱这东西不只是时光的长度,还有历史的脸色。钱这东西现在实在是太古怪了。

炳璋想听筱燕秋溜溜嗓子,这是必须的。要不然,烟厂的钱再多,还不如拿来卷鞭炮去放响呢。筱燕秋依照约定的时间来到会议室,刚一落座,炳璋发现自己又冒失了。很空的会议室里头只有他们两个,炳璋坐在这头,筱燕秋坐在那头,中间隔了一张长长的椭圆桌,有些公事公办的意味。筱燕秋胖了,人却冷得很,像一台空调,凉飕飕地只会放冷气。炳璋打算先和筱燕秋谈一谈《奔月》的,可《奔月》是筱燕秋永远的痛,炳璋越发不知道从哪儿开口了。

炳璋有几分惧怕筱燕秋。要是细说起来,炳璋比筱燕秋还大出一个辈分,不过筱燕秋的脾气戏校里头可是有名的。这个女人平时软绵绵的,一举一动都有些逆来顺受的意思,有点像水。但是,你要是一不小心冒犯了她,眨眼的工夫她就有可能结成了冰,寒光闪闪的,用一种愚蠢而又突发性的行为冲着你玉碎。所以戏校食堂里的师傅们都说:"吃油要吃色拉油,说话别找筱燕秋。"炳璋不知道怎么和筱燕秋挑开话题,就开始和筱燕秋绕。一会儿聊她的生活,一会儿聊她的教学、学生,还扯到了天气。有些前言不搭后语。东扯西拽了几分钟,筱燕秋闷头闷脑地说:"你到底想和我说什么?"炳璋被堵住了,心里头一急,脱口说:"你亮个相吧。"筱燕秋望着炳璋,把两只胳膊放到桌面上来,抱成了一个半圆,却又看不出任何风吹草动。筱燕秋毫无表情地望着炳璋,突然说:"想听什么?是西皮《飞天》还是二黄《广寒宫》?"《飞天》和《广寒宫》是《奔月》里著名的唱腔选段,筱燕秋因为《奔月》倒了二十年的霉,这刻儿主动把话题扯到《奔月》上去,无疑就有了一种挑衅的意思,有了一种子弹上膛的意思。炳璋本能地直了直上身,等着筱燕秋的唇枪舌剑。不过炳璋手里有牌,倒也没有过分担心。炳璋说:"那就来一段二黄。"筱燕秋站起身,离开座椅,拽了拽上衣的前下摆,又拽了拽上衣的后下摆,把目光放到窗户的外面去,凝神片刻,开始云手、运眼,咿咿呀呀地居然进了戏。她的嗓音还是那样地根深叶茂。炳璋还没有来得及诧异,一阵惊喜已经袭上了心头。一个贪婪而又充满悔恨的嫦娥已经站立在他的面前了。炳璋闭上眼睛,把右手插进裤子的口袋,翘起了四只手指头,慢慢地敲了起来,一个板,三个眼,再一个板,再三个眼。

筱燕秋一口气唱了十五分钟。炳璋睁开眼,眯起来,仔细详尽地打量起面前的这个女人。这段二黄慢板转原板转流水转高腔有极为复杂的表现难度,音域又那么宽,一个离开戏台二十年的演员能把它一口气完成下来,答案只有一个,她一直没有丢。炳璋歪在椅子里头,没有动。但是,他在暗中唏嘘感叹了一回。二十年,二十年哪。炳璋有些百感交集,对筱燕秋说:"你怎么一直坚持下来了?"

"坚持什么?"筱燕秋说,"我还能坚持什么。"

炳璋说:"二十年,不容易。"

"我没有坚持,"筱燕秋听懂炳璋的话了,仰起脸说,"我就是嫦娥。"

筱燕秋从炳璋的办公室里出来,人却恍惚了。这是十月里的一个日子,一个有风有阳光的日子,像春天。风和阳光都有些明媚,都有些荡漾,但是恍惚,像梦寐,萦绕在筱燕秋的周遭。筱燕秋踩着自己的身影,就这么在马路上游走。后来筱燕秋停下了脚步,迷迷糊糊朝四下打量。筱燕秋低下头,失神地看着自己的身影。现在正是午后,筱燕秋的影子很短,胖胖的,像一个侏儒。筱燕秋注视着自己的身影,夸张变形的身影臃肿得不成样子。仿佛泼在地上的一摊水。筱燕秋往前走了几大步,地上的身影像一个巨大的蛤蟆那样也往前爬了几大步。筱燕秋突然凝神了,确信了这样一个事实:地上的身影才是自己,而自己的身体只是影子的附带物。人就是这样,都是在某一个孤独的刹那突然发现并认清了自己的。筱燕秋的眼神再一次茫然了,伤心与绝望成了十月的风,从一个不确切的地方吹来,又飘到一个不确切的地方去了。

筱燕秋突然决定减肥,立即就减。

在命运出现转机的时候,女人们习惯以减肥开启她们的崭新人生。筱燕秋叫了一辆红夏利,直奔人民医院而去。人民医院是筱燕秋的伤心之地。这么多年了,即使在肾脏闹得最厉害的日子,筱燕秋也没有到这家医院就诊过一次。她的命运其实就是在人民医院彻底改变的,或者说,她的内心就是在人民医院彻底被击垮的。李雪芬住院的第二天,筱燕秋就被老团长逼到人民医院来了。李雪芬躺在医院里发过话了,只有筱燕秋自我批评的"态度"让她满意,她才可以考虑"是不是放她一马"。老团长一心想保筱燕秋,这一点全团上下都是知道的。老团长亲手给筱燕秋写了一份检查,让她到医院里念。事态是明摆着的,筱燕秋必须在李雪芬的面前走好这个场,剩下来的话才能往下说。筱燕秋看完检查书,合起来,急了。她一急就更加愚蠢。筱燕秋拼命地辩解说:"我没有嫉妒她,我不是故意想毁了她。"老团长盯着筱燕秋,到了这样的光景这孩子的心气还这么旺,老团长的眼睛都气红了。就想抽她一耳光,怔了好半天又下不了手。老团长甩开了胳膊,大声说:"大牢我待过七年,我可不想到那地方去看你!"筱燕秋望着老团长的身影,她从老团长的背影里头看清了自己潜在的厄运。

　　筱燕秋还是到人民医院去了。李雪芬躺在床上,脸上蒙着一块很大的白纱布。团里的领导都在,《奔月》的主创也在,高高矮矮站了一屋子。筱燕秋把两手叉在小肚子前面,走到李雪芬的床前,耷拉着两只眼皮。她看着自己的脚尖,开始骂。她把自己的祖宗八代里里外外都骂了一遍,骂成了一摊屎。骂完了,病房里静悄悄的,没有一个人说话,只有李雪芬在纱布的后面干咳了一声。气氛顿时压抑了。没有人好说什么。李雪芬到现在都没有把筱燕秋告到公安局去,已经算对得起她了。筱燕秋承受不了这样的压抑,泪汪汪地四处找人。老团长站在门框的旁边,对她瞪起了眼睛。筱燕秋没有退路了,她慢腾腾地从口袋里掏出检查书,一层一层地打开来,开始念。筱燕秋像油印打字机那样,一个字一个字地往外蹦。念完了,所有的人都松了一口气。检查书的内容最终肯定了检查者的"态度"。李雪芬把脸上的纱布掀开来,她的脸上紫红了一大块,涂着一层油亮亮的膏。李雪芬接过检查书,拉起筱燕秋的手,笑着说:"燕秋,你还年轻,心胸要宽,可不能再这样了。"筱燕秋看到了李雪芬的笑。还没看清,李雪芬却又把脸盖上了。筱燕秋感到李雪芬的笑容才是一杯水,并不烫,浇在了筱燕秋的心坎上。嗞的一下,筱燕秋如焰的心气就彻底熄灭了。

筱燕秋走出病房的时候满天都是大太阳。她走到楼梯口,站在扶手的旁边停下了脚步,转过头来。她看到了老团长如释重负的叹息。老团长对她点了点头。筱燕秋就那么望着老团长,突然也笑了一下,可是没能收住。她笑出声来,一阵一阵的,两个肩头一耸一耸的,像戏台上须生或者花脸才有的狂笑。许多人都听到了筱燕秋出格的动静,他们从病房里探出脑袋,一齐望着筱燕秋。筱燕秋就知道傻笑,膝盖一软,顺着楼梯的沿口一头栽了下去,从四楼一直滚到了三楼半。大伙儿跟下来,筱燕秋趴在水磨石地板上,听见老团长不停地对众人说:"态度还是好的,态度还是深刻的。"

都二十年了。筱燕秋挂的是内分泌科,开过药,筱燕秋特地绕到了后院。二十年了,筱燕秋远远地看见了那座病房楼。一些人在那里进进出出。楼已经不是老样子了,墙面贴上了马赛克,但是屋顶、窗户和过廊一如过去,这一来又似乎还是老样子。筱燕秋立在那里,发现生活并不像常人所说的那样,在伸向未来,而是直指过去。至少,在框架结构上是这样的。

筱燕秋比平时到家晚了近一个小时,女儿已经趴在餐桌上做作业了。筱燕秋打开门,丈夫正歪在沙发里头看电视,电视只有画面,没有声音。筱燕秋提着人民医院的药袋,懒懒地倚在了门框上,疲惫地看着自己的丈夫。丈夫从筱燕秋的神情里头感到了某些异样,连忙走上来。筱燕秋把药袋递到丈夫的手上,一径往卧室去,进了卧室就把卧室的门反关上了。丈夫把目光从筱燕秋的身上移到药袋里面,疑疑惑惑地掏出药盒子,翻过来掉过去地看。药盒子上全是外文,一副看不到底又望不到边的样子,这一来事态就进一步严峻了。丈夫从药盒子上预感到了大难,匆忙跟进卧室。刚一进门筱燕秋便扑在了他的身上,胳膊箍住他的脖子,用力往里收。她的腹部贴在他的腹部,一吸一吸的。他感到了她的努力。她用力忍着,一种强烈而又迅猛的伤恸。丈夫手里的药袋掉在了地上,大祸真的临头了。丈夫的身体向后退了一步,咚的一声,卧室的门重又关死了。丈夫就那么拥着自己的妻子,毁灭性的念头在脑袋里窜来窜去。筱燕秋终于开口了,她哭着说:"面瓜,我又上台了。"面瓜似乎没听清,拨过筱燕秋的脑袋,用那种侥幸的和将信将疑的目光再一次打量妻子。筱燕秋说:"我又能上台了。"面瓜一把把筱燕秋推开了,惊魂未定,脱口说:"至于嘛,你! 弄成这样!"筱燕秋有些不好意思,瞥了一眼面瓜,笑了笑,却不停地掉泪,自语说:"我就是难过。"面瓜打开门,准备给妻子热晚饭,女儿却怯生生地堵在房门口。面瓜逃出了假想中的劫难,骨头都轻了,故意拉下脸来,粗声恶气地说:"做作业去!"

筱燕秋把面瓜拉住了,对女儿招了招手,示意女儿过来。她让女儿坐到自己的身边,端详起自己的女儿。女儿一点都不像自己,骨骼大得要命,方方正正的,全像她老子。但是筱燕秋今天晚上觉得自己的女儿特别地耐看,细细地推敲起来还是像自己,只是放大了一号。面瓜又要上厨房,筱燕秋说:"你不要做,我要减肥。"面瓜站在卧室的门口,不解地说:"你肥什么? 我什么时候说你肥了。"筱燕秋把巴掌放到女儿的头顶上去,说:"你不嫌我肥,观众可不承认嫦娥是个胖婆娘。"

幸运的夫妻最急着要做的事情就是命令孩子上床。等孩子入睡了,他们好回到自己的床上,开始他们的庆典。幸福的夜晚都是宁静似水的,但又是轰轰烈烈的。这个夜晚实在让面瓜喜出望外,他上上下下地忙,里里外外地忙,进进出出地忙。都不知道怎么好了。

面瓜是一个交通警察,从部队上下来的,五大三粗,就是不活络。说起婚姻,面瓜最大的愿望也就是娶上一位国营企业的正式女工。面瓜做梦也没有想到著名的美人嫦娥会成为自己的老婆。真的像一个梦。

面瓜的婚姻算得上一桩老式婚姻,没有一丝一毫的新鲜花样。先是由介绍人在公园的一棵柳树下面介绍他们认识了。接下来便是"谈"。"谈"了一些日子,便匆匆步入了洞房。

这时的筱燕秋绝对是一个冰美人。她在公园鹅卵石的路面上不像一个行人,而更像一个梦游者,一个失魂的走尸。不过女人的落魄不仅没有妨碍女人的美丽,反而让她们炫目起来了。对于年轻而又漂亮的女人来说,落魄会赋予她们额外的魅力,在体貌的姣好之外,附带上一种气息的美,——那种让人怦然心动的、招人怜爱的异质。面瓜一见到筱燕秋两只手就凉了,心口也凉了。筱燕秋一身寒气,凛凛的,像一块冰,要不像一块玻璃。面瓜顿时就自惭形秽了。面瓜甚至在暗中抱怨起介绍人来了,再怎么说他面瓜也配不上这样亮晶晶的美人的。面瓜小心翼翼地陪着筱燕秋沿着鹅卵石的路面往前走,筱燕秋不说话,面瓜就更不敢说了。最初的那些日子面瓜不是"谈"恋爱,简直是受罪。然而,这份罪受起来又有一分说不出来头的甜蜜。筱燕秋还是那么凛凛的,魂不守舍的,瞳孔里虚散着目光的。面瓜起初以为筱燕秋看不上他,可是又不像。只要面瓜约她,筱燕秋总是会病歪歪地准时到达的。面瓜一点都不知道筱燕秋现在的心思,筱燕秋中了邪了,她铁定了心思一心要把自己嫁出去,越快越好。但是筱燕秋却又不好好"谈"。她不说话,就知道和面瓜一起走。面瓜在筱燕秋的面前自卑得要了命,一点想象力都没有了。他反反复复地把筱燕秋约到公园的那条鹅卵石路上去,——既然他们是在那儿认识的,他们的"恋爱"就只能和必须在那儿"谈"了。筱燕秋从来不问心思以外的事,她只是面瓜的影子。面瓜怎么走她怎么走,面瓜往哪儿走她往哪儿走。其实面瓜也不知道往哪儿走,但是第一次既然那么走了,第二次当然也那样走。以此类推。他们每一次都走相同的路,以同样的方向向同样的地方走去,在同一个地方拐弯,在同一个地方休息,走完了,在同一个地方分手。然后,面瓜说同样的话,约好下一次见面的时间。局面的改变起源于一次意外。那一天筱燕秋的鞋后跟意外地在鹅卵石的路面上崴了一下,忽悠一下倒在了地上。在此以前筱燕秋一直斜着头,看着天上的月亮。她的鞋跟一定踩到了鹅卵石路上的罅隙,脚踝迅速地朝外一撇,说倒就倒下去了。面瓜的脸色吓得比月光还要白。面瓜天生的慢性子,是那种火上了头顶也能够不紧不慢地迈动四方步的男人。面瓜乱了。面瓜在手忙脚乱的时候愈发不知所措。他慌慌张张地把筱燕秋送进医院,慌慌张张地把筱燕秋送到了家中。筱燕秋的脚踝肿起来了,青紫了一大块,肘部也蹭掉了一块皮。

筱燕秋对自己的受伤一点都没有在意。受伤的似乎是别人,她只不过是一个旁观者,偶然看见的罢了。她那种事不关己的样子使你相信,即使有人把她的脑袋砍下来,放在了桌面上,她也能镇定自若地、不慌不忙地眨巴她的眼睛。

疼的是面瓜。面瓜在疼。面瓜望着筱燕秋的脚脖子,不敢看筱燕秋的眼睛。后来他到底偷看了一眼筱燕秋,目光立即又避开了。面瓜说:"还疼吗?"面瓜的声音很小,但是筱燕秋听见了。筱燕秋不是一块玻璃,而是一块冰。只是一块冰。此时此刻,她可以在冰天雪地之中纹丝不动,然而,最承受不得的恰恰是温暖。即使是巴掌里的那么一丁点余温也足以使她全线崩溃、彻底消融。面瓜木头木脑的,痛心地说:"我们还是别谈了吧,我把你摔成这种样子。"筱燕秋冷冷地望着面瓜,面瓜扯不上边地胡乱自责。可胡乱的自责不是怜香惜玉又是什么?筱燕秋的心潮突然就是一阵起伏,汹涌起来了,所有的伤心一起汪了开来。坚硬的冰块一点一点地,却又是迅猛无比地崩溃了、融化了。收都来不及收。不能自已。不可挽回。她一把拉住面瓜的手,她想叫面瓜的名字,但是没有能够,筱燕秋已经失声痛哭了。她拼了命地哭,声音那么大,那么响,全然不顾了脸面。面瓜吓得想逃,没能逃掉。筱燕秋死死地拽住了面瓜,面瓜没有能够逃掉。

筱燕秋和面瓜都没有意识到这一次大哭对他们来说意味着什么。在某种时候,女人为谁而哭,她就为谁而生。

戏校的筱燕秋老师匆匆忙忙把自己嫁了出去。筱燕秋置身于大海,面瓜是她唯一的独木舟。在筱燕秋看来,这桩婚姻过了此村就再无此店了。面瓜是令人满意的,是那种典型的过日子的男人,顾家、安稳、体贴、耐苦,还有那么一点自私。筱燕秋还图什么?不就是一个过日子的男人吗?面瓜唯一的缺点就是床上贪了些,有点像贪食的孩子,不吃到弯不下腰是不肯离开餐桌的。不过这又算什么缺点呢?筱燕秋只是有点弄不明白,床上就那么一点事,每次也就是那么几个动作,又有什么意思?面瓜哪里来的那么大兴致,每一次都像吃苦,把自己累成那样。但是面瓜是疼老婆的,他在一次房事过后这样肉麻地对老婆说:"只要没有女儿,你就是我的女儿。"面瓜的这句呆话让筱燕秋足足想了一个多星期。床上的事筱燕秋不太喜欢做,想起来有时候反而倒是蛮好的。

这个晚上是筱燕秋命令女儿上床的。面瓜从妻子垂挂着的睫毛上猜到了这个晚上精彩的压轴戏。结婚这么多年了,每一次做爱都是面瓜巴结着筱燕秋,都是面瓜死皮赖脸的,今天的光景还是头一次。筱燕秋在女儿的床边轻声喊了一声女儿,女儿没有了动静。面瓜站在客厅里头就高兴,又是转圈,又是搓手。后来筱燕秋回到了自己的卧室,默默地脱光了,钻进了被窝。再后来筱燕秋从被窝里伸出了一只胳膊,五根手指挂在那儿。筱燕秋对面瓜说:"面瓜,来。"

这个晚上的筱燕秋近乎浪荡。她积极而又努力,甚至还有点奉承。她像盛夏狂风中的芭蕉,舒张开来了,铺展开来了,恣意地翻卷、颠簸。筱燕秋不停地说话,好些话说得都过分了,又不敢大声,一字一句都通了电。她急促地换气,紧贴着面瓜的耳边,痛苦地请求:"要喊,面瓜。我想喊,面瓜。"筱燕秋像换了一个人,陌生了。这是好日子真正开始的征候。面瓜心花怒放,心旌摇荡,忘乎所以。面瓜疯了,而筱燕秋更疯。

三

炳璋算过一笔账,决定从启动资金里拿出一部分来请烟厂老板一次客。要想把这顿饭吃得像个样,费用虽说不会低,这笔费用也许还能从烟厂那边补回来的。现在,关键中的关键是必须让老板开心。他开心了,剧团才能开心。过去的工作重点是把领导哄高兴了,如今呢,光有这一条就不够了。作为一个剧团的当家人,一手挠领导的痒,一手挠老板的痒,这才称得上两手都要抓。把老板请来,再把头头脑脑的请来,顺便叫几个记者,事情就有个开头的样子了。人多了也好,热闹。只要有一盆好底料,七荤八素全可以往火锅里倒。革命不是请客吃饭,对的。炳璋不想革命,就想办事。办事还真的是请客吃饭。

烟厂的老板成了这次宴请的中心。这样的人天生就是中心。炳璋整个晚上都赔着笑,有几次实在是笑累了,炳璋特意到卫生间里头歇了一会儿。他用巴掌把自己的颧骨那一块揉了又揉,免得太僵硬,弄得跟假笑似的。卖东西要打假,笑容和表情同样要打假。这可不是闹着玩儿的。

炳璋原以为启动资金到账之后他能够轻松一点的,相反,炳璋更紧张、更焦虑了。这么多年了,剧团没法上戏,一直干耗着,说过来居然也过来了。剧团不是美术家协会,不是作家协会,那些协会里的人老了,一个人待在家里,写几块招牌,画几根蜡梅、几串葡萄,再不就到晚报上骂骂人,翘胳膊抬腿都有银子跟着来。一句话,那些人都是越老越值钱的。剧团不一样,再好的演员一个人待在家里也唱不来一台戏。当然了,为住房和职称找领导除外,在住房和职称面前,出色的演员一个人就能将生旦净末丑全部反串一遍。演戏这个行当说到底又与别的不同,不论是说唱念打还是吹拉弹奏,扛的是"艺术家"这块招牌,做的终究是体力活儿,吃的还是身体这碗饭,一到岁数身子骨就破了。他们的破身子骨全是沙漠,一盆水浇下去,不要说看不见水漂,就连嗞的一声都没有。他们挣不来一分钱,耗起银子来却是老将出马,一个顶俩。炳璋就愁钱。炳璋感到自己不只是一个剧团的团长,都快成商人了,就等着资本全部到位。炳璋想起了当年在学习班上听来的一句话,是一位领袖的著名格言:资本来到世上,从头到脚都滴着血和肮脏的东西。这话对。资本就是流淌的血，肮脏不肮脏事后再说。剧团等着这滴血，靠着这滴血，生产、生产、再生产、扩大再生产。急命呢。炳璋就等着《奔月》上马，越快越好。夜长了难免梦多。钱哪，钱哪。

宴会在老板和筱燕秋认识的那一刻达到高潮，这就是说，晚宴从头到尾都是高潮。宴会尚未开始，炳璋便把筱燕秋十分隆重地领了出来，十分隆重地叫到了老板的面前。这次见面对老板来说只是一次交际，也可以说，是一次娱乐活动。然而，它是筱燕秋一生中的一件大事。筱燕秋的后半生如何，完全取决于这次见面。筱燕秋得到宴会通知的时候不仅没有开心，相反，她的心中涌上了无边的惶恐，立即想起了前辈青衣李雪芬的老师柳若冰。柳若冰是五十年代戏剧舞台中最著名的美人，"文革"开始之后第一个倒霉的名角。她去世之前的一段往事曾经在剧团里头广为流传，那是1971年的事了，一位已经做到副军长的戏迷终于打听到当年偶像的下落了，副军长的警卫战士钻到了戏台的木地板下面，拖出了柳若冰。柳若冰丑得像一个妖怪，裤管上沾满了干结的大便和月经的紫斑。副军长远远地看着柳若冰，只看了一眼，副军长就爬上他的军用吉普车了。副军长上车之前留下了一句千古名言："不能为了睡名气而弄脏了自己。"筱燕秋捏着炳璋的请柬，毫无道理地想起了柳若冰。她坐在美容院的大镜子面前，用她半个月的工资精心地装潢她自己。美容师的手指非常柔和，但她感到了疼。筱燕秋觉得自己不是在美容，而是在对着自己用刑。男人喜欢和男人斗，女人呢，一生要做的事情就是和自己做斗争。

老板在筱燕秋的面前没有傲慢，相反，还有些谦恭。他喊筱燕秋"老师",用巴掌再三再四地请筱燕秋老师坐上座。老板并不把文化局的头头们放在眼里,但是,他尊重艺术,尊重艺术家。筱燕秋几乎是被劫持到上座上来的。她的左首是局长,右首是老板,对面又坐着自己的团长,都是决定自己命运的大人物,不可避免地有点局促。筱燕秋正减着肥,吃得少,看上去就有点像怯场了,一点都没有二十年前头牌青衣的举止与做派。好在老板并没有要她说什么。老板一个人说。他打着手势,沉着而又热烈地回顾过去。他说自己一直是筱燕秋老师的崇拜者,二十年前就是筱燕秋老师的追星族了。筱燕秋很礼貌地微笑着,不停地用小拇指捋耳后的头发,以示谦虚和不敢当。但是老板回忆起《奔月》巡回演出的许多场次来了。老板说,那时候他还在乡下,年轻,无聊,没事干,一天到晚跟在《奔月》的剧组后面,在全省各地四处转悠。他还回忆起了一则花絮,筱燕秋那一回感冒了,演到第三场的时候居然在舞台上连着咳嗽了两声,——台下没有喝倒彩,而是响起了雷鸣般的掌声。老板说到这儿的时候酒席上安静了。老板侧过头,看着筱燕秋,总结说:"那里头就有我的掌声。"酒席上笑了,同时响起了掌声。老板拍了几下巴掌。这掌声是愉快的,鼓舞人心的,还是继往开来的,相见恨晚和同喜同乐的。大伙儿一起干了杯。

老板还在聊。语气是推心置腹的,谈家常的。他聊起了国际态势、WTO、科索沃、车臣、香港、澳门、改革与开放,前途还有坎坷;聊起了戏曲的市场化与产业化;聊起了戏曲与老百姓的喜闻乐见。他聊得很好。在座的人都在严肃地咀嚼,点头。就好像这些问题一直缠绕在他们的心坎上,是他们的衣食住行,油盐酱醋;就好像他们为这些问题曾经伤神再三,就是百思不得其解。现在好了,水落石出、大路通天了。答案终于有了,豁然开朗了,找到出路了。大伙儿又干了杯,为人类、国家以及戏剧的未来一起松了一口气。

炳璋一直望着老板。自从认识老板以来,他对老板一直都心存感激,但在骨子里头,炳璋瞧不起这个人。现在不同。炳璋对老板刮目相看了。老板不仅仅是一个成功的企业家,他还是一个成熟的思想家兼政治家。如果爆发战争,他也许就是一个出色的战略家和军事指挥家。一句话,他是伟人。炳璋有些激动,没头没脑地说:"下次人代会改选市长,我投厂长一票!"老板没有接他的话茬儿,点烟,做了一个意义不明的手势,把话题重新转移到筱燕秋的身上来了。

话题到了筱燕秋的身上老板更机敏了,更睿智也更有趣了。老板的年纪其实和筱燕秋差不多,然而,他更像一个长者。他的关心、崇敬、亲切都充满了长者的意味,然而又是充满活力的、男人式的、世俗化的、把自己放在民间与平民立场上的,因而也就更亲切、更平等了。这种平等使筱燕秋如沐春风,人也自信、舒展了。筱燕秋对自己开始有了几分把握,开始和老板说一些闲话。几句话下来老板的额头都亮了,眼睛也有了光芒。他看着筱燕秋,说话的语速明显有些快,一边说话一边接受别人的敬酒。从酒席开始到现在,他一杯又一杯的,来者不拒,酒到杯干,差不多已经是一斤五粮液下了肚了。老板现在只和筱燕秋一个人说,旁若无人。酒喝到了这个份儿上炳璋不可能没有一点担忧,许多成功的宴席就是坏在最后的两三杯上,就是坏在漂亮女人的一两句话上。炳璋开始担心,害怕老板过了量。成功体面的男人在女演员的面前被酒弄得不可收拾,这样的场面炳璋见得实在是太多了。炳璋就害怕老板冒出什么唐突的话来,更害怕老板做出什么唐突的举动。他非常担心,许多伟人都是在事态的后期犯了错误,而这样的错误损害的恰恰正是伟人自己。炳璋害怕老板不能善终,开始看表。老板视而不见,却掏出香烟,递到了筱燕秋的面前。这个举动轻薄了。炳璋看在眼里,咽了一口,知道老板喝多了,有些把持不住。炳璋看着面前的酒杯,紧张地思忖着如何收好今晚这个场,如何让老板尽兴而归,同时又能让筱燕秋脱开这个身。许多人都看出了炳璋的心思,连筱燕秋都看出来了。筱燕秋对老板笑笑,说:"我不能吸烟的。"老板点点头,自己燃上了,说:"可惜了。你不肯给我到月亮上做广告。"大伙儿愣了一下,接下来就是一阵哄笑。这话其实并不好笑,但是,伟人的废话有时候就等于幽默。

哄笑之中老板却起身了,说:"今天我很高兴。"这句话是带有总结性的。老板朝远处招招手,叫过司机,说:"不早了,你送筱燕秋老师回家。"炳璋吃惊地看了一眼老板,炳璋担心他会在筱燕秋面前纠缠的,但是没有,老板举止恰当,言谈自如,一副与酒无关的样子,就好像一斤五粮液不是被他喝到肚子里去了,而是放在裤子的口袋里面。老板实在是酒席上的大师,酒量过人,见好就收。整个晚宴凤头、猪肚、豹尾,称得上一台好戏。倒是筱燕秋有些始料不及,没想到这么快就结束了。筱燕秋一时不知道说什么,慌忙说:"我有自行车。"老板说:"哪有大艺术家骑自行车的。"老板一边坚持着"请"

的手势,一边关照司机回头来接他。筱燕秋瞥了老板一眼,只好跟着司机往门口去。她在走向门口的时候知道许多眼睛都在看她,便把所有的注意力全部集中在走路的姿势上,感觉有些别扭,甚至都不会走路了。好在没有人看出这一点。人们望着筱燕秋的背影。她的背影给人以身价百倍的印象。这个女人的人气说旺就旺了。

老板转过身来,和局长闲聊,请局长得空的时候到他们厂去转转。炳璋插进来,抢过话茬儿,说:"老板好酒量,好酒量!"他一口气把这句话重复了四五遍。炳璋自己也弄不懂为什么逮着老板的酒量不要命地死奉承,听上去好像心里有什么疙瘩,受了什么惊吓似的。老板莞尔而笑,笑而不答,掐烟的功夫又一次把话题岔开了。

四

老话是对的,好运气想找你,就算你关上大门它也会侧着身子从门缝里钻进来。这年头好运气并不玄乎,说白了,就是钱。只有钱才能够侧着身子从门缝里钻来钻去的。烟厂的老板算什么?这年头大街上的老板比春天的燕子多,比秋天的蚂蚱多,比夏天的蚊子多,比冬天的雪花多。然而,烟厂的老板有钱,又不是他自己的,这就齐了。可是,剧团和戏校里的人们真正羡慕的倒不是筱燕秋,而是春来。春来这个小丫头这一回真的是撞上大运了。

春来十一岁走进戏校,从二年级到七年级一直跟在筱燕秋的身后,知道筱燕秋的人都知道,春来不仅仅是筱燕秋的学生，简直就是筱燕秋的宝贝女儿。春来最初学的并不是青衣，而是花旦，是筱燕秋厚着脸皮硬把她拽到自己的身边的。青衣与花旦其实是两个完全不同的行当，只不过现在喜欢看戏的人少了，许多人都习惯于把戏台上的年轻女性统统称之为"花旦"。这种混淆局面的形成固然是后来的戏迷们功夫不到，但是，要是真的细究起来，这笔账还要记到著名大师梅兰芳的头上。梅老板博大精深，他在长期的舞台实践中把青衣与花旦的唱腔与表演程式杂糅在了一起，创建了一种有别于青衣同时又有别于花旦的新行当，也就是"花衫"。"花衫"行当的出现体现了梅老板的求新与创造的精神，也给后来的人们带来了不必要的麻烦，人们对青衣与花旦的区分也就再也不那么顶真，不那么严格了。比如说，当初所谓的"四大名旦"，这个统称其实就十分马虎，贴切的说法应当是"两大名旦，两大青衣"。好在所有的剧种都一起没落了，分不清青衣花旦也不算什么芝麻大的事。可是，话还得反过来说，对于学戏和演戏的人来说，这可是一点含混不得的，青衣就是青衣，花旦就是花旦。它们的唱腔、道白、行头、台步、表演程式隔着九九艳阳天，真的是花开两朵，各表一枝的，永远弄不到一起去。

　　春来想学花旦有她的理由。就说道白，花旦的道白用的是清亮的京腔，而青衣的韵白则拖声拖气的，在没有翻译、不打字幕的情况下，比看盗版碟片还要吃力，一句话，青衣的韵腔道白说的整个就不是人话。唱腔就更不一样了，花旦唱起来利索、爽朗，接近于捏着嗓子的流行歌曲，还歪着脑袋一蹦三跳，又活泼，又可爱，像一只叽叽喳喳的小麻雀。青衣则不同，就那么一个字，她也要咿咿呀呀的，一步三晃的，一手捂着小肚子,一手比画着,在那儿晃悠着,翘着个小指头,慢慢地哼,等你上完了厕所,把该尿的尿了,该拉的拉了,前前后后擦完了,一回头,那个字还没唱完呢。戏剧如此不景气,喜欢青衣的也就剩下那么几个离休老干部了。许多当红青衣都走下舞台了,不是穿上漆黑的皮夹克站在麦克风前面乱了头发狮吼,就是在电视连续剧里头演一回二奶,演一回小蜜。好歹也能到晚报的文化版上"文化"那么一下子。青衣说到底不能和花旦比,现在的晚会那么多,笑星歌星们再闹腾,民族文化总是要弘扬的,国粹总是要保留的,"爱江山更爱美人"之后,最次也得来个"打不尽豺狼决不下战场"。花旦的出路比青衣多少要好一些,要不然,人们也不会把剧团戏称为"蛋窝"的。

　　春来是在三年级的下学期改学的青衣。春来这孩子说话的嗓音和筱燕秋并不像,可是,一开腔,春来的唱腔简直就是另一个筱燕秋。戏校的老师们开玩笑说,春来的嗓子天生就是和筱燕秋唱对台戏的料。筱燕秋和春来商量,让她放弃花旦,改学青衣。春来不肯。商量来商量去,春来就是不肯。筱燕秋急了,筱燕秋的那句名言至今还是戏校里的一个笑话,一个笑柄。筱燕秋一急,拉下了脸来,对春来说:"你要是不肯拜我为师,我就拜你,我拜你做我的老师,你答应不答应?"做老师的把话说到了这个份儿上,春来还敢说什么?

　　戏校的人们还记得春来刚到戏校时的模样,一口浓重的乡下口音,衣袖和裤腿都短得要命,袜子的上方还留了一截小腿肚。那时的春来一到冬天两边腮帮总是皱着的,裂了好几道红颜色的口子。没有人会相信春来能出落成今天的这副模样,什么叫女大十八变?春来就是一个最生动的例子,一个最具感召力的例子。谁能想到筱燕秋能有今天?谁能想到春来能赶上这趟车?

筱燕秋在戏校待了二十年了,教了那么多学生,细细排下来,却没有一个能唱出来的。大红大紫就不说了,显一下山露一下水的都没有过。这样的局面给筱燕秋带来了十分强烈的失败感。筱燕秋对自己是彻底死了心了,然而,毕竟又没有死透。一个人可以有多种痛,最大的痛叫作不甘。筱燕秋不甘。三十岁生日那一天筱燕秋就知道自己死了,十年里头筱燕秋每天都站在镜子面前,亲眼目睹着自己一天一天老下去,亲眼目睹着著名的"嫦娥"一天一天地死去。她无能为力。焦虑的过程加速了这种死亡。用手拽都拽不住,用指甲抠都抠不住。说到底时光对女人太残酷,对女人心太硬,手太狠。三十岁,我的亲爹,我的亲娘。三十岁生日那一天筱燕秋头一回喝了酒,不到二两。筱燕秋醉得不成样子。酒后的筱燕秋握着剪刀把厨房里的围裙剪成了两块。她把两块白布捏在手上,权当了水袖。筱燕秋挥舞着油迹斑斑的围裙,跌跌撞撞,油盐酱醋的罐子倒了一厨房,咣当咣当的,碎了一厨房。她的手不知道被什么碎片剐破了,鲜红的血液流淌在水袖上,红白相间的围裙在半空中抛上去,又落下来,再抛上去,再落下来。面瓜冲进了厨房,抱住了筱燕秋,筱燕秋愣愣地盯着面瓜,喊面瓜"亲娘"。筱燕秋用纯正的韵腔对着面瓜念起了道白:"亲——娘——啊——啊!"面瓜知道筱燕秋醉了。面瓜担心妻子的叫喊声传播出去,他把带血的围裙堵在了筱燕秋的嘴边。筱燕秋的嘴巴给堵紧了,腹部却激荡了起来,一挺一挺的,嗓子里发出母兽的呼噜声。面瓜心疼万分,不住地喊燕秋的名字。筱燕秋侧过头,回望着面瓜,叫不出声。然而,她的腹部还在叫,面瓜看得见。她用她的腹部一遍又一遍地呼喊:"亲、娘、啊、啊、啊、啊!"

"千生万旦,难求一净。"这是旧时的艺人留下来的古话了。其实这话不对。筱燕秋从一开始就不能同意这句话。生、旦、净、末、丑,唱花脸的固然难求一个,然而,没有一个行当的演员可以成千上万地一抓一把。自古到今,唱青衣的成百上千,真正把青衣唱出意思来的,真正领悟了青衣的意蕴的,也就那么几个。唱青衣固然要有上好的嗓音,上好的身段,——可是好嗓音算得了什么?好身段又算得了什么?出色的青衣最大的本钱是,你是一个什么样的女人。哪怕你是一个七尺须眉,只要你投了青衣的胎,你的骨头就再也不能是泥捏的,只能是水做的,飘到任何一个码头你都是一朵雨做的云。戏台上的青衣不是一个又一个女性角色,甚至不是性别,而是一种抽象的意味,一种有意味的形式,一种立意,一种方法,一种生命里的上上根器。女人说到底不是长成的,不是岁月的结果,不是婚姻、生育、哺乳的生理阶段。女人就是女人。她学不来也赶不走。青衣是接近于虚无的女人,或者说,青衣是女人中的女人,是女人的极致境界。青衣还是女人的试金石,是女人,即使你站在戏台上,在唱,在运眼,在运手,所谓的"表演""做戏"也不过是日常生活里的基本动态,让你觉得生活就是如此这般的——话就是那样说的,路就是那样走的;不是女人,哪怕你坐在自家的沙发上,床头上,你都是一个拙劣的戏子,你都在"演",演也演不像,越演越不像人。与此相应的是,花脸则是一个绝对的男人,或者说,是绝对男人的绝对侧面。男人就应当是简单的,所有的身心只是一张脸谱,简单到夸张的程度,简单到恒久与一成不变的程度。所以,戏的衰退首先是男人与女人的携手衰退。是种性的一天不如一天。

老天爷创造出一个花脸不容易,老天爷创造出一个青衣同样不容易。筱燕秋是其中的一个,其中的另一个则是春来。

春来的出现让筱燕秋看到了希望。春来是"嫦娥"能够活在这个世上最充分的理由。筱燕秋宛如一个绝望的寡妇,拉扯着唯一的孩子。只要有春来,筱燕秋的香火终究可以续上了,这是老天爷对筱燕秋的最后一点补贴,最后一点安慰。春来刚过了十七岁,严格地说,还是一个女孩子。但是春来从来就不是女孩子,她天生就是一个女人,一个风姿绰约的女人,一个风情万种的女人,一个风月无边的女人,一个她看你一眼就让你百结愁肠的女人。这不是早熟,只能说,它与生俱来。春来在十七岁的这个夏天就此步入了青衣的黄金年段,身段该有的都有,该没的都没。腰肢里头流荡着一股天成的婀娜态,风流态。春来的一双眼睛里头有一种独特而美妙的神采,她看所有的东西都不是看,而是顾盼,左顾顾,右盼盼,有股美目盼兮的意思,有股依依不舍的意思,还有股此怨不知所从何来的意思。春来运动的眼珠就像戏台上的运眼,她有一种将最戏剧化的程式还原到生活中来的禀赋,她同时还有一种将最日常化的动态提升到戏台上的异质。而春来的变声期也是格外的顺利,居然没怎么在意说过去就过去了,许多演员过不了变声期这么一个鬼门关,昨晚上洗澡的时候还好好的,一觉醒来,好嗓子已经被鬼偷走了。

春来这孩子命好。所有的一切好像都是给她预备好了的。虽说只是嫦娥的B档,但是谁也不能否认,二郎神的灵光已经照亮春来了。

五

一部戏总是从唱腔戏开始。说唱腔俗称说戏,你先得把预设中一部戏打烂了,变成无数的局部、细节,把一部戏中戏剧人物的一恨、一怒、一喜、一悲、一伤、一哀、一枯、一荣,变成一字、一音、一腔、一调、一颦、一笑、一个回眸、一个亮相、一个水袖、一句话,变成一个又一个说、唱、念、打,然后,再把它组装起来,磨合起来,还原成一段念白,一段唱腔。说戏过后,排练阶段才算真正开始。首先是连排。一个人成不了一台戏,"戏"首先是人与人的关系。那么多的演员挤在一个戏台上,演员与演员之间就必须沟通、配合、交流、照应,这样的完善过程也就是连排。连排完了还不行。演员的唱腔、造型还得与乐队、锣鼓家伙形成默契,没有吹、拉、弹、奏、打,那还叫什么戏?把吹、拉、弹、奏、打一同糅合进去,这就是所谓的响排了。响排过了还得排,也就是彩排。彩排接近于实弹演习,是面对着虚拟中的观众进行的一次公演,该包头的得包头,该勾脸的得勾脸,一切都得按实地演出的模样细细地走场。彩排过去了,一出大戏的大幕才能拉得开。

几乎所有的人都注意到了,从说唱腔的第一天开始,筱燕秋就流露出了过于刻苦、过于卖命的迹象。筱燕秋的戏虽说没有丢,但毕竟是四十岁的人了,毕竟是二十年不登台了,她的那种卖命就和年轻人的莽撞有所不同,仿佛东流的一江春水,在入海口的前沿拼命地迂回、盘旋,巨大的漩涡显示出无力回天的笨拙、凝重。那是一种吃力的挣扎、虚假的反溯,说到底那只是一种身不由己的下滑、流淌。时光的流逝真的像水往低处流,无论你怎样努力,它都会把覆水难收的残败局面呈现给你。让你竭尽全力地拽住牛的尾巴,再缓缓地被牛拖下水去。

　　截止到说戏阶段,筱燕秋已经从自己的身上成功地减去了4.5公斤的体重。筱燕秋不是在"减"肥,说得准确一些,是抠。筱燕秋热切而又痛楚地用自己的指甲一点一点地把体重往外抠,往外挖。这是一场战争,一场隐蔽的、没有硝烟的、只有杀伤的战争。筱燕秋的身体现在就是筱燕秋的敌人,她以一种复仇的疯狂针对着自己的身体进行地毯式轰炸,一边轰炸一边监控。减肥的日子里头筱燕秋不仅仅是一架轰炸机,还是一个出色的狙击手。筱燕秋端着她的狙击步枪,全神贯注,密切注视着自己的身体。身体现在成了她的终极标靶,一有风吹草动筱燕秋就会毫不犹豫地扣动她的扳机。筱燕秋每天晚上都要站到磅秤上去,她对每一天的要求都是具体而又严格的:好好减肥,天天向下。筱燕秋一定要从自己的身上抠去十公斤——那是她二十年前的体重。筱燕秋坚信,只要减去十公斤,生活就会回到二十年前,她就会站在二十年前,二十年前的曙光一定会把她的身影重新投射在大地上,颀长、婀娜、娉婷举世无双。

这是一场残酷的持久战。汤、糖、躺、烫是体重的四大忌,也就是说,吃和睡是减肥的两大法门。筱燕秋首先控制的就是自己的睡。她把自己的睡眠时间固定在五个小时,五个小时之外,她不仅不允许自己躺,甚至不允许自己坐。接下来控制的就是自己的嘴了。筱燕秋不允许自己吃饭,不允许自己喝水,更不用说热水了。她每天只进一些瓜果、蔬菜。在瓜果与蔬菜之外,筱燕秋像贪婪的嫦娥那样,就知道大口大口地吞药。

减肥的前期是立竿见影的,她的体重如同股票的熊市一样,一路狂跌。身上的肉少了,然而,皮肤却意外地多了出来。多皮的皮肤挂在筱燕秋的身上,宛如捡来的钱包,浑身上下找不到一个存放的地方。多出来的皮肤使筱燕秋对自己产生了这样一种错觉:整个人都是形式大于内容的。这是一个古怪的印象,一个恶劣的印象,这还是一个滑稽的和歹毒的印象。最要命的还在脸上,多出来的皮肤使筱燕秋的脸庞活脱脱地变成了一张寡妇脸。筱燕秋望着镜子里的自己,寡妇一样沮丧,寡妇一样绝望。

真正的绝望还在后头。减肥见了成效之后筱燕秋整日便有些恍惚,这是营养不良的具体反应。精力越来越不济了。头晕、乏力、心慌、恶心,总是犯困,贪睡,而说话的气息也越来越细。说戏阶段过去了,《奔月》就此进入了艰苦的排练阶段,体力消耗逐渐加大,筱燕秋的声音就不那么有根,不那么稳,有点飘。气息跟不上,筱燕秋只好在嗓子里头发力,声带收紧了,唱腔就越来越不像筱燕秋的了。

筱燕秋再也没有料到自己会出那么大的丑,当着那么多人的面,她在给春来示范一段唱腔的时候居然"刺花儿"了。"刺花儿"俗称"唱破"了,是任何一个靠嗓子吃饭的人最丢脸的事。那声音不像是人的嗓子发出来的,像玻璃剐在了玻璃上,像发情期的公猪趴在了母猪的背脊上。其实"刺花儿"也不是什么大不了的事,每一个演员都会碰上的,然而,筱燕秋到底又不是别人,她不能忍受一起集中过来的目光。那些目光不是刀子,而是毒药,它不需要你流一滴血,不让你有半点疼痛,活生生地就要了你的命。筱燕秋决定挽回她的体面。她必须在众人的面前捞回这个脸面。筱燕秋强作镇静,示意再来。连续两次,嗓子就是不肯给筱燕秋下这个台。筱燕秋的嗓子痒得要了命,宛如爬上了一万只小虫子。想咳。筱燕秋用力忍住,咬着牙,把满嘴的咳嗽堵在嗓眼里头。坐在一边的炳璋端来了一杯水,递到筱燕秋的面前,故意轻松地对大伙儿说:"歇会儿,歇会儿了哈。"筱燕秋没有接炳璋的杯子,接杯子这个动作筱燕秋无论如何是不肯做的。筱燕秋看着演后羿的男演员,说:"我们再来一遍。"筱燕秋这一回没有"刺花儿",她的高音部只爬到了一半,筱燕秋自己就停下来了。筱燕秋重重地吁出一口气,僵在那儿。没有一个人敢上来和筱燕秋搭腔,没有一个人敢看筱燕秋。筱燕秋强忍着,越忍越难忍。人在丢脸的时候不能急着挽回,有时候,你想挽回多少,反过来会再丢出去多少。她开始用目光去扫别人,他们像是约好了的,都是一副过路人的样子,似乎什么都没发生过。众人的心照不宣有时候更像一次密谋,其残忍的程度不亚于千夫所指。筱燕秋想再来一遍,到底没有勇气了。炳璋端着茶杯,大声对众人宣布:"筱燕秋老师感冒了,就到这儿,今天就到这儿了,哈。"筱燕秋泪汪汪地盯着炳璋,知道他的好意。可是筱燕秋就想扑上去,揪着炳璋的领口给他两大耳光。

排练厅立即走空了,只留下了筱燕秋与春来。春来同样不敢看她的老师,弓着腰,假装收拾东西。筱燕秋长久地望着春来,她年轻的侧影是多么的美,颧骨和下巴那儿发出瓷器才有的光。筱燕秋失神了,反反复复在心里问:自己怎么就没她那个命?春来直起身来,发现老师的目光一直罩在自己的身上,吓了一大跳。筱燕秋突然说:"春来,你过来。"春来停住了,愣在那儿没有动。筱燕秋说:"春来,你把刚才我唱的那一段重来一遍。"春来咽了一口,她在这样的时候怎么敢做那样的事?春来说:"老师。"筱燕秋没开口,却挪了一把椅子,坐了下来。春来的心里头慌乱了一会儿,不过看老师的架势,躲是躲不过去了,反倒镇定下来了,站好了,进了戏。筱燕秋坐在椅子上,用心地看着春来,听着春来。几分钟过后筱燕秋却走神了。她瞥了一眼墙上的大镜子,大镜子像戏台,十分残酷地把春来和自己一同端出来了。筱燕秋有意无意地拿自己和春来做起了比较。镜子里的筱燕秋在春来的映照之下显得那样的老,几乎有些丑了。当初的自己就是春来现在的这副样子,它现在到哪儿去了呢?人不能比人,这话真是残忍。人不能比别人,人同样不能和自己的过去攀比。什么叫"青山遮不住,毕竟东流去"?镜子会慢慢地告诉你。筱燕秋的自信心在往下滑,像水往低处流,挡都挡不住。她想起了当初复出时的那种喜悦,那样的喜悦说到底也不过是过眼的烟云,刹那之间就荡然无存了。筱燕秋动摇了,甚至产生了打退堂鼓的意思,却又舍弃不下。虽说春来的表演还有许多地方需要打磨,然而,从整体上说,这孩子超过自己也就是眼前的事了。春来如此年轻,未来的岁月实在是不可限量。筱燕秋突然就是一顿难受,内中一阵一阵地酸,一阵一阵地疼。筱燕秋知道自己嫉妒了。细细说起来,筱燕秋就因为嫉妒吃了二十年的苦头,可是,她实在没有嫉妒过李雪芬,从来没有,一天都没有。但是,面对自己的学生,筱燕秋遏制不住。筱燕秋知道自己在嫉妒,她第一次尝到了嫉妒的厉害。她看到了血在流。筱燕秋痛恨自己,她不能允许自己嫉妒。她决定惩罚。她用指甲拼命地掐自己的大腿。越用力越忍,越忍越用力。大腿上尖锐的疼痛让筱燕秋产生了一种古怪的轻松感。她站起身来,决定利用这个空隙帮春来排练,不允许自己有半点保留。筱燕秋站到春来的面前,面对面,手把手,从腰身到眼神,一点一点地解释,一点一点地纠正,她一定要把春来锻造成自己的二十年前。太阳落下去了,梧桐树的巨大阴影落在窗户的玻璃上,抚摸着玻璃,絮絮叨叨的,苦口婆心的。排练大厅里的光线越来越暗,越来越安静了。她们忘记了开灯,师徒两个在昏暗的光线下面反反复复地比画,一遍又一遍,每一个动作都细微到手指的最后一个关节。筱燕秋的脸离春来只有几寸那么远,春来的眼睛忽闪忽闪的,在昏暗的排练大厅里反而显得异样地亮,那样的迷人,那样的美。筱燕秋突然觉得对面站着的就是二十年前的自己,二十年前的筱燕秋就在自己的面前,亭亭玉立。筱燕秋迷惑了,像做梦,像水中观月。眼前的一切都像梦幻那样飘忽起来,充满了不确定性。筱燕秋停下来,侧着头,用那种不聚焦的、近乎烟雾的目光笼罩了春来。春来不知道自己的老师怎么了,也侧过了脑袋,端详着自己的老师。筱燕秋绕到了春来的身后,一手托住春来的肘部,另一只手捏住了春来翘着的小拇指的指尖。筱燕秋望着春来的左耳,下巴几乎贴住春来的腮帮。春来感到了老师的温湿的鼻息。筱燕秋松开手,十分突兀地把春来揽进了怀抱。她的胳膊是神经质的,搂得那样的紧,乳房顶着春来的后背,脸贴在了春来的后颈上。春来猛一惊,却不敢动,僵在了那里,连呼吸都止住了。但只是一会儿,春来的呼吸便澎湃了,大口大口地换气,她喘息一次两只乳房就要在筱燕秋的胳膊里软绵绵地撞击一回。筱燕秋的手指在春来的身上缓缓地抚摸,像一杯水泼在了玻璃台板上,开了叉,困厄地流淌。她的手指流淌到春来腰部的时候春来终于醒悟过来了,春来没敢叫喊,春来小声央求说:"老师,别这样。"

筱燕秋突然醒来了。那真是一种大梦初醒的感觉。梦醒之后的筱燕秋无限地羞愧与凄惶,她弄不清自己刚才到底做了些什么。春来捡起包,冲出了排练大厅。筱燕秋被丢在排练大厅的正中央,耳朵里头充满了春来下楼的脚步声,急促得要命。筱燕秋想叫住春来,可她实在不知道还能对春来说什么。筱燕秋就觉得羞愧难当。天已经黑了,却又没有黑透,是梦的颜色。筱燕秋垂着手,呆呆地站住,不知身在何处。

下班的路上筱燕秋就觉得这一天太古怪了,大街是古怪的,路灯的颜色是古怪的,行人走路的样子也是古怪的。筱燕秋一直想哭,但是,实在又不知道要哭什么。不知道要哭什么就不那么容易哭得出米。这一来筱燕秋的胸口反而堵住了。胸口堵住了,肚子却出奇地饿,这阵饿是丧心病狂的,仿佛肚子里长了五只手,七上八下地拽。筱燕秋走到路边的一家小饭店,决定停下脚步。她怀着一股难言的仇恨走进了小饭店,要过菜单,专门挑大油大腻的点。一上来筱燕秋就恶狠狠地吞下了三只大肉丸。筱燕秋又是嚼,又是咽,一直吃到喘息都困难的程度。

六

春来并没有在筱燕秋的面前流露什么,戏还是和过去一样地排。只是春来再也不肯看筱燕秋的眼睛了。筱燕秋说什么,她听什么,筱燕秋叫她怎么做,她就怎么做,就是不肯再看筱燕秋的眼睛。一次都不肯。筱燕秋与春来都是心照不宣的,不过,这不是母亲与女儿之间才有的心照不宣,是女人与女人之间的那种,致命的那种,难于启齿的那种。

筱燕秋再也没有料到会和春来这样别扭。一个大疙瘩就这样横在了她们的面前。这个疙瘩看不见,也就越发无从下手了。筱燕秋恢复了饮食,可还是累。筱燕秋说不出这种累掩藏在身体的哪个部位,它具有散发性,在身体的内部四处延展,都无所不在了。好几次她都想从剧组退出,就是下不了那个死决心。这样的心态二十年以前曾经有过一次的,她想到过死,后来竟一次又一次犹豫了。筱燕秋责怪自己当初的软弱。二十年前她说什么也应当死去的。一个人的黄金岁月被掐断了,其实比杀死了更让你寒心。力不从心地活着,处处欲罢不能,处处又无能为力,真的是欲哭无泪。

春来那里一点动静都没有。她永远都是那样气定神闲的,没有一点风吹,没有一点草动,远远的,和筱燕秋隔着一两丈的距离。筱燕秋现在怕这孩子,只是说不出。如果春来就这么和自己不冷不热地下去,筱燕秋的这辈子就算彻底了结了,一点讨价还价的余地都没有了。"嫦娥"要是不能在春来的身上复生,筱燕秋站二十年的讲台究竟是为了什么?

筱燕秋终于和老板睡过了。这一步跨出去了,筱燕秋的心思好歹也算了了。这是迟早的事,早一天晚一天罢了。筱燕秋并没有什么特别的感觉,这件事说不上好,也说不上不好,从古到今反正都是这样的。老板是谁?人家可是先有了权后有了钱的人,就算老板是一个令人恶心的男人,就算老板强迫了她,筱燕秋也不会怪老板什么的。更何况还不是。筱燕秋在这个问题上没有半点差答答的,半推半就还不如一上来就爽快。戏要不就别演,演都演了,就应该让看戏的觉得值。

可是筱燕秋难受。这种难受筱燕秋实在是铭心刻骨。从吃晚饭的那一刻起,到筱燕秋重新穿上衣服,老板从头到尾都扮演着一个伟人,一个救世主。筱燕秋一脱衣服就感觉出来了,老板对她的身体没有一点兴趣。老板是什么人?这年头漂亮新鲜的小姑娘就是货架上的日用百货,只要老板喜欢,下巴一指,售货员就会把什么样的现货拿到他们的面前。筱燕秋是自己脱光衣服的,刚一扒光,老板的眼神就不对劲了,它让筱燕秋明白了减肥后的身体是多么的不堪入目。老板一点儿都没有掩饰。在那个刹那里头筱燕秋反而希望老板是一个贪婪的淫棍，一个好色的恶魔，她就是卖给老板一回她也卖了。然而，老板不那样。老板上了床就更是一个伟人了。他十分从容地躺在了席梦思上，用下巴示意筱燕秋骑上去。老板平躺在席梦思上，一动不动。筱燕秋骑上去之后就只剩下筱燕秋一个人忙活了。有一个阶段老板对筱燕秋的工作似乎比较满意，嘴里哼唧了几声，说："哦，叶儿。哦，叶儿。"筱燕秋不知道老板到底在哼唧什么。几天之后，筱燕秋伺候老板之前老板先让她看了几部外国毛片，看完了毛片筱燕秋才算明白过来，大老板在学洋人叫床呢。老板在床上可真是冲出了亚洲走向了世界，一下子就与世界接轨了。这固然不是做爱，可是，这甚至不是性交，筱燕秋只是莫名其妙地巴结着一个男人、伺候着一个男人。筱燕秋就觉着自己贱。她好几次都想停止下来了，然而，性是一个歹毒的东西，不是你想停就停得下来的。这样的感觉筱燕秋在和面瓜做爱的时候反而没有过。筱燕秋一边动作一边骂着自己，她这个女人实在是下贱得到了家了。

筱燕秋从老板那儿回来的时候外面下了一点小雨，马路上水亮水亮的，满眼都是汽车尾灯的倒影与反光，猩红猩红的，热烈得有些过分，有些无中生有，因而也就平添了许多颓伤的意思。筱燕秋望着路面上的斑驳反光，认定了自己今晚是被人嫖了。被嫖的却又不是身体。到底是什么被嫖了，筱燕秋实在又说不上来。她弓在巷子的拐角处，想呕吐出一些什么，终于又没有能够如愿，只是呕出了一些声音。那些声音既难听，又难闻。

女儿已经睡了。面瓜正看着电视，陷在沙发里头等着筱燕秋。筱燕秋进了门就没有看面瓜。她不肯和面瓜打照面,低着头径直往卫生间去。筱燕秋打算先洗个澡的,又有些过于多疑,担心这样匆忙地洗澡面瓜会怀疑什么,只好坐到便池上去了。坐了一会儿,没有拉出什么,也没有尿出什么。只是拽着内衣,正过来看了看,反过来又看了看。筱燕秋把自己的上上下下全都检查了一遍,没有发现任何点点斑斑,放下心来走出了卫生间。筱燕秋困乏得厉害,为了不让面瓜看出来,便故意弄出一副精神饱满的样子。面瓜还坐在那儿,弄不懂筱燕秋为什么这样开心,傻笑起来,说:"喝酒啦?脸红红的。"筱燕秋的心口咯噔了一下,轻描淡写地说:"哪里红了。"面瓜认真起来,说:"是红了。"筱燕秋不敢纠缠,立即把话岔开了,说:"孩子呢?"面瓜说:"早就睡了。"筱燕秋不情愿面瓜老是站在自己的面前,她实在不能承受面瓜的目光。筱燕秋说:"你先上床去吧,我冲个澡。"她回避了"睡觉"这两个字,但"上床"的意思其实还是一样的。筱燕秋说这句话的时候迅速地瞥了一眼面瓜,面瓜却开心起来了,不住地搓手。筱燕秋的胸口平白无故地便是一阵痛。

筱燕秋把洗澡水的温度调得很烫,几乎达到了疼痛的程度。筱燕秋就希望自己疼。疼的感觉具体而又实在,甚至还有一点快慰,有一种自虐和自戕的味道。筱燕秋把自己冲了又冲,搓了又搓。她用指头抠向身体的深处,企图抠出一点什么,拽出一点什么。洗完了,筱燕秋坐在了客厅里的沙发上,皮肤上泛起了一层红,有些火烧火燎的。大约在深夜十一点,面瓜裹着毛巾被出来了。面瓜显然没睡,挂着一脸巴结的笑,面瓜说:"魂不守舍的,捡到钱包了吧?"筱燕秋没有搭腔。面瓜文不对题地"嗨"了一声,说:"今天是周末了。"筱燕秋凛了一下,紧张起来了,不动。面瓜挨着筱燕秋坐下来,嘴唇正对着筱燕秋的右耳垂。面瓜张开嘴巴,顺势把筱燕秋的耳垂衔在了嘴里,手却向常去的地方去了。筱燕秋的反应是她自己都始料不及的,她一把就把面瓜推开了,她的力气用得那样猛,居然把面瓜从沙发上推下去了。筱燕秋尖声叫道:"别碰我!"这一声尖叫划破了宁静的夜,突兀而又歇斯底里。面瓜怔在地上,起先只是尴尬,后来竟有些恼羞成怒了,夜深人静的,又不敢发作。筱燕秋的胸脯一鼓一鼓的,像涨满了风的帆。筱燕秋抬起头来,眼眶里突然沁出了两汪泪,她望着自己的丈夫,说:"面瓜。"

今夜不能入眠。筱燕秋在漆黑的夜里瞪大了眼睛,黑夜里的眼睛最能看清的就是自己的今生今世。筱燕秋的一只眼睛看着自己的过去,一只眼睛看着自己的未来。可筱燕秋的两眼都一样的黑。筱燕秋好几次想伸出手去抚摸面瓜的后背,终于忍住了。她在等天亮。天亮了,昨天就过去了。

除了学戏,春来总是闷不吭声的,静得像一杯水。空闲的时刻春来习惯于一个人坐在一边,又长又弯的眉毛挑在那儿,大而亮的眼睛这儿睃睃,那儿瞅瞅,一副妩媚而又自得的模样。春来的身上有一种寂静的美,恬然的美,一举一动都透出弱柳扶风的意味。但是,这样的女孩子说来动静就来了动静。春来无风就是三尺浪。她带来了消息,一个让筱燕秋五雷轰顶的消息。

临近响排的那一天炳璋突然把筱燕秋叫住了。炳璋的脸上很不好看,他闷着头,不声不响地只是把筱燕秋往自己的办公室里带,春来坐在炳璋的办公室里,安安静静地翻着当天的《晚报》。筱燕秋一看见春来就预感到有什么事发生了。

"她要走。"炳璋一进办公室就这样没头没脑地说。

"谁要走?"筱燕秋蒙在那儿。她看了一眼春来,不解地说,"要到哪里去?"

春来站起身来,依旧不肯看自己的老师。她站在筱燕秋的面前,一言不发,只是望着自己的脚尖。春来的模样再一次使筱燕秋想起了自己的当初,她当初站在李雪芬的病床前面就是这副样子的。但是,自己的心气和春来的现在显然是不可同日而语的。春来磨蹭了半天,开口说话了。春来说:"我想走。"春来说:"我要到电视台去。"

筱燕秋听清楚了,就是不明白。春来的那两句话前言不搭后语的,筱燕秋弄不清里面的山高水深。筱燕秋说:"你要到哪里去?"

春来直接把底牌亮出来了。春来说:"我不想演戏了。"

筱燕秋听明白了,每一个字都听清楚了。筱燕秋静静地打量着她的学生,慢慢歪过了脑袋。筱燕秋轻声说:"你不想做什么?"

春来又沉默了,接下来的话是炳璋帮她说的。炳璋说:"电视台要一个主持人,她报名去了,一个月之前她就报名去了。都已经面试过了,人家要她。"筱燕秋想起来了,说戏的那些日子里头电视台的确是在晚报上面做过广告的,都一个月了,这孩子不声不响居然把什么都准备好了。筱燕秋傻在了沙发旁边,身体晃了一下,就好像被谁拽了一把。筱燕秋顿时就乱了方寸。她伸出双手,打算搭到春来的肩膀上去的,刚一伸手,又收回了原处。筱燕秋喘息了,突然喊道:"你知道你在说什么?"

春来看了看窗外,不说话。

"你休想!"筱燕秋大声说。

"我知道你在我的身上花费了心血,可我走到今天也不容易。你不要拦我。"

"你休想!"

"那我退学。"

筱燕秋抬起了双手,就是不知道要抓什么。她看了看炳璋,又看了看春来,双手抖动起来。她一把拽住了春来的衣襟,心碎了。筱燕秋低声说:"你不能,你知道你是谁?"

春来耷拉着眼皮,说:"知道。"

"你不知道!"筱燕秋心痛万分地说,"你不知道你是多好的青衣——你知道你是谁?"

春来歪了歪嘴角,好像是笑。但没出声。春来说:"嫦娥的B档演员。"

筱燕秋脱口说:"我去和他们商量,你演A档,我演B档,你留下来,好不好?"

春来调过头去,说:"我不抢老师的戏。"

春来还是那样生硬,然而,口气上毕竟有所松动了。筱燕秋抓住了春来的手,慌忙说:"没有,你没有抢我的戏!你不知道你多出色,可我知道。出一个青衣多不容易,老天爷要报应的——你演A档,你答应我!"她把春来的手捂在自己的掌心里,急切地说:"你答应我。"

春来抬起了头来,望着她的老师。这么些日子来,春来还是第一次这样正眼看她的老师。筱燕秋仔细地研究着春来的目光,这是一种疑虑的目光,一种打算改弦更张的目光。筱燕秋全神贯注地看着春来,就好像春来的目光一移开立即就会飞走了似的。炳璋一直注视着春来,他从春来细微的变化当中看到了玄机。那绝对是七不离八的。炳璋有底了,知道和春来的谈话从哪儿入手了。炳璋对筱燕秋摆了摆手,示意她先出去。筱燕秋不动,都有些神经质了,直到炳璋把手搭在了她的肩上她才回过神来。筱燕秋一步一回头。炳璋悄声说:"先回去,你先回去。"

筱燕秋回到了排练大厅,远远地打量着炳璋的那扇窗。那扇窗现在是她的命。排练结束了,人去楼空,空荡荡的排练大厅孤零零地吊着筱燕秋的身影。筱燕秋在焦急地等。夕阳残照,大厅里的粉尘悬浮在半空,橙黄橙黄的,弥漫着一股毫无由头的温馨,植物的叶片被残阳放大了,已经看不出植物叶片的轮廓。筱燕秋抱着胳膊,在大厅里来来回回。炳璋的窗户突然打开了,探出了炳璋的脑袋和一条手臂。筱燕秋看不见炳璋的表情,然而,她看到了炳璋挥舞胳膊。炳璋挥得很有力,最后还把手握成了拳头。筱燕秋明白了。她扶着墙边的练功架,泪水涌了上来。她的身体沿着墙面慢慢滑落了下去。当她坐在地板上的时候,筱燕秋终于哭出声来。她的一切差一点就付诸东流了,这真的是一场劫后余生。这是多么幸福的泪水!多么令人欣慰的泪水!筱燕秋扶着一把椅子的靠背坐了上去。她在椅子上慢慢地哭,慢慢地体会这份幸福与欣慰。筱燕秋在抹眼泪的时候认认真真地责备了自己一回,剧组一成立她其实就应该和春来说明白的,春来要是有戏演,她断不至于去找别的出路的。自己都这个年纪了,一个青衣到了这个岁数,还争什么戏?还演什么A档?这样多好!反正春来都已经顶上来了,再怎么说,春来终究是另一个自己,是自己的另一种方式。只要春来唱红了,自己的命脉一样可以在春来的身上流传下去的。这么一想筱燕秋突然放松了,心中的压力与阴影荡然无存。放弃,彻底放弃。筱燕秋深深地出了一口气,心情为之一振。

减肥真的像一场病。病去如抽丝,病来如山倒。开禁没几天,磅秤的红色指针呼啦一下就把筱燕秋的体重反弹上去了,还捞回了0.5公斤,都有点像有奖销售了。筱燕秋的心情爽朗了一些日子,但是,等体重真的回复到过去,筱燕秋便又后悔了。刚刚到手的机会说失去就这么失去了,这样的伤心实在是毁灭性的。筱燕秋望着磅秤上的红色指针,指针翘上去一点儿筱燕秋的心就沉下去一点儿。但是筱燕秋不允许自己伤心,不是不允许自己流露出伤心,而是不允许自己产生一点点难受的念头,产生多少就掐死多少。做出放弃的承诺之后,筱燕秋原以为自己从此就能够心静如水的。但是没有。相反,登台的念头甚至比以往更强烈了。可是放弃A档毕竟是筱燕秋在炳璋的面前亲口承诺的,这个承诺是一把剑,筱燕秋亲眼看着自己被这把剑劈成两个,一个站在岸上,另一个则被摁在了水底。当水下的筱燕秋企图浮出水面的时候,岸上的筱燕秋毫不犹豫地就会用鞋底把她踩向水的深处。岸上的筱燕秋感到了水下的窒息,而水下的筱燕秋则亲眼目睹了谋杀的冷酷。岸上和水下的两个女人一起红眼了，怒目相向。筱燕秋在水底与岸上两头挣扎，疲惫万分。她选择了拼命进食，宛如溺水的人拼命喝水。她的体重就此一路飙升。捞回来的体重不仅是对春来的一种交代，同样也是对自己最有效的阻拦。筱燕秋第一次发现自己这么能吃，实在是好胃口。

剧组的人们从筱燕秋的身上看出了反常种种。这个沉默的女人在减肥初见成效的时刻说放弃就放弃了。没有人听到筱燕秋说起过什么，然而，人们看着筱燕秋的脸色重新红润起来了，而唱腔的气息也再一次落了地，生了根。有了猜测，那次"刺花儿"对筱燕秋的刺激一定太大了，要不然，像筱燕秋这样好强的女人不可能说放弃就放弃的。真正反常的也许还不是筱燕秋放弃了减肥，几乎所有人都注意到了，《奔月》刚进入响排，筱燕秋其实已经把自己撤下来了。实地排练的差不多全是春来，筱燕秋只是提着一把椅子，坐在春来的对面，这儿点拨一下，那儿纠正一下。筱燕秋显出一副愉快万分的模样，只是愉快得有些过了头，就好像太阳都已经放到他们家冰箱里了。这一来就免不了夸张和表演的意思。筱燕秋把所有的精力全都耗在了春来的身上，看上去再也不像一个演员在排练，更像一个导演，严格地说，像春来一个人的导演。人们不知道筱燕秋到底怎么了，没有人知道这个女人的脑子里栽的是什么果，开的是什么花。

一到家筱燕秋的疲惫就全上来了。那种疲惫像秋雨之后马路两侧被点燃的落叶，弥散出的呛人的浓烟，缭绕着，纠缠着，盘旋在筱燕秋的体内。筱燕秋甚至连眼睛都有些累了,只要一看住什么东西,一看就是好半大,眼珠子就再也懒得挪动一下子。好几次筱燕秋都直起了腰,大口大口地做深呼吸,想把虚拟的烟雾从自己的胸口呼出去,可是深呼吸总也是吸不到位,努力了几次,筱燕秋只好作罢了。

筱燕秋的失神自然没有逃出面瓜的眼睛,她那种半死不活的模样不能不引起面瓜的高度关注。她在床上已经连续两次拒绝面瓜了,一次冷漠,另一次则神经质。她那种模样就好像面瓜不是想和她做爱,而是提了一把匕首,存心想刺刀见红。面瓜已经暗示了几次了,有些话说得都已经相当露骨了,她竟然什么都没有听进去。这个女人的心一定开叉了,这个女人看来是不为所动了。

七

炳璋在筱燕秋给春来示范亮相的时候找到了筱燕秋。春来在亮相这个问题上老是处理得不那么到位。亮相不仅是戏剧心理的一种总结,它还是另一种戏剧心理无言的起始。亮相有它的逻辑性,有它的美。亮相最大的难点就是它的分寸,艺术说到底都是一种恰如其分的分寸。筱燕秋连续示范了好几遍。筱燕秋强打着精神,把说话的声音提到了近乎喧哗的程度。她要让所有的人都看出来,她热情洋溢,她还心平气和,她没有丝毫不甘,没有丝毫委屈,她的心情就像用熨斗熨过了一样平整。她不仅是最成功的演员,她还是这个世上最幸福的女人,最甜蜜的妻子。

炳璋这时候过来了。他没有进门,只在窗户的外面对着筱燕秋招了招手。炳璋这一次没有把筱燕秋叫到办公室里去,而是喊到了会议室。他们的第一次谈话就是在办公室里进行的。那一次谈得很好,炳璋希望这一次同样谈得很好。炳璋先是询问了排练的一些具体情况,和颜悦色的,慢条斯理的。炳璋要说的当然不是排练,可他还是习惯于先绕一个圈子。他这个团长不知道为什么,就是有点害怕面前的这个女人。

筱燕秋坐在炳璋的对面,专心致志。她那种出格的专心致志带上了某种神经质的意味,好像等待什么宣判似的。炳璋瞥了一眼筱燕秋,说话便越发小心翼翼了。

炳璋后来把话题终于扯到春来的身上来了。炳璋倒也是打开窗子说起了亮话。炳璋说,年轻人想走,主要还是担心上不了戏,看不到前途,其实也不是真的想走。筱燕秋突然堆上笑,十分突兀地大声说:"我没有意见,真的,我绝对没有意见。"炳璋没有接筱燕秋的话茬儿,顺着自己的思路往下走。"照理说我早就该找你交流交流的,市里头开了两个会,耽搁了。"炳璋自我解嘲似的笑了笑,说,"你是知道的,没办法。"筱燕秋咽了一口,又抢话了,说:"我没意见。"炳璋小心地看了一眼筱燕秋,说:"我们还是很慎重的,专门开了两次行政会议,我想再和你商量商量,你看这样好不好——"筱燕秋突然站起来了,她站得如此之快,把她自己都吓了一跳。筱燕秋又笑,说:"我没意见。"炳璋紧张地跟着站起了身,疑疑惑惑地说:"他们已经和你商量了?"筱燕秋茫然地望着炳璋,不知道"他们"和她"商量了"什么了。炳璋把下嘴唇含在嘴里,不住地眨眼,有些欲言又止。炳璋最后还是鼓起了勇气,磕磕绊绊地说:"我们专门开了两次行政会议,我们想呢,——他们还是觉得我来和你商量妥当一些,能够从你的戏量里头拿出一半,当然了,你不同意也是合情合理的,你演一半,春来演一半,你看看是不是——"

下面的话筱燕秋没有听清楚,但是前面的话她可是全听清楚了。筱燕秋突然醒悟过来了,这些日子她完全是自说自话了,完全是自作主张了!领导还没有找她谈话呢!一出戏是多大的事?演什么,谁来演,怎么可能由她说了算呢?最后一定要由组织来拍板。她筱燕秋实在是拿自己太当人了。一人一半,这才是组织上的决定呢,组织上的决定历来就是各占百分之五十。筱燕秋喜出望外,喜出了一身冷汗,脱口说:"我没意见,真的,我绝对没有意见。"

筱燕秋的爽快实在出乎炳璋的意料。他小心地研究着筱燕秋,不像是装出来的。炳璋悄悄地松了一口气。炳璋有些激动,想夸筱燕秋,一时居然没有找到合适的词句。炳璋后来自己也奇怪,怎么说出那样一句话来了,几十年都没人说了。炳璋说:"你的觉悟真是提高了。"筱燕秋在返回排练大厅的路上几乎喜极而泣,她想起了春来闹着要走的那个下午,想起了自己为了挽留春来所说的话。筱燕秋突然停下了脚步,回头看会议室的大门。筱燕秋当着炳璋的面说过的,春来演A档,可炳璋并没有拿她的话当回事。显然,炳璋一定只当是筱燕秋放了个屁。筱燕秋对自己说,炳璋是对的,她这个女人所发的誓言顶多只是一个屁。不会有人相信她这个女人的,她自己都不相信。

过道里旋起了一阵冬天的风,冬天的风卷起了一张小纸片。孤寂的小纸片是风的形式,当然也就是风的内容。没有什么东西像风这样形式与内容绝对同一的了。这才是风的风格。冬天的风从筱燕秋的眼角膜上一扫而过,给筱燕秋留下了一阵战栗。纸片像风中的青衣,飘忽,却又痴迷,它被风丢在了墙的拐角。又是一阵风飘来了,纸片一颠一颠的,既像躲避,又像渴求。小纸片是风的一声叹息。

天气说冷就冷了,而公演的日子说近也就近了。老板在这样的时刻表现了老板的威力,老板实在是一个操纵媒体的大师,最初的日子媒体上只是零零星星地做了一些报道,随着公演一天一天地逼近,媒体逐渐升温了,大大小小的媒体一起喧闹了起来。热闹的舆论营造出这样一种态势,就好像一部《奔月》业已构成了公众的日常生活,成了整个社会倾心关注的重点。媒体设置了这样一个怪圈:它告诉所有的人,"所有的人都在翘首以待"。舆论以倒计时这种最为撩拨人的方式提醒人们,万事俱备,只欠东风。

响排已经接近了尾声。这个上午筱燕秋已经是第五次上卫生间了,一大早起床的时候筱燕秋就发现身上有些不大对路,恶心得要了命。筱燕秋并没有太往心里去。前些日子服用了太多的减肥药,感觉好像也是这样的。第五次走进卫生间之后,筱燕秋的脑子里头一直挂牵着一件事,到底是什么事,一时又有点想不起来,反正有一件要紧的事情一直没有做。筱燕秋就觉着自己胀得厉害,不住地要小解。其实也尿不出什么。利用小解的机会筱燕秋又想了想,还是觉得有一件要紧的事情没有做。就是想不起来。

洗手的时候一阵恶心重又反上来了,顺带着还涌上来一些酸水。筱燕秋呕了几口,突然愣住了。她想起来了。筱燕秋终于想起来了。她知道这些日子到底是什么事还没做了。她惊出了一身汗,站在水池的前面,一五一十地往前推算。从炳璋第一次找她谈话算起,今天正好是第四十二天。四十二天里头她一直忙着排戏,居然把女人每个月最要紧的事情弄忘了。其实也不是忘了,破东西它根本就没有来! 筱燕秋想起了四十二天之前她和面瓜的那个疯狂之夜。那个疯狂的夜晚她实在是太得意忘形了,居然疏忽了任何措施。她这三亩地怎么就那么经不起惹的呢? 怎么随便插进一点什么它都能长出果子来的呢? 她这样的女人的确不能太得意,只要一忘乎所以,该来的肯定不来,不该来的则一定会叫你现眼。筱燕秋下意识地捂住了自己的小肚子,先是一阵不好意思,接下来便是不能遏制的恼怒。公演就在眼前,她那天晚上怎么就不能把自己的大腿根夹紧呢? 筱燕秋望着水池上方的小镜子,盯着镜子中的自己。她像一个最粗鲁的女人用一句最下作的话给自己做了最后总结:"×你妈的,夹不住大腿根的贱货!"

　　肚子成了筱燕秋的当务之急。筱燕秋算了一下日子,这一算一口凉气一直逼到了她的小腿肚子。公演的日子就在眼前,要是在戏台上犯了恶心,呕吐起来,救火都来不及的。首选当然是手术。手术干净、彻底,一了百了。可手术到底是手术,皮肉之苦还在其次,恢复起来可实在是太慢了。上了台,你就等着"刺花儿"吧。筱燕秋五年之前坐过一次小月子,刮完了身子骨便软了,趿拉了二十多天。筱燕秋不能手术,只有吃药。药物流产不声不响的,歇几天或许就过去了。筱燕秋站在水池的前面，愣在那儿，突然走出了卫生间，直接往大门口的方向去。筱燕秋要抢时间，不是和别人抢，而是和自己抢，抢过来一天就是一天。

筱燕秋的手上捏了六粒白色的小药片。医生交代了，早晚各一粒，后天上午两粒，吃完了再去找他。小药片的名字起得实在是抒情，"含珠停"。就好像筱燕秋的肚子里头这刻儿含着的是一粒锃亮的珍珠，正在缓缓地生长，筱燕秋要做的事情是把它停下来。难怪现在写诗的少了，写戏的少了，他们都忙着给大大小小的药丸子起名字去了。筱燕秋望着手里的小药片，心中涌上了一阵酸楚。女人的一生总是由药物相陪伴，嫦娥开了这个头，她筱燕秋也只能步嫦娥的后。药物实在是一个古怪的东西，它们像生活当中特别诡异的阴谋。

筱燕秋的家离医院有一段路，筱燕秋还是决定步行回去。一路上她生着自己的气，更多的是生面瓜的气。到家的时候她已经不是在生面瓜的气了，而是对面瓜充满了仇恨。一进家门她就没有给面瓜好脸。筱燕秋没有吃，没有洗，倒下头便睡。

筱燕秋没有请假，说到底流产这样的事情也不是什么了不得的光荣，没必要弄得路人皆知。只不过筱燕秋有点扛不住"含珠停"的药物反应。她恶心得厉害了，身子骨全轻了，像是从月亮上刚飞回来的。筱燕秋用力支撑着，总算把这一天的排练挺过来了。但是，她的仇恨却与日俱增。筱燕秋这一次总算把面瓜恨到骨子里头了。第二天的夜晚是昨天晚上的翻版，气氛却比昨天更为凌厉。筱燕秋走进家门的时候更加严峻地阴着一张脸,不吃,不喝,不洗,不说,一声不响地上床。家里异样了。冬天的风一起堵在了面瓜的门口,顺着门缝扁扁地劈了进来。面瓜静静地听了一会儿,不知所以,不知所措。

但是筱燕秋并没有睡。面瓜在夜深人静的时候听到了她的沉重叹息。她把气吸得那么深,而呼的时候却故意收住了,静悄悄的,好像故意不让人听见似的,这又瞒得住谁呢?面瓜也轻轻地叹了一口气。生活出了问题了,生活绝对出了问题了。面瓜看到了生活的尽头。

面瓜开始缅怀起过去。一个人学会了缅怀,必然意味着某一种东西走到了尽头。面瓜是在筱燕秋最落魄的时候鸠占了雀巢,两个人原本就不般配的。人家现在又能演戏了,又要做大明星了,做了嫦娥的人除了想往天上飞还往哪儿飞?她迟早总是要飞回到天上去的。这个家离鸡飞狗散的日子绝对不远了。面瓜记起了筱燕秋这些日子里的诸种反常,面对着夜的颜色,兀自冷笑了一回。

一大早筱燕秋吃掉最后两粒药片,坐在家里静静地等。上午九点,筱燕秋带上擦换的纸巾往医院去。医生没有做别的,还是命令她吃药。这一回医生给她的是三颗六角形的白色片剂,筱燕秋一口吞进了肚子,转了一会儿,在一边的椅子上静静地坐等。腹部的阵痛在她坐下之后慢慢开始了,一阵紧似一阵。筱燕秋弓在那儿,不声不响地喘息。后来医生过来了,厉声说:"坐在这儿做什么?要等四个小时呢。出去跑,跳,坐在这儿做什么?"筱燕秋来到了楼下,肚子却疼得咬人了,有些支撑不住,就想找个地方好好躺下来。筱燕秋不敢回到楼上,实在又不愿意待在医院的门口,万一碰上熟人免不了丢人现眼。筱燕秋实在熬不过去,一赌气就回到了家中。家中没有人,整座楼上都没有人。筱燕秋站在客厅里头,突然想起了医生的话。她决定跳,决定在这个无人的时刻弄出一点动静来。筱燕秋脱了鞋,光着脚,呼的一下一蹦多高。光着的脚后跟落在了楼板上,楼板咚的一下,吓了筱燕秋一跳,听上去却鼓舞人心。筱燕秋倾听了片刻,再跳,楼板咚的又一下。楼板的轰隆声激励了筱燕秋,筱燕秋越跳越疼,越疼越跳,颠跳伴随着疼痛,疼痛伴随着颠跳。筱燕秋越跳越高,越跳越来神了。一阵空前的畅快与轻松突然间布满了筱燕秋,这真是一次意外的收获,意外的惊喜。筱燕秋扒掉了大衣,在自己的大衣上拼命地跳跃、拼命地扭动。她的头发散开来了,像一万只手,在半空中乱舞乱抓。筱燕秋就想叫,只想叫,不过不叫也没有关系,这样就足够了。筱燕秋都忘记了为什么而跳的了,她现在只是为跳而跳,为咚咚作响而跳,为地动山摇而跳。筱燕秋痛快淋漓了,升腾起来了,飞起来了。她竭尽了全力,直至耗尽了最后一丝体力。筱燕秋躺在地板上,眼眶里沁出了幸福的泪。

楼下小卖部的女人听到了楼上的反常动静,她伸出了脖子,自语说:"楼上这是怎么啦?"她的丈夫正在数钱,没有抬头,"嗨"了一声,说:"装修呢。"

中午时分那粒"珍珠"从筱燕秋的体内滑落了出来。血在流,疼痛却终止了。无痛一身轻,从疼痛中解脱出来的时刻多么令人陶醉!筱燕秋疲惫万分。她躺在床上,仔细详尽地体会着这份陶醉、这份轻松、这份疲惫。陶醉是一种境界。轻松是一种领悟。疲惫是一种美。

筱燕秋睡着了。

筱燕秋不知道这一觉睡了有多久,昏睡之中筱燕秋做了许多细碎的梦,连不成片段,像水面上的月光,波光粼粼的,密密匝匝的,闪闪烁烁的,一个都捡不起来。筱燕秋甚至知道自己在做梦,但是醒不来。

咣当一声,面瓜下班了。今天下午面瓜下班到家之后显得有点异样,手上没有了轻重,似乎什么都碍他的事。面瓜摔摔打打的,这儿咚的一下,那儿轰的一下。筱燕秋想支起身子和他说些什么,但是整个人都绵软了,只好罢了。筱燕秋翻了个身,接着睡。

筱燕秋看出了事态的严重性。事实上,当一个人看出了事态的严重性的时候,事态往往已经超出了当事人的认知程度。说起来还是女儿提醒了筱燕秋,那天女儿晚上故意绕到了卫生间里头,问筱燕秋:"爸爸最近怎么啦?"女儿的脸上是一无所知的样子,孩子的一无所知往往意味着知根知底。这句话把筱燕秋问醒了,她从女儿的目光当中看到了自己的恍惚,看到了家中潜在的危险性。第二天排练一结束筱燕秋就撑着身子拐到了菜场,买了一只老母鸡,顺便还捎了一些洋参片。天这么冷了,面瓜一天到晚站在风口,该给他补一补了。再说自己也该补一补了。等吃完了这顿饭,筱燕秋一定要和面瓜好好聊一聊。

面瓜回家的时候脸上紫紫的,全是冬天的风。筱燕秋迎了上去。筱燕秋一点都不知道自己热情得有多过分,一点都不像居家过日子的模样。面瓜疑疑惑惑地看了筱燕秋一眼,挪开之后的目光愈发疑云密布了。女儿远远地看了看父母这边，趴在阳台上做作业去了。客厅里头只有筱燕秋和面瓜两个。筱燕秋回头瞄了一下阳台，舀了一碗鸡汤端到了餐桌上。筱燕秋像一个下等酒馆的女老板，热情地劝道："喝点吧，天冷了，补补，鸡汤，还加了洋参片。"

面瓜陷在沙发里头，没动，却点起了一根香烟。面瓜的胸脯笑了一下，脸上的笑容就不那么像笑，看上去有些古怪。面瓜把打火机丢在茶几上，自语说："补补。鸡汤。还加了洋参片。"面瓜抬起头，说："补什么补？这么冷的天，让我夜里到大街上去转圆圈？"

这话伤人了。这话一出口面瓜也知道伤人了，听上去还特别的别扭。就好像夫妻两个在一起生活就为了床上那些事似的，这一来又戳到了筱燕秋的痛处。面瓜其实并没有细想，只是心情不好，脱口就出来了。面瓜想缓和一下，又笑，这一回笑得就更不像笑了，看上去一脸的毒。筱燕秋当头遭到了一盆凉水，生活中最恶俗、最卑下的一面裸露出来了。筱燕秋重新把脸拉了下来，说："不喝拉倒。"

说完这话筱燕秋瞄了一眼阳台，目光正好和女儿撞上了。女儿立即把目光避开了。仰起头，做出一副认真思考的样子。

八

彩排极其成功。春来演了大半场，临近尾声的时候筱燕秋演了一小段，算是压轴。师生同台，真的成了一件盛事了。炳璋坐在台下的第二排,控制着自己,尽量平静地注视着戏台上的两代青衣。炳璋太兴奋了,差不多溢于言表了。炳璋跷着二郎腿,五根手指像五个下了山的猴子,开心得一点板眼都没有。几个月之前剧团是一副什么样子,现在说上戏就上戏了。炳璋为剧团高兴,为春来高兴,为筱燕秋高兴,然而,他还是为自己高兴。炳璋有理由相信自己成了最大赢家。

筱燕秋没有看春来的彩排,她一个人坐在化妆间里休息了。她的感觉实在不怎么好。后来筱燕秋上台了,筱燕秋一登台就演唱了《广寒宫》,这是嫦娥奔月之后幽闭于广寒宫中的一段唱腔,即整部《奔月》最大段、最华彩的一段唱,二黄慢板转原板转流水转高腔,历时十五分钟之久。嫦娥置身于仙境,长河即落,晓星将沉,嫦娥遥望着人间,寂寞在嫦娥的胸中无声地翻涌,碧海青天放大了她的寂寞,天风浩荡,被放大的寂寞滚动起无从追悔的怨恨。悔恨与寂寞相互撕咬,相互激荡,像夜的宇宙,星光闪闪的,浩渺无边的,岁岁年年的。人是自己的敌人,人一心不想做人,人一心就想成仙。人是人的原因,人却不是人的结果。人啊,人啊,你在哪里?你在远方,你在地上,你在低头沉思之间,你在回头一瞥之间,你在悔恨交加之间。人总是吃错了药,吃错了药的一生经不起回头一看,低头一看。吃错药是嫦娥的命运,女人的命运,人的命运。人只能如此,命中八尺,你难求一丈。

这段二黄的后面有一段笛子舞,嫦娥手里拿着从人间带过去的一把竹笛,众仙女飘飘然,徐徐而上。嫦娥在众仙女的环抱之中做无助状,做苦痛状,做悔恨状,做无奈状,做顾盼状。嫦娥与众仙女亮相。整部《奔月》就是在这个亮相之中降下大幕的。

照炳璋原来的意思,彩排的戏量筱燕秋与春来一人一半的。筱燕秋没有同意。她对自己的身体没有把握。嫦娥在服药之后有一段快板唱腔,快板下面又是一段水袖舞,水袖舞张狂至极,幅度相当大。不论是快板还是水袖舞,都是力气活儿。放在过去筱燕秋自然是没有问题的,今天却不行。筱燕秋流产毕竟才第五天。虽说是药物流产,可到底失了那么多的血,身子还软,气息还虚,筱燕秋担心自己扛不下来,到底也不是正式演出。筱燕秋的决定的确是明智的,笛子舞过后,大幕刚刚落下,筱燕秋一下子就软瘫在地毯上了,把身边的"仙女们"吓了一大跳。好在筱燕秋并不慌张,她坐在毡毯上,笑着说:"绊了一下,没事的。"筱燕秋没有谢幕,直接到卫生间去了。她感到了不好,下身热热的,热热的东西在往下淌。

筱燕秋从卫生间里出来,一拐弯就被众人围住了。炳璋站在最前面,冲着她无声地微笑,跷着他的大拇指。炳璋在赞美筱燕秋。炳璋的赞美是由衷的,他的眼里噙着泪花。筱燕秋的嫦娥实在是太出色了。炳璋把左手搭在筱燕秋的肩膀上,说:"你真的是嫦娥。"

筱燕秋无力地笑着。她突然看见春来了,还有老板。春来依偎在老板身边,仰着脸,满面春风,一路走一路和老板说着什么。老板步履矫健,神采奕奕,像微服私访的伟人。老板亲切地微笑着,边微笑边点头。筱燕秋从他们的神态上面敏锐地捕捉到了异样的征候,心口咯噔了一下。筱燕秋笑了笑,迎了上去。

《奔月》公演的这天下起了大雪,一大早就是雪霁之后晴朗的冬日。晴朗的太阳把城市照得亮亮的,白白的,都有些刺眼了。大雪覆盖了城市,城市像一块巨大的蛋糕,铺满了厚厚的奶油,又柔和,又温馨,笼罩着一种特殊的调子,既像童话,又像生日。筱燕秋躺在床上,目光穿过了阳台,静静地看着玻璃外面的巨大蛋糕。筱燕秋没有起床,她就是弄不明白,下身的血怎么还滴滴答答的,一直都不干净。筱燕秋没有力气,她在静养。她要把所有的力气都省下来,留给戏台,留给戏台上的一举一动,一字一句。

临近傍晚的时分厚厚的蛋糕已经被糟蹋得不成样子了,有一种客人散尽、杯盘狼藉的意味。雪化了一部分,积余了一部分,化雪的地方裸露出了大地的乌黑、肮脏、丑陋,甚至狰狞。筱燕秋叫了一辆出租车,早早来到了剧院。化妆师和工作人员早到齐了。今天是一个不一般的日子,是筱燕秋这一生当中最为重要的日子。一下车筱燕秋就在台前与台后都走了一遍,看了一遍,和工作人员招呼了几回,然后,回到化妆间,查看过道具,静静地坐在了化妆台的前面。

筱燕秋望着镜子里的自己,慢慢地调息。她细细地端详着自己,突然觉得自己今天是一个古典的新娘。她要精心地梳妆,精心地打扮,好把自己闪闪亮亮地嫁出去。她不知道新郎是谁,尚未拉开的红色大幕是她头上的红盖头,把她盖住了。一阵慌张十分突兀地涌向了筱燕秋的心房,筱燕秋慌张得厉害。红盖头是一个双重的谜,别人既是你的谜,你同样又构成了别人的谜。你掩藏在红盖头的下面,你与这个世界彻底变成了互猜的关系,由不得你不紧张,不心跳,不神飞意乱。

筱燕秋深吸了一口气,定下心来。她披上了水衣,扎好,然后,筱燕秋伸出了手去。她取过了底彩。她把肉色的底彩挤在了左手的掌心上,均匀地抹在脸上、脖子上、手背上。抹匀了,筱燕秋开始搽凡士林。化妆师递上了面红,筱燕秋用中指一点一点地把自己的眼眶、鼻梁画红了,左右研究了一下,满意了,拍定妆粉。筱燕秋开始上胭脂了。胭脂搽在了面红抹过的部位,面红立即出彩了,鲜亮了起来,镜子里青衣的模样顿时就出来了一个大概。现在轮到眼睛了。筱燕秋用指尖顶住了眼角,把眼角吊向太阳穴的斜上方,画眼,画眉。画好了,筱燕秋松开手,眼角的皮肤一起松垮垮地掉了下来,而眼眶却画在了高处,这一来眼角那一把就有些古怪,妖里妖气的。

化完妆,筱燕秋便把自己交给了化妆师。化妆师湿好了勒头带,开始为筱燕秋吊眉。化妆师把筱燕秋的眼角重新顶上去,筱燕秋感到有点疼。化妆师用潮湿的勒头带把筱燕秋的脑袋裹了一圈又一圈,勒住了眼角的皮,紧绷绷的,吊上去的眼角这一回算是固定住了,筱燕秋的双眼呈倒"八"字状,看上去有点像传说中的狐狸,妩媚起来了,灵动起来了。吊好眉,化妆师为筱燕秋贴上大片,左腮一个,右腮一个,筱燕秋的脸型一下子变了,居然变成了一只剥了壳的鸡蛋。上好齐眉穗,盖好水纱,戴上头套、假发,一个活灵活现的青衣立时就出现在镜框里了。筱燕秋盯着自己,看,她漂亮得自己都认不出自己来了。那绝对是另一个世界里的另一个女人。但是，筱燕秋坚信，那个女人才是筱燕秋，才是她自己。筱燕秋挺起了胸，侧过头，意外地发现化妆间里挤了好些人。他们一起愣在那儿，专心地看着她，用一种疑惑的眼光研究着她。筱燕秋看到了春来，春来就在身边。春来一直就站在筱燕秋的身边。春来待在那儿，她不敢相信面前的女人就是与她朝夕相处的老师筱燕秋。筱燕秋简直就是变魔术，突然变出一个人来了。筱燕秋睃了春来一眼。她知道这个小女人此时此刻的心情。她看得出，这个小女人妒忌了。筱燕秋没有开口，她现在谁也不是。她现在只是自己，是另一个世界里的另一个女人。是嫦娥。

大幕拉开了。红盖头掀起来了。筱燕秋撩开了两片水袖。新娘把自己嫁出去了。没有新郎，这个世界就是新郎，所有的人都是新郎。所有的新郎一起盯住了唯一的新娘。筱燕秋站在入相处，锣鼓响了起来。

筱燕秋没有料到一出戏如此之短，筱燕秋只觉得刚开了一个头，刚刚离开了这个世界，说回来就又回来了。筱燕秋起初还担心自己的身体吃不消的，刚刚登台的时候是有那么一点紧张，很快她就完全放松下来了。她开始了抒发，开始了倾诉，她彻底忘记了自己，甚至彻底忘记了嫦娥，她把满腔的块垒抽成了一根绵延的细长的丝，一点一点地吐了出来，缠绕了起来，挥洒了起来。她在世界的面前袒露出了她自己，满世界都在为她喝彩。她越来越投入，越来越痴迷，筱燕秋越陷越深。这是喜悦的两个小时，哭泣的两个小时，五味俱全的两个小时，缤纷飞扬的两个小时，畅酣的两个小时，凄艳的两个小时，恣意的两个小时，迷乱的两个小时，这还是类似于床笫之欢的两个小时。筱燕秋的身体连同她的心窍,一起全都打开了,舒张了,延展了,润滑了,柔软了,自在了,饱满了,接近于透明,接近于自缢,处在了亢奋的临界点。筱燕秋就感到自己成了一颗熟透了的葡萄,就差轻轻地、尖锐地一击,然后,所有黏稠的液汁就会了却心愿般地流淌出来。可是,戏完了,没戏了,结束了,"那个女人"说走就走了,毫不留情地把筱燕秋留给了筱燕秋。筱燕秋置身于巨大的惯性之中,她停不下来,她的身体不肯停下来。筱燕秋欲罢不能,她还要唱,还要演。筱燕秋不知道自己是怎么谢幕的,可大幕黑了一张脸,拉下了。那感觉就如同高潮临近的时候男人突然收走了他的器具。筱燕秋伤心欲绝。筱燕秋就想对着台下喊:"不要走,我求求你,你们都回来,你们快回来!"

散场了,一切都结束了。筱燕秋不是不累,而是有劲无处使。她在焦虑之中蠢蠢欲动。她在百般失落之中走向了后台,炳璋站在那儿,似乎在等着她。炳璋张开了双臂,正在出口那边高兴地迎候着她。筱燕秋走到炳璋的面前,委屈得像个孩子。她扑在了炳璋的怀里。她把脸埋进炳璋的胸前,失声痛哭。炳璋拍着她,不停地拍着她。炳璋懂。炳璋一个劲儿地眨巴他的眼睛。没有人知道筱燕秋的心思,没有人知道筱燕秋此时此刻最想做的是什么。筱燕秋自己也说不上来。嫦娥飞走了,只把筱燕秋一个人留在了这个世界上。筱燕秋就觉得自己想找一个男人,不要命地做一次爱。筱燕秋突然抬起头来,脸上的油彩糊成了一片,三分像人,七分像鬼,炳璋吓了一跳。炳璋再也没有料到筱燕秋会说出这样的话来,炳璋听了筱燕秋的话才知道自己并不懂得这个女人。

筱燕秋冷冷地望着炳璋,说:"明天还是我。你答应我。明天我还是要上!"

筱燕秋一口气演了四场。她不让。不要说是自己的学生,就是她亲娘老子来了她也不会让。这不是A档B档的事。她是嫦娥,她才是嫦娥。筱燕秋完全没有在意剧团这几天气氛的变化,完全没有在意别人看她的目光,她管不了这些。只要化妆的时间一到,她就平平静静地坐在了化妆台的前面,把自己弄成别人。

天气晴好了四天,午后的天空又阴沉下来了。昨晚的天气预报说了,今天午后有大风雪的。下午风倒是起了,雪花却没有。午后的筱燕秋又乏了,浑身上下像是被捆住了,两条腿费劲得要命。下午刚过了三点,筱燕秋突然发起了高烧,而下身又见红了,量比以往似乎还多了些,都没完没了了。高烧来得快,上得更快。筱燕秋的后背上一阵一阵地发寒,大腿的前侧似乎也多出了一根筋,拽在那儿,吊在那儿,无缘无故地扯着疼。筱燕秋到底不踏实了,到医院挂了妇科门诊。筱燕秋计划好了的,开上药,吃了,好歹也不会耽搁晚上的演出。可这一回医生倒是没有忙着让她吃药,而是问了又问,开出一大串的检查单子,叫她查了又查。医生一脸的肃穆,既没有吓人的话,也没有宽慰人的话,一副死不了也不怎么好的样子。医生最后开口了。"怎么拖到现在?内膜都感染成这样了,你看看血项。"医生后来说,"手术还是要做。最好呢,住下来。"筱燕秋没有讨价还价,生硬地说:"我不住。"筱燕秋又追了一句,说:"手术能不能等些时候?"医生的目光从眼镜镜框的上方看过来,说:"身体不等人哪。"筱燕秋说:"我不住。"医生拿起了处方,龙飞凤舞,说:"先消炎,再忙你也得先消炎。先吊两瓶水再说。"

利用取药的功夫筱燕秋拐到大厅,她看了一眼时钟,时间不算宽裕。毕竟也没到火烧眉毛的程度。吊到五点钟,完了吃点东西,五点半赶到剧场,也耽搁不了什么。这样也好,一边输液,一边养养神,好歹也是住在医院里头。

筱燕秋完全没有料到会在输液室里头睡得这样死,简直都睡昏了。筱燕秋起初只是闭上眼睛养养神的,空调的温度打得那么高,养着养着居然就睡着了。筱燕秋那么疲惫,发着那么高的烧,输液室的窗户上又挂着窗帘,人在灯光下面哪能知道时光飞得有多快?筱燕秋一觉醒来,身上像松了绑,舒服多了。醒来之后筱燕秋问了问时间,问完了眼睛便直了。她拔下针管,包都没有来得及提,就往门外跑。

天已经黑了。雪花却纷扬起来。雪花那么大,那么密,远处的霓虹灯在纷飞的雪花中明灭,把雪花都打扮得像无处不入的小婊子了,而大楼却成了气宇轩昂的嫖客,挺在那儿,在错觉之中一晃一晃的。筱燕秋拼命地对着出租车招手,出租车有生意,多得做不过来,傲慢得只会响喇叭。筱燕秋急得没病了,一个劲儿地对着出租车挥舞胳膊,都精神抖擞了。她一路跑,一路叫,一路挥舞她的胳膊。

筱燕秋冲进化妆间的时候春来已经上好妆了。她们对视了一眼,春来没有开口。筱燕秋上课的时候关照过她的,化上妆这个世界其实就没有了,你不再是你,他也不再是他,——你谁都不认识,谁的话你也不要听。筱燕秋一把抓住了化妆师,她想大声告诉化妆师,她想告诉每一个人:"我才是嫦娥,只有我才是嫦娥!"但是筱燕秋没有说。筱燕秋现在只会抖动她的嘴唇,不会说话。此时此刻,筱燕秋就盼望着王母娘娘能从天而降,能给她一粒不死之药,她只要吞下去,她甚至连化妆都不需要,立即就可以变成嫦娥了。王母娘娘没有出现,没有人给筱燕秋不死之药。筱燕秋回望着春来,上了妆的春来比天仙还要美。她才是嫦娥。这个世上没有嫦娥,化妆师给谁上妆谁才是嫦娥。

锣鼓响起来了。筱燕秋目送着春来走向了上场门。大幕拉开了,筱燕秋看见老板坐在了第三排的正中央。他像伟人一样亲切地微笑,伟人一样缓慢地鼓掌。筱燕秋望着老板,反而平静下来了。筱燕秋知道她的嫦娥这一回真的死了。嫦娥在筱燕秋四十岁的那个雪夜停止了悔恨。死因不详,终年四万八千岁。

筱燕秋回到了化妆间,无声地坐在化妆台前。剧场里响起了喝彩声,化妆间里就越发寂静了。她望着自己,目光像秋夜的月光,汪汪地散了一地。筱燕秋一点都不知道她做了些什么,她像一个行尸,拿起水衣给自己披上了,然后取过肉色底彩,挤在左手的掌心,均匀地、一点一点地往脸上抹,往脖子上抹,往手上抹。化完妆,她请化妆师给她吊眉、包头、上齐眉穗、戴头套,最后她拿起了她的笛子。筱燕秋做这一切的时候是镇定自若的,出奇的安静。但是,她的安静让化妆师不寒而栗,后背上一阵一阵地竖毛孔。化妆师怕极了,惊恐地盯着她。筱燕秋并没有做什么,也没有说什么,只是拉开了门,往门外走。

筱燕秋穿着一身薄薄的戏装走进了风雪。她来到剧场的大门口,站在了路灯的下面。筱燕秋看了大雪中的马路一眼,自己给自己数起了板眼,同时舞动起手中的竹笛。她开始了唱,她唱的依旧是二黄慢板转原板转流水转高腔。雪花在飞舞,剧场的门口突然围上来许多人,突然堵住了许多车。人越来越多,车越来越挤,但没有一点声音。围上来的人和车就像是被风吹过来的,就像是雪花那样无声地降落下来的。筱燕秋旁若无人。剧场内爆发出又一阵喝彩声。筱燕秋边舞边唱,这时候有人发现了一些异样,他们从筱燕秋的裤管上看到了液滴在往下淌。液滴在灯光下面是黑色的,它们落在了雪地上,变成一个又一个黑色窟窿。

雨天的棉花糖

> 如果我不能做
> 我想做的事情
> 那么我的工作就是
> 不做我不想做的
> 事情
> 这不是同一回事
> 但这是我能做的最好的
> 事情
> ……

——尼基·乔万里《雨天的棉花糖》

一

七月三日,那个狗舌头一样炎热的午后,红豆咽下了最后一口气。红豆死在家里的木床上。阳光从北向的窗子里穿照进来,陈旧的方木棂窗格斜映在白墙上,次第放大成多种不规则的几何图形。死亡在这个时刻急遽地降临。红豆平静地睁开眼睛，红豆的目光在房间里的所有地方转了一圈，而后安然地闭好。我站在红豆的床前。我听见红豆的喉咙里发出很古怪的声响，类似于秋季枯叶在风中的相互摩擦。随后红豆左手的指头向外张了一下，幅度很小，这时红豆就死掉了。红豆的生命是从他的手指尖上跑走的，他死去的指头指着那把蛇皮蒙成的二胡，红豆生前靠那把二胡反复搓揉他心中的往事。

红豆的母亲、姐姐站在我身边。她们没有号哭。周围显示出盛夏应有的安静。他的父亲不在身旁。等待红豆的死亡我们已经等得太久了。我向外走了两步，一屁股坐进旧藤椅中，旧藤椅的吱呀声翻起了无限哀怨。我的脑子里空洞如风，红豆活着时长什么样我怎么也弄不清了。我只能借助于尸体勾勒出红豆活着时的大概轮廓。他的手指在我的印象里顽固地坚持死亡的姿势，指责也可以说渴望那把二胡。

红豆死的时候二十八岁。红豆死在一个男人的生命走到第二十八年的这个要紧关头。红豆死时窗外是夏季，狗的舌头一样苍茫炎热。

少年红豆女孩子一样如花似玉。所有老师都喜欢这个爱脸红、爱忸怩的假丫头片子。红豆曾为此苦闷。红豆的苦闷绝对不是男孩的骄傲受到了伤害的那种。恰恰相反，红豆非常喜欢或者说非常希望做一个干净的女孩，安安稳稳娇娇羞羞地长成姑娘。他拒绝了他的父亲为他特制的木质手枪、弹弓，以及一切具有原始意味的进攻性武器。他的姐姐亚男留了两只羊角辫,为他成功地扮演了哥哥,而红豆则脸蛋红红地、嘴唇红红地做起了妹妹。但红豆清醒地知道自己不是妹妹,他长着女孩子万万长不得的东西。那时我们刚刚踩进青春期,身体的地形越长越复杂。有机会总要比试裆部初生的杂草,这算得上青春期的男子性心理的第一次称雄。学校厕所里的那一回我们难分长短胜负,无限寡味中大龙提议:"看看红豆,看看这家伙有没有进步。"红豆当时的模样犹如昨日。红豆双手捂紧裤带满脸通红,望着我不停地说,不,我不。我说算了,大龙,算了吧。大龙这家伙硬是把红豆给扒了。扒开之后我们狂笑不已,红豆的关键部位毫无起色,如古老的玉门关一样春风不度。大龙指着红豆的不毛之地说:"上甘岭!"红豆伤心地哭了。

　　生命这东西有时真的开不得玩笑。我坚信儿时的某些细节将是未来生命的隐含性征兆。一个人的绰号有时带有极其刻毒的隐喻性质。小女孩一样的红豆背上了"上甘岭"这个硝烟弥漫的绰号,最终真的走上了战场,战争这东西照理和红豆扯不上边的,战争应该属于热衷于光荣与梦想的男人。不属于红豆。从小和我一起同唱"长大要当解放军"的,不少成了明星、老板或大师。爱脸红、爱歌唱、爱无穷无尽揉两根二胡弦的红豆,最终恰恰扛上了武器。这真的不可思议,只能说是命。

　　红豆参军的那年我已经进了大学。我整天坐在图书馆里对付数不清的新鲜玩意儿。那年月的汉语语汇经历了一个战国时代,"主义"和"问题"蚂蚁一样繁殖问题与主义。"只要你一个小时不看书,"我的一位前辈同学在演讲会上伸出一个指头告诫说,"历史的车轮将从你的脊椎上隆隆驶过,把你碾成一张煎饼!"

图书馆通往食堂的梧桐树阴下我得到了红豆当兵的消息,这条笔直的大道使图书馆与食堂产生了妙不可言的透视效果。班里的收发员拿了红豆的信件对我神秘地眨眼。这个身高不足一米六的小子极其热衷旁人的隐私,为了收集第一手资料,他拼死拼活从一个与黑人兄弟谈恋爱的女生手里争取到了信箱钥匙。收发员走到我的面前,说,请客。我接过信,认出了红豆听话安分的女性笔迹。后来全班都知道了,我交上一个女朋友,名字起得情意缠绵。红豆用还没涨价的八分钱邮件告诉我,他当兵去了。听上去诗情画意。

红豆熟悉大米的肠胃还没来得及适应馒头与面条,就在一个下雨的子夜悄悄地钻进了南下的列车。他走进了热带雨林。他听到了枪声,真实的枪声。在枪声里头生命像夏天里的雪糕,红豆在一个夜间对我说,看不见有人碰你,你自己就会慢慢化掉。你总觉得你的背后有一支枪口如独眼瞎一样紧盯着你,掐你的生辰八字。

红豆的部队在湿漉漉的瘴气世界里不算很长。我一直没有红豆的消息。战争结束后战斗英雄们来到了我们学校,我突然想起红豆的确有一阵子不给我来信了。英模们的报告结束后我决定到后台打听红豆。宣传部穿中山装的一位干事用巴掌挡住了我:"英雄们有伤,不能签名。"我说我不是求签名,是打听一个人。穿中山装的干事换出了另一只巴掌:"英雄们很虚弱,不能接待。"我看见我们的英雄们由我们的校领导搀扶着走下阶梯,心中充满了对他们的敬意。但我没能打听到红豆。回寝室的路上已是黄昏,说不出的不祥感觉如黄昏时分的昆虫,在夕阳余晖中吃力地飘动并且闪烁。

噩耗传来已是接近春节的那个雪天。纷扬的雪花与设想中的死亡气息完全吻合。红豆家的老式瓦屋顶斑斑驳驳地积了一些雪,民政厅的几位领导在雪中从巷口的那端走向红豆家的旧式瓦房。他们证实了红豆牺牲的消息。红豆的母亲侧过脸让来人又说了一遍,随后瘫倒了下去。红豆的父亲庄重地用左手从领导手中接过一堆红色与金色的东西,他的右手被美国人的炮弹留在了1952年的朝鲜。红豆的父亲接过红色与金色的东西时,觉得今天与1952年只有一只断臂一样长,一伸手就能从这头摸到那头。民政厅的领导把红豆的骨灰放在日立牌黑白电视机前,说:"烈士的遗体已经难以辨认了,不过,根据烈士战友的分析,除了是烈士,不可能是别的人。"民政厅领导所说的"烈士"也就是红豆。红豆的名字现在就是烈士了。

二

我们都在努力,试图从记忆中抹去红豆。那个漂亮的爱脸红的小伙子正在黑框的玻璃后面,用女性气很浓的眉眼以四十五度的视角微笑着审视人间。红豆的母亲把红豆那把二胡搁在遗像的左侧。红豆的母亲每天都要用干净的白布擦拭一尘不染的镜框玻璃。玻璃明亮得如红豆十八岁那年的目光一样清澈剔透。但那把二胡红豆的母亲从来不碰,两根琴弦因日积的粉尘显得臃肿。红豆的母亲说,这孩子的魂全在那两根弦上了,碰不得,一碰就是声音。

小学五年级红豆买回了这把二胡。红豆的父亲一看见二胡就相当生气甚至相当绝望。红豆用十七元人民币买回了这把需要坐着玩儿的东西。这位光荣的残废军人盼望龙门出虎子,他的儿子能够威风八面。红豆令他绝望。红豆却从一个算命的瞎老头那里得到了二胡演奏的启蒙。蛇皮里沙哑的声音让红豆痴迷,一睁开眼他的耳朵就聋了。红豆不认识乐谱,乐谱完全是视觉世界里的阿拉伯数字,不是流动好听的音符。红豆依靠瘦长指尖的耐心抚摸使琴弦动了恻隐。胡琴把所有的心思全都倾诉给了红豆。两根琴弦很听红豆的话,就像红豆听所有人的话一样。红豆放学后总要拿一张竹凳放在巷口,随后一巷子都塞满了横秋老气。不满一年红豆学会了许多电影插曲。红豆的音乐记忆与生俱来,他母亲把它与红豆一同生下来了。红豆听完了乐曲就回家到胡琴上寻找,多难的曲子红豆都能找到,多贵重的曲子胡琴也总是愿意给他。看完了《英雄儿女》红豆开始迷恋那些英雄赞歌,那些无限抒情的曲子成了红豆每日练习的压台戏。巷子里的人们很快听出来了,任何一首歌曲都能被红豆弄出伤心来,优美得走了调样。即使是革命歌曲也总是要哀婉凄迷的。那一回学校演出,红豆正在彩排《英雄赞歌》,校长走了过来。校长说,停。校长指了指红豆说:"你伤心什么?"红豆怯生生地抬起头,眼里两汪泪:"王成叔叔死了。""不是死了,是牺牲!"校长拿了一根鼓槌,"要拉得勇敢、自豪,要拉得有力量!是牺牲,不是死!"在鼓槌的威胁下红豆的演出果然一反常态,变得雄壮豪迈。但回到小巷口红豆就又把自己还给自己了。老太太们听着红豆的琴声时常背着红豆的母亲说:"这孩子,命不那么硬。"话里头有了担忧。

红豆这孩子现在什么也不是了。只是一把灰。放在一只精制的木盒子里。那把灰被人们称作烈士。

※ ※

毕业之后我令人陶醉地从高等学府返回故里,走进了机关大院。我对我的父亲说,过些年我就会做官的。我一点也不脸红。一点也不,读书而做官本来就是中国历史的发展脉络。我既不是智者也不是仁者,我不做官谁做?我不做官做什么?我们不能让历史从我们这代人身上断了香火。我心安理得地走进了机关大院宣传部,端坐在淡黄色"机宣0748"号办公桌前,等待微笑与恭维话登门拜访。

这一天风和日丽。风与太阳都像婚后第十七天的新娘,美丽而又疲惫。天上地下都是平安无事的样子。我坐在办公室里盼望出点什么事,但一切都很正常,正常安静得让人沮丧。我泡了茶,开始起草部长让我起草的讲演报告。

事情发生在我写到"取得了伟大胜利"之后。这个我记得相当清楚。一般说,讲演报告中不能缺少"伟大胜利"这样营养丰富的词汇,但在这样的大补过后必须是一个减肥过程。减肥是困难的。这是常识。不能太腻了,却又不能伤了筋骨。我点上了一根烟,"取得了伟大胜利"时常令我大伤脑筋。

这时候走进来了一个人。径直走到我的"机宣0748"号办公桌前。左手的指关节敲击我的办公桌面。我很不情愿地抬起头。是一个男人。满脸胡楂。我打量这个没带微笑与恭维话的陌生男人。只一秒钟,我手上的烟就掉下来了。我挂下了下巴,脑袋里头轰的就是一下。"你不用怕,"他说,"很对不起,我是红豆。"我笨拙地站起身,我认出了那双韭菜叶子一样宽的双眼皮和那种永远都是摄氏二十度的眼神。这种眼神习惯于后退与寻求谅解。"实在对不起,红豆。"我说,我感觉到我说"红豆"时有一种特别异样的感觉,不像汉语。红豆对我笑笑。"我没有死,我还活着。"红豆这样说。他的样子很怪,笑容短促而又渺茫,好像费了吃奶的劲才从玻璃镜框中挣脱出来。我握过他的手,他的手也像玻璃那样冰冷,是另一个世界的阴凉。

三

我告诉弦清,红豆他回来了。弦清放下手里的塑料葡萄,不高兴地说,你胡说什么?弦清在马尾松的尾部创造性地烫了几道波浪,兴高采烈地筹办我们的婚事。我说,我不是胡说,是真的。弦清转过身,研究了我好大一会儿,才说,是真的?我说,是真的。弦清没有出现我期待的大喜过望。不是说牺牲了吗?弦清说。没有,我对她说,还活着,虾子一样活蹦乱跳!弦清用小拇指漫不经心地捋头发,手指在耳坠那里停住。红豆他又回来了?弦清这样自语。她的冷淡让我失望。女人一到结婚的前沿就变得愚蠢和残酷,就只知道买塑料水果和变更发型。

我请来了"上甘岭"上的几位朋友,为红豆接风。朋友这东西就这样,闹了一大圈,到后来又回到儿时的一圈中来了。弦清把天井扫得很干净,洒了水。说是吃晚饭,下午两点多钟人就齐全了。我买了很多菜,我自己也弄不清为什么要买那么多,就好像赌了天大的怨气,就好像明天不活了。花钱时我有一种说不出的仇恨与痛快。今晚得把红豆灌醉。我进了机关从来没醉过,不敢醉。今晚谁要不醉我让他钻裤裆。

几位朋友带来的女士或小姐在弦清的调度下忙菜。我们五六个干坐了一会儿,后来红豆很寂寥地打开了九英寸黑白电视。一个呆头呆脑的男人讲述会计。别的频道清一色是雪花。随着红豆手腕的转动,民政厅的同志就迎着雪花向红豆的旧式瓦房款款而至了。令人心碎的瞬间在红豆的手指间切换,红豆当然浑然不知。我发了一圈香烟。我注意到他们几个今天约好了似的不提红豆。红豆的脸上一直挂着很多余的客套性微笑。这使他看上去很累。我不知道他为什么对我要这样。我关上电视,拿出两副纸牌,说,打牌,这东西有什么看头。

红豆说,你们玩,我玩不好。大家让了一下,后来他们几个玩起了八十分。利用这个美好的时刻我和红豆坐在一角谈起了过去的一些时光。人生中美好的时光总是由怀旧开始。红豆夹了烟,夹烟的样子很笨拙,烟在手上仿佛是长错了位置的手指头。红豆的记忆力好得惊人,许多过去的时光能被他十分细腻地抓回来,红豆的存在使你坚信生活这东西从来就不会"过去"。红豆的归来让我觉得生活一下子美好如初,如青春期的新鲜感觉桃红柳绿地漫山遍野。好极了。

真他妈想哭。

我很快注意到红豆的讲述时常在"曹美琴"周围闪闪烁烁。他不止一次地提及曹美琴,说起时又仿佛是淡忘了,总是说成"那个曹什么什么的",红豆能叫出所有人的名字,对这个漂亮风骚的文娱委员反而陌生。红豆在我面前这么躲藏让我觉着生分难过。红豆那时候一定经历过无限伤痛的单恋,如烈日下的芭蕉,吃力地疯狂与妖娆,却从来错过了花季,年复一年地枯萎而不能表达。红豆历来就是这样的男人,爱上一回便灾难一次。曹美琴是我们班第一个勇敢地挺着两个小奶头走路的女生。这个小骚货把她的凤眼均匀地播给每一个和她对视的男人,包括我们的校长和班主任。我和曹美琴有过一次惊心动魄的见面。这次会晤发生在梦中,醒来时我惊奇地发现老子已经是男人了。曹美琴这刻早就成了老板娘了,她的财富如她的腰围一样每况愈上。好几次我想对红豆说"她结婚了",看他茫然的样子,又总是没说。

弦清在天井里喊,该杀鸡了。我和红豆走进天井。我从弦清手里接过菜刀,递给红豆。"红豆,玩一玩,你来杀。"弦清怨我胡闹,怎么能叫客人杀鸡。我说,没什么,红豆便接过了刀。我去拿碗接鸡血。

从厨房出来红豆呆愣愣地站在天井中央。右手提刀,左手上却全是血。这家伙当了几年兵鸡都杀不好。我回头看了一眼,鸡却好好的,圆圆的眼睛一愣一愣地对我眨巴,而红豆的手掌却鲜血如注。"怎么了,红豆?"

红豆盯着我。红豆的目光几秒钟内彻底改变了形式与内容。红豆的眼睛发出了接近于崩溃的死光,滚出了许多不规则几何体,如两支引而待发的卡宾枪口,发出蓝幽幽的色泽。

"不……"红豆怔怔地说。

"怎么回事?"

"我不杀。"红豆这样说。菜刀响亮地坠地,在水泥地上砸出一道白色印迹。

这时的红豆已经完全不对劲了。我扑上去抱紧了红豆。

"我不杀。"红豆在我怀抱里挣扎。所有的眼睛都瞪大了,默默不响、面面相觑。

"红豆。"

"我不杀。"

"红豆!"

"我不杀。我绝对不杀。"

四

夜里下起了小雨。夏夜的小雨有一种与生俱来的感伤调子,像短暂的偷情,来也匆匆去也匆匆。我躺在床沿,猛吸下午剩下的半包香烟。弦清坐在草席上面,下巴搁在一条腿的膝盖上。好半天弦清突然说:"我早就知道会是这样。"

"你早就知道会是怎样?"

"还能怎样,就是这样。"

"我问你到底是怎样?"

"我不是说了吗,就是这样。"

弦清不看我,由于下巴的固定她说话时头部不住地向上跃动。这使她的回话多了一种机械与刻板。其实我们都明白我们不想说出的东西。为了回避这份明白,我们不得不自欺欺人。即使面临蜜月也只能是这样。我们保持原样坐着。一宿无话。

最先发现天井门口站着红豆的是他的姐姐亚男。那是早晨七点钟左右。亚男拿了牙缸牙刷站在天井角落的阴沟入口处刷牙。因为某种预感,亚男回过头来。看见一个男人高高大大地堵在门口,一身褪色草绿军装没有佩戴帽徽和领章,手里提了一只印有花体"北京"字样的黑色人造革皮包。男人盯着亚男,疲惫的眼神热烈地翻涌澎湃。亚男瞪大了眼睛,下巴缓缓挂了下去,满嘴泡沫毫无阻拦地向外流淌。"姐。"红豆站在原地说。亚男手里粉红色牙刷落在地上摔成了两截,随后搪瓷牙缸咣当一声在天井里滚了一个半圈。

姐,我是红豆。

亚男的一声尖叫是在对视了十秒钟之后发出来的。她的双手插进头发揢紧了头部,叫出来的声音类似于某种走兽。亚男喷出满嘴泡沫吼道,别过来,你别过来!

红豆向我叙述这些细节时冷静得有点怕人。红豆说,后来我妈出来了,我妈抓住我的手只是上气不接下气。后来我妈说话了,我妈说出来的话这几天来我一直没有想通,妈说:"豆子,妈看你活着,心像是用刀穿了,比听你去了时还疼豆子。"红豆后来一直缄默。只盯着鞋尖不语。"我妈这话什么意思?好像是巴不得我死掉。"红豆茫然地抬起眼这样问我。我听了只是心堵,却解释不出。有些事完全属于生死两极世界，彼此彻底不能沟通。

红豆没有提及他的父亲。我注意到红豆甚至有意回避他的父亲。他没有解释。我没有问。

红豆不喜欢他父亲。这是我所知道的。虽然父亲从朝鲜归来后就成了英雄。红豆的父亲那只不存在的手掌赢得了所有人的敬重。他的故事与回忆也总是与朝鲜半岛的爆炸声联系在一起。红豆父亲靠唯一的巴掌在学校与工会的讲台上威武地打着手势。亚男眼里的父亲光芒万丈，坐在同学们中间她的心中充满自豪。"这是爸爸，是我的！"她见人就这样说。"你爸真了不起。"老师和同学全这么说的。但没有人在红豆面前说这些。父亲赢得满堂掌声与热泪盈眶时红豆总低着头。红豆看不见悲壮与英勇，看见的只是凭空高出的背部和空空荡荡的袖管。和父亲一起去澡堂是红豆最头痛的事，望着父亲的躯体红豆自卑而又难受，"真正的一把手"，有同学在背后这么称红豆的父亲。红豆如同听到了"上甘岭"一样委屈伤心。

电话是红豆打来的。听上去郁闷沮丧。我说了声"是我"，那头就没有声音了。耳机里只有嘈杂的电流声嗡嗡驶过。我想象不出电话那头他的表情。"我想见你。"好半天后红豆这么说。

"我想见你"，这是红豆在沉默之后对我说的。我从来没有听过男人说这样的话。

红豆的天井里是瓷器与石膏的碎片。这些珍贵的瓷片躲在墙角,如童年时代的儿子面对醉酒的父亲。红豆的父亲又发了脾气,他的脾气必然伴有战争、爆炸与破碎。只有他能这样。

红豆把自己关在房子里,低了头吸烟。满屋子都是烟霭。他没有抬头。按道理他听得见我的脚步。他没有抬头。房子里所有的东西仿佛像烟一样飘忽不定,包括红豆,蓝幽幽地飘忽不定。

我搬过旧藤椅,坐在他的对面。他不看我。我不看他。

红豆把玩手里的香烟,并不吸。后来他终于说:"他都知道了。""他"就是红豆的父亲,红豆历来不说"爸爸"或"父亲",红豆的父亲在红豆的任何叙述中都是第三人称单数。第三人称单数是哲学的,正如第二人称单数是抒情的一样。

红豆把目光移向了我。红豆的面部向我转移时我的心中缓缓开始紧张。我知道他要告诉我什么。我不想知道。我不愿意看到红豆的眼光不像红豆他自己。我低了头,看他的袜子,他的脚趾在袜子里不安地蠕动。我是给放回来的,他这样说。

我完完全全听懂了他的话。我是给放回来的,过了一会儿他这样重复。语调和语速几乎一样。听到第四遍时我反而弄不清红豆告诉我的到底是什么了。我的脑袋成了一只馒头,浸在了水里,头皮连同我的思想与感觉一起膨胀开来,浮肿得要离我而去。

他换了一根烟。他换烟的手指细长而又苍白,墨蓝色的血管感伤地蜿蜒在皮肤下面,有一种儒雅忧郁的调子,与他所叙述的战争极不协调。

"那是几号我记不清了,"红豆追忆说,"上了山我就记不清时间了,好像生活在时间外头。"在山上的日子里红豆和别的所有人一样,只能依靠白昼和黑夜来断定光阴。日子变得特别悠长,每一分每一秒都要用很大的力气才能度过去。石洞的四壁坚硬而又潮湿,红豆蜷着身体如一条虫子蜗居于拐弯的石洞中间,脚一次又一次麻木了,像套上了硕大无比的棉鞋。

那个黑夜红豆钻出了山洞。他被时间弄得快发疯了。他下了一百次决心,就是死也要死在外头,站一站,再倒下去。他走出山洞,扶了枪,耐心地在感觉里寻找脚与腿,困难地蠕动。血液开始倒流,他的腿胀得有锅那么粗,长满针尖与麦芒。他喘了气又跨出一步,就听见"轰——",气浪把他掀了下去。厚粗的棉鞋、棉帽、棉手套被迅速地扒光了,随后什么都没有了。

醒来是在一个早晨。第二个还是第三个没有把握。太阳刚刚升起,热带雨林飘动起冷蓝色的雾,弥漫铁钉的锈味。雾在树干与树枝之间伸出鬼舌头,懒洋洋地舔。其实那实在是鬼的魂,披头散发,栩栩如生。出征前连长说过,这不是雾,是瘴气。红豆躺在地上,地面阴森潮湿。半空的阳光与瘴气相互搅拌,变幻形态与色彩,如幻觉里的阴府,光怪陆离与狰狞艳丽昭示出死亡召唤。红豆的心中恐怖升腾起来,游丝那样生动活泼。这时候响起了脚步声,在听觉里慢慢向红豆靠近。是人。是三个敌人。戎装。看见人红豆的心里反而平静了。他们走近红豆,岔立在红豆的身边,袖口卷上去，手里垂握了苏式冲锋枪。枪口对着地面。红豆看见来人的下唇和颧骨很夸张地突出来，在半空俯视自己微笑。红豆挣扎了几下，向上探出头，看见自己像粽子给裹紧了。一个外国兵单手伸出了枪，用枪管把红豆的下巴拨向了自己，似乎对红豆不满意，笑完了之后便给红豆的脑袋一脚。是皮鞋，红豆晕厥前感受得到皮革的触觉。

红豆从此就被带进了一个陌生的山沟，被换了一身衣裳，左胸有一块淡蓝色的咔叽布，上面缝有白布剪成的阿拉伯数字：003289，红豆看着这块咔叽布，不止一次对自己用汉语说，我是003289……

"我有过自杀的机会，"红豆说，"可我怕。我怕死掉。"红豆这样说，说话时满脸愧色。

"你已经赢了红豆，你活着。"我说。

红豆不吭声了。他的目光清澈了几秒钟，即刻又回复到迷茫。红豆笑着对我说，不要你安慰我，大学生，我也二十来岁的人了。我没有安慰你，我对红豆说，你不欠别人什么，你谁也不欠！你得到的生命本来就是你自己的，本来就这样。红豆看着我，只是轻轻地摇头。你不懂，他说，你真的不懂。我是不懂，我说，可我知道你比别人做得更多。红豆的眼里有许多潮湿的东西，眼光委屈而又怯弱。你不懂，红豆说，弄懂一些事，有时靠大脑，有时直接要用性命，你不懂，你真的不懂。红豆说完这句话就把目光移向了窗外。木棂格把天空分成均等的鲜蓝色块，天空的色彩清纯宁和，没有气味和形状。红豆望着天上自由仁慈的嫩蓝色，说，多好，窗格子外面的蓝天多好。

红豆的父亲又开始了猛灌烧酒。这个光荣的志愿军战士在酩酊之中追忆起一个又一个至死不渝的英雄们。他又看见了他们视死如归。红豆的父亲心中涌起了豪情万丈,只有他们这一代人才理解视死如归。他们用生命坦然地一次又一次解释这个词:走向死亡,就像回家一样。

就像回家一样。他的儿子也回家了。他没有死,是真的回家。他为什么不死?奶奶个球!他为什么还活着?他把酒壶砸在了地上,抬起胳膊指向了远方:"三班长,加强火力,给我冲,杀!"

革命烈士三班长完全可以不死的。那次包围其实已经成功了。美国佬的汽车被拦在了七号路上,双方对峙,相互射击。美国佬看不见我们的人,他们龟缩着脑袋盲目放枪。三班长用中国英语重复那句话:投降,美国佬!美国佬不投降。他们趴在汽车底下就是放枪。三班长扔了三八枪操起了两颗美式手雷,高叫了一声,共产党员,上!三班长满身豪气一身虎胆,高举手雷呼啸着下山。美国人马上发现三班长了,他们一起向三班长射击。三班长是站着牺牲的。打扫战场时有人发现三班长趴在地上保持了冲锋的姿势。三班长用生命吸引了敌人。团长听到这样的汇报后背过身沉默良久,转过身团长流着热泪高声说,我们的生命是党的,党什么时候要,我们什么时候给。团长这句话传遍了三八线内外,战士们举起枪纵情高呼:敌人有钢枪,我有热胸膛;飞机大炮不可怕,赤手空拳揍扁它。美国佬幸好听不懂汉语,要不然,少不了屁滚尿流。

五

下班的路上碰上了亚男。她显然在等我。亚男的样子很疲惫,失神的大眼四周有一圈淡黑色。亚男冲我无力地一笑,算是招呼。我停下车,和亚男一起站在路边。亚男不停地向四处张望,好像怕遇上什么熟人。我点了支烟,说,说吧,亚男。亚男的嘴唇张了几下,眼圈却红了。我说,红豆出事了?亚男摇摇头。好半天才说,没有。亚男的双眼斜视着大街的拐角不停地眨巴。亚男说,你救救红豆吧,他快要饿死了。亚男说完这话就把脸埋进了巴掌,她尽力克制的样子使她看上去憔悴不堪。那些泪珠很快从她的指缝隙里盆了出来。到底怎么了?我说。亚男的脸侧到墙那边去,说,这么多天,他一天就吃一个馒头,他说他不配吃家里的饭,一天就一个馒头,走路都打晃了。亚男从上衣口袋里掏出几张票,慌乱地塞在我手里,说,求你了,我求你了。亚男离去的背影使大街充满秋意。

点菜时红豆的神情很木讷。我大声说,兄弟我发财了,今天白捡了三千块。红豆恍恍惚惚地问,真的?我说当然是真的,要不我请你做什么?我又不是冤大头。红豆脸上的样子幸福起来,也漂亮活络起来。长得周正的人就这样,心里头幸福了脸上就越发神采飞扬。红豆脸上的幸福模样在第一道菜上桌之后,就飞走了。是鱼。红豆低了头,全神贯注地望着鱼。红豆孩子那样按捺不住脸上的馋样,显得无从下手。无论如何也是不该先点鱼的,红豆吃得很猛,他的慌张吃相穷凶极恶,让人心碎。他的嗓子马上给卡住了。卡住之后红豆的脸给憋得通红,直愣愣地望着我。红豆走出去,弓下腰用手抠挖。他呕吐时痉挛的腰背使他看上去像一只刚出水的海虾。霓虹灯光在他的身上变幻,有一种热烈的伤心。过了一会儿红豆进来了,双眼的眼袋处挂着泪珠。红豆高兴地说,行了。这时候招待送上来麻辣豆腐,我说,你慢点儿。红豆埋下头,嘴里发出凌乱无序的咝咝声。红豆歪了嘴巴毫无章法的咀嚼使我胸中的一样东西被慢慢地咬碎了。我说,我买包烟。出了门我的眼泪就流下来了。抬起头,满天的星光,浩瀚,无情无义。

进门时红豆在打嗝。红豆的脖子都直了。我说红豆,明天我给你找份工作,兄弟我大小是个官了,明天就带你去图书馆。红豆只是打嗝,在打嗝的间歇清晰地说,不。我笑起来,说,累不死你,你的头儿是我的一个朋友。红豆说,我不。为什么不?我说,工资不比我少。红豆不开口。又猛吃了一气,红豆低声说,像我这样的人怎么能到那种地方工作。为什么就不能,我说,你又不欠他的。红豆愣神了,目光也晃动模糊起来。你不要安慰我,红豆说,我不要你安慰我。

我料不到红豆会这样。红豆他不该做这种事的。送他回家后我就悄悄走了。半路上不甘心,又回来劝他,他还是去图书馆上班的好。红豆的屋子里灯光很暗,类似于神经质的眼神,有一种极不寻常的瘾态。我轻轻走过去,却听见了里头很吃力的声音。红豆的身体弓在那儿,低了头,裤子踩在地上,两只手在身前慌乱地忙弄。红豆的嘴里发出困难受阻的呼吸,在期待中痛苦地战栗。后来红豆抬起头,绝望地弯下腿。精液对了镜面疯狂喷涌,红豆的身影躺在镜子的深处,如已婚女人随意丢弃的秽物。

半夜醒来已万籁俱寂,烟头在黑暗中吃力地闪烁,那种挣扎和猩红色的悲伤让我联想起红豆。这些日子红豆的失神模样顽固地占据了我的伤感高地,使我的整个身心受控于那份隐痛。

说到底红豆还是不该做男人的,如果他是女人,一切或许会简单起来。上帝没有让红豆做成女人,是他的失误之一。上帝万能,却不宽容,这也许是创世纪的不幸,也是人类沉痛的万苦之源。生命是讨价还价不得的,无法交换与更改。说到底生命绝对不可能顺应某种旨意降临你。生命是你的,但你到底拥有怎样的生命却又由不得你。生命最初的意义或许只是一个极其被动的无奈,一个你无法预约、不可挽留,同时也不能回避与驱走的不期而遇,你只要是你了,你就只能是你,就一辈子被"你"所钳制,所藩篱,所追捕。交换或更改的方式只有一个:死亡。红豆,你没法不是你。不必祈祷或抱怨,红豆,你只能忍耐你自己。

红豆,那天你对我说,回来时我站在遗像前,怎么看也不像我自己。我对你笑笑。我说当然不像,那时候你如花似玉呢。沉默了好久你终于说,我真希望这一切全是真的,一个我死掉了,另一个我又回来了。我笑笑,拍了拍你的肩膀,就是没有注意你说话的神情。我掐灭了烟头,为我的粗疏而哀叹。人类总是与生活中最重要、最本质的东西失之交臂,那些东西又总是展示得那么平淡。

遗像是我去照相馆放大的。走向照相馆时我的内心一片寒冷。马路两侧和房屋的檐口堆满积雪,马桶们和老太太们蹲在太阳底下怀旧。我和你的父亲翻遍了你的遗物,没能找到任何身着戎装的相片。我一直纳闷,你怎么就是没有一张英姿飒爽的军人肖像呢。军服与手握钢枪无疑能展示出死亡者的悲壮,但我们就是找不到。最后你的父亲失望地翻到了那张穿夹克衫的黑白相片。你的脸上挂满稚气,对着四十五度的左上方害羞而又英俊地憧憬未来。你妈端详了你好大一会儿,说,天太冷,这件夹克太薄了。在照相馆的柜台前我接过了带有上光机热温的遗像。你的憧憬被无比肃杀严厉的黑框关紧了。我的心一点一点地沉下去,手上的相片也一点一点变得冰凉,你的生命被无情的黑框抠走了。你的生命成了一张黑白相间的二维平面。

你妈时常对着遗像愣神。她老是说,这么活生生的,怎么能做遗像,他还活着呢。

而你终于看见了你的遗像。我不知道你拿起那张带有黑框的自己时内心是怎样一种涌动。只是在很久之后你对我说,那张相片不像你。后来那张相片在你父亲的醉酒之后破碎了,你的父亲撕扯着你,带了极浓的酒气吼叫,你不是烈士。你活着干什么!他举了唯一的拳头说,你不是我的种,我没你这个儿!

红豆的房子里又响起了二胡声。那条深长的灰褐色长巷从头到尾飘动起颤悠悠的琴声。看不见二胡演奏者,那些与蛇皮一样粗糙沙哑的声音与咸鱼气味和腐烂的韭菜气味相混杂,构成了小巷不可更变的历史性脉络。琴声不是曲子或旋律,是一个又一个单音的升降爬动,1 2 3 4 5 6 7 1̇然后又是 1̇ 7 6 5 4 3 2 1。在漫长绵软的爬音之后,红豆开始演奏一些旋律,是他自己随意拉出来的调子,婉约而又松散,多数带有不确定的内心怨结。实际上不是那些声音依赖于他,而是他必须依赖于那些声音。他的揉弦越来越臻于完美,一丝一丝液体漩涡那样百结愁肠。红豆二胡里那种没有故事的抽象叙述和没有情感的抽象抒发打动了所有驻足的人们。许多过路人会停下自行车,用一只脚尖支在地面询问,谁?谁拉这么伤心的二胡?红豆不知道这些,红豆早就不关心二胡的演奏效果了。

六

我和弦清的婚礼如期举行。按照我们民族的习惯,我一直想把婚礼安排在春节前后,借助满天的噼里啪啦和遍地的碎红碎绿,把婚礼弄得大雅大俗。弦清说,她的肚子天天在长,怕是等不到那么遥远的日子了。我说,要么就结了吧。

我的蜜月是一个极其尴尬的蜜月。没有一个新郎像我这样无所事事。每到晚上弦清就会摸着腹部对我苦笑。为了分散注意,弦清常和我说一些闲散话题。她近来喜欢谈论红豆,红豆时常恭敬地喊她嫂子。在红豆喊弦清嫂子的一呼一答里,他俩之间充满了一种宁静的幸福。我发现对新婚女子最好是喊她嫂子,"嫂子"会使年轻的女人更像女人,通体发出母性的奶质芬芳。

"我今天在大街上看到红豆了,"弦清这么说,"他在娇娇时装店里,好像是卖东西。""你说什么?"我问弦清,"红豆在哪个时装店?""娇娇时装店呀,这个我总不会看错吧。"弦清肯定地说。我没有再开口,过了很久弦清捅了捅我的胳膊,"怎么啦你?""你知道那家时装铺子是谁开的?"我说:"是曹美琴。你听我说过没有?曹他娘的美琴。"

曹美琴的店铺夹在两幢旧楼房中间,从门口向空中看去,那两幢楼房仿佛外国兵俯视被俘的红豆。"娇娇"两字用了圆角的儿童体酱红色,不规则地斜放在门楣上方,对了大街撒娇。千百惠的歌声从里头飘出来,使小店笼罩了一种咖啡色的焦虑春情。

曹美琴的嘴巴长在她的口红那儿。她的嘴唇又饱满又肉感。曹美琴歪在"收银台"的左侧,棕褐色的"摩尔"香烟在她的胖指头之间显得修长而又华丽。她吐烟时把嘴唇和口红撅得很远,有一种渴望死吻或暴力式的妩媚。红豆坐在内口和一个在少女舞蹈队中笨手笨脚的男孩差不多,多余而又不协调。每过一些时候红豆就要找点话题和曹美琴搭讪几句。曹美琴说,红豆你喜不喜欢这儿?红豆说,我喜欢,我就是喜欢逛大街,一家商店换了一家商店地乱跑。曹美琴笑笑,红豆你还是那样。红豆想了想,也跟着笑起来,说,我还是哪样?曹美琴摁灭香烟瞟了身边的两个女工,脸上欲说又止的样子,使她富态的脸上多出了别样的风情。这时候一对勾肩的恋人走进了小商店,红豆马上想站起来。曹美琴伸出手,摁在了红豆的肩头,你站起来做什么?有她们呢,曹美琴说。红豆的眼神被她的手指弄得慌乱不安,不停地打量那些玫瑰色指甲。红豆注意到曹美琴的手指柔软丰腴,发出蜡质光芒,有一种美丽淫荡的双重性质。老不干活,这成什么规矩了?红豆红了脸这样说。她们会干的,曹美琴说,再给她们加点薪水不就得了。你看看,我来了,就增加你的开销。曹美琴故意生气地说,你就看到钱,亏你还是个男人。红豆望着曹美琴只是傻笑,心里头装了一千只幸福的小狐狸。曹美琴抿紧了嘴巴,用中指弹了弹红豆的领口。红豆僵了上身,十个脚趾开始在袜子里乱动。

曹美琴又点上"摩尔",给了红豆一根。红豆拿在手上只是把玩。人呐,就这样,曹美琴望着大街自语说,飞了一大圈又全回来了,你看看你们几个。我不一样,红豆低声说,我和他们几个不一样。什么一样不一样,你瞧瞧你,把口袋放到打桩机里,也压不出二两油来,还差一点把命赔了,你真是,要是待在家里,红豆你少说也能赚二十万。红豆愣愣地说,你才说叫我不要只盯了钱的。曹美琴摇摇头,笑起来,一脸怜爱的样子,呆子,红豆,你真的是个呆子。

高中一毕业我们这一窝鸟就散了。我们读大学,这是天经地义的;红豆考不上,这也是顺理成章的。在高考最紧张的日子里红豆都没能放得下那把二胡。高考对他只是个样子,他的父亲盼望着红豆能够进入军事学院,成为能和麦克阿瑟平起平坐的五星将军。初中时代红豆就萌发了走进音乐学院的美梦,父亲指了那把二胡说,做你的梦,这东西能拉一辈子？能当饭吃？红豆有没有打消他最初的念头我不得而知,总之红豆没能拉成二胡,也没能进入大学。

红豆的待业时代整天在家里抄写乐谱。他靠自学领悟了七个阿拉伯数字标示的高低、长短和调式。这个时候的红豆依然人见人爱,被他的母亲视为明珠。左邻右舍的大妈和阿姨们评价男孩依然取样于红豆的尺度。"你瞧他脏不拉叽的,比不上人家红豆的一半。"大家都这么说。

秋季是梧桐树叶纷飞的季节,也是恋爱、结婚、征兵的季节。父亲从外头回来说,红豆,征兵了。红豆半张着嘴巴望着他的父亲,又把目光移向了他的母亲。"妈——"红豆这样说。红豆的母亲说,你瞧他,可也是个当兵的料?红豆的父亲沙了嗓子说,部队是革命的大熔炉,什么样的人都能百炼成钢。当兵的人多着呢,红豆妈说,咱家豆子还是个孩子,还没有完全发育好呢。那就更应该去,父亲加大了音量说,是男人就该去当兵,三年的萝卜干儿,回来时保证你的小东西长得像酒盅子一样粗。红豆听了这话脸上的颜色一下变掉了,红豆就是听不得父亲这种粗鲁的样子,低了头,脸上红得厉害。这时候红豆的妹妹刚刚放学回来,开了门就说,哥,人家都报名参军了,你怎么不去?父亲说,谁说你哥不去了?妹妹说,我哥要穿上军装,一定更帅。红豆的母亲唬了脸走上前来说,小丫头家疯疯癫癫地瞎掺和什么!

红豆,打仗好不好玩儿?

不要和我说打仗好不好,我不想说打仗。

打仗到底是怎么回事嘛?

打仗就是我杀掉你,要不就是你杀掉我。

死了多可惜。

死是责任。打仗就是让军人承担这样的责任。

谁让你承担了,他肯定是个混蛋。

你不要瞎说。美琴,这不是玩笑的话。

打仗肯定和电影上一样。

不一样。电影上人老是死不掉,打仗时一枪就死了。打起仗来一颗子弹就是一条命。

红豆,你打死过外国人没有?

不要和我谈打仗。你再不要问我打仗的事了。

问问嘛。

我记不清了。我不知道有没有打死过人,我就晓得放枪,我不放枪别人就会对我放枪,我记不清了。

有女人吗?

我不知道。打仗时就只有人。没有男和女,老和少,贵和贱,美和丑,胖和瘦,上和下,没有这些。打仗时就只剩下了人,你要我的命,再不就是我要你的命。

你怎么老是命呀命的?

打仗就好比赌博。赌性命。打仗时一条命就是一张牌。红桃3或黑桃A全是一张牌。一打仗就想起来命值钱,枪声一响命又太不值钱。子弹可全是长眼睛的,在天上乱飞,寻找你的性命,找到了它就要拿走,就把你的尸体丢给你。

红豆你瞧你说的,打仗要真这么吓人,还拍那么多打仗的电影干什么?

世界上就只有两种人,一种人看,另一种人被看。看的人永远不会被看,被看的人永远不知道看。

你瞎说什么嘛红豆,我怎么一句也听不懂了嘛。

我的话全是废话。最听不懂的该是枪声,枪声……

红豆你全把我弄糊涂了,红豆。

我说得太多了。我真的说得太多了。我也弄不懂怎么每次和你在一起都说这么多话,我从来不说这么多的话的,我每次我就是几次就……

你真是个乖孩子……

……你不要这样……真的,你不要这样。

红豆……嗯红豆。

你不要这样。你真的不要这样。

七

热带雨林远不只是空中看到的那种妖娆。大色块的绿颜色被泼洒得铺天盖地。瘴气与潮湿如中国画的空白,毫无筋骨地绵延跌宕。

红豆半躺在坑道内,背部倚着石壁。不规整的石头如肾虚者的睡眠,盗出一身又一身冷汗。贝雷帽倒放在左侧,冲锋枪被他抱在怀里,枪口搁在了肩头。光线昏沉又有气味。红豆闭着眼,坑道里所有的人都用这种坐姿怀旧或茫然。红豆的胃部一阵一阵的灼痛隐约地蜿蜒,那是大剂量的抗生素在胃里烧的。为了抵御雨林的瘴气和伤口过早的感染或化脓,走上前线每个人都必须极限剂量地服用抗生素。坑道里的空气又厚又浑,有一种半透明的阻隔,红豆昏然欲睡,但又难以入眠。衣服是脱不得的,脱下来就会被蚊虫包围,就会在皮肤上黑黑密密地压上一层。红豆奇怪人一走上战场毛孔里流出的怎么就不是汗了,是油。这些油在皮肤上结了一层硬硬的壳,让你恹恹欲睡又烦躁不安。红豆闻到了自己的气味,红豆不喜欢自己身体的气味。洗个澡,吸一口干净的空气,再喝一口透明的白开水——只有上帝才能享受这样的礼遇。

这里是318高地。红豆就晓得这里是318高地。战争使一切都变得简单,成了阿拉伯数,像未被演奏的乐谱一样枯燥。红豆用了两个黑夜才随安徽籍的二排长来到坑道的。在地图上他看到过他的阵地,像一个大指纹。现在红豆就在这个指纹底下,蚂蚁一样一动不动。

爬进坑道红豆闻到一股极浓的尿臊。红豆问二排长,这里有人住过了?二排长说,有。他们哪里去了?红豆问。二排长说,下去了,要么死了。红豆注意到二排长没有说"牺牲"或"光荣"了,而是说"死了"。觉得"死"咔嚓一声又向自己跨了一步。死这个东西在战场上特别感性,手一伸就能摸到。红豆紧张地问,我们也会死吗?二排长看了红豆一眼,好半天才说,军人不该问这样的问题。

偶尔有枪声在远处响起,分不清是敌人的还是我们的。人类有多种语言,枪声却只有一种。

夜里一批客人走进了红豆他们的石洞。不是敌人。是蛇。

最先发现这种爬行动物的是一位南京战士。大清早他从地上起身时习惯地摁了摁上衣口袋。他的袋里多了一样东西,手感柔和而又绵软。拍了一下,就动了。他用手伸进去,一把抓住了,往外拖。拖着拖着他的眼睛就绿了,这位写过血书的战士摔了手就喊,蛇,蛇。大家全惊醒了。醒了之后大家四处寻找,看自己的身边有没有。越找越多,就像青春期的噩梦一样,蛇一条又一条地找出来了。不知什么时候它们一点声响都没有地弯弯曲曲地爬进了石洞里;它们卧在石头的边缘或腹部,你一动石头它冲着你吐信子。它们自信而又沉着,安静地望着这批惊恐不安的年轻人。过了一刻就有人从鞋里倒出蛇来了,然后就是水壶、帽子和子弹箱。那些蛇一尺来长,躺在所有的地方等待你的触觉。

最后那位南京籍战士说,看看洞门后头……二排长打了手电往黑暗的门后照去,顺了柱形电光大伙看见数十上百条花蛇正挤成一个大肉团子,勾打连环首尾相接地挤动,它们光滑柔和的棍形身体不住地蠕动,显得张力饱满,它们曲折地扭压,缓慢固执,伤心悲痛,发出轻轻的吱吱声。一些蛇向别地爬去,另一些则又从别地爬来。它们搅得淋漓而又黏稠,就看见无数小舌头在这个大肉团的表层上来下去,进去出来。

二排长关了手电,每个人都感到身体上皮肤的面积收紧了。他们手拉手、身体紧贴身体、弓了腰,一动不动。他们不说话,尽量控制呼吸的声音。小南京叫了一声就要拉开枪栓,被二排长缴了,吃了一个嘴巴。

二排长,你毙了我,我不怕死,你毙了我!

住嘴。你这狗娘养的。

小南京的眼睛就怔在那里,目光里全是蛇的爬行曲线。

那些蛇终于走了,像它们无声无息地来,一条不剩。战士们在蛇的光临之后养成了一个习惯,坐下时先用枪托敲一敲,响了,才坐下去。

一切平静如常。

那是红豆当班的夜,红豆恰恰是在他值班的那个夜里睡着了的。上山以来红豆第一次睡了一个凉凉爽爽的觉。他轻松幸福地睡着了。他梦见了家乡,在家乡的护城河游泳。天快亮时红豆醒来了。他感到一个战士的大腿压在他的身上。他推了推,没推动。但红豆的手很快感到那条大腿特别地凉,手感也特别地粗糙,正缓缓慢慢地呈"之"字形向内蠕动。红豆睁开眼,睁开眼后红豆就大叫了一声二排长!红豆自己都听得出这一声"二排长"不像自己发出来的。一条五米多长的巨蟒正懒懒散散地爬过他的身躯。红豆的身体僵在那儿,红豆听见了一阵极猛烈的枪声。枪声在坑道里有一种惊天动地的效果。红豆的两只手绝望地往石头里抠,那条巨蟒的秃尾在红豆的身上裹紧了,极有韧性地收缩。一位战士用长刀砍下去,刀却给弹了回来,这时候走上来几个人一起推,巨蟒的尾巴重重地摔在地上扭动。红豆猛扑到了二排长的怀里。我怕,红豆张大了嘴巴哭着喊道,二排长我怕。坑道里又是一阵枪声,五米多长的巨蟒给打烂了,许多肉片飞离了身体,粘在石头上抽动。

战士们又挤成了一团。他们分开时满脸是羞愧。他们望着二排长,这个坑道里的最高指挥官。我也怕,二排长终于说,我能够面对死亡,却不能忍住恐怖,我怕,我也怕……

这么说着光线慢慢明亮了。大家向洞口望去,两团黑乎乎的东西圆垫子一样垫在洞口,二排长爬过去,圆垫子活动了,伸出了两只巨大的脑袋,对着二排长吐出一寸多长的蛇信子。二排长跳过来,大声说,打打打,机枪给我狠狠地打。

红豆躺在坑道里反复回忆起父亲。这个顽固的念头像父亲一样刚愎。整个童年与少年,有关战争的内涵是父亲带了酒意的自豪与怀念。战争是父亲的初恋。战争在父亲的眼里妩媚动人。他们的生命是怎样演绎战争的,在红豆看来是个谜。红豆是从电光声组合里了解战争的,他在电影里对号入座地寻找过父亲。找来找去父亲始终在家里讲述"在朝鲜"。父亲喜欢打仗,电影上父亲那一辈永远拿生命不当事,在死亡与恐惧面前神采飞扬兴高采烈。他们没有眼泪,没有胆怯,没有感伤,也没有后退。只要能胜利,能凯旋,能完成那一份光荣与梦想。死可以含笑九泉,而贪生则活得和猪一样脏。人……是个什么,人怎么这一刻是这样,那一刻又是那样?

"我不是人,"红豆轻声对自己说,"要么他就不是。"红豆很突兀地高声说:"我不是人,要么他就不是。"二排长回过头,问:"你在说谁呢?"红豆安稳下来,一连一个星期再也没开口。

八

红豆好久不来了。弦清几次问我,红豆近来怎么样了,我说挺好。说这样的话我并没有太多的把握。上午我骑车出去办事，曾拐到娇娇时装店，两个小丫头在里头张罗。我说，老板呢？小丫头说不在。那么红豆呢？小丫头还是说不在。我说他们哪里去了？两个丫头相望了一回，说，我们哪里知道。小女孩们的相对一望有时具有极隐晦的性质。

红豆的青春年华昏睡了多年之后在一个午后启绽萌动。他的生命以飞翔的姿态翩然闪烁。这个午后有极柔和的橘黄色阳光，阳光从曹美琴所喜爱的乳色百叶窗中间斜插进来，在床头上方迭映出窗的平面构成。经过漫长的试探、启蒙、心照不宣之后，曹美琴终于和红豆平躺在她的席梦思上了。红豆不停地打量百叶窗，说，拧紧吧，这么多的阳光。曹美琴拍了拍红豆的腮，说，呆子，外面太亮，看不见房间里的。红豆不作声了，回过头来盯着曹美琴一下子就掉到她的瞳孔里去了。两人的对视使呼吸变得急促而又失去了逻辑性。红豆手忙脚乱起来，脑子里一片空白，不知何从下手了。曹美琴一点一点摘下假睫毛。怎么说我也是女人，她轻声说，总不能叫我自己动手，那也太轻贱了吧。红豆呼着热气就解她的纽扣，却是解不开，曹美琴说你也意思过了，还是我自己来。曹美琴把自己扒光了，看见红豆的眼睛冒青烟。曹美琴在镜子里转动起身子说，红豆全归你了。红豆呼地就上去，扯她的乳罩。两颗白色扣子跳到镜面上，又被玻璃反弹回来。红豆扑向曹美琴的乳房，张开嘴一口就咬了下去，曹美琴尖叫一声，看见乳晕四周排了两行牙印。曹美琴说，你怎么这样？这样我可恼了！红豆的眼里贮满泪水，辩解说，我不是故意的。曹美琴堆上笑，说，逗你的，我知道你不是故意的，你来，你来咬……

红豆的身体开始了一场惨痛的战争,最痛苦最残酷的幸福与愉悦刺进了他的每一个角落与指尖。

这是怎么了,红豆说,我这是怎么了,我怎么像触了电了。

曹美琴没有动。这个老到的女人了解初次的男人,他们总是渴望跳过最艰难的开垦与跋涉,以期直接到达胜利与辉煌。曹美琴吮着红豆的食指尖说,还是第一次吧。

我从没有做过这种事,红豆幸福地低了头说,我第一次做这种事。

你怕不怕?

怕。我怕。

你记住红豆,这种事带点怕才有意思,——你怕什么?我又不是母老虎你怕什么。我是喜欢你才让你这样的。

红豆感动得要哭了。红豆想说什么,却什么都说不出了。红豆又一次提起了自己的生命全部倾注给了她……

红豆……曹美琴闭了眼睛,头部在蓬勃的长发中间来回转动,红豆你疯了……红豆你真的疯了……

红豆的胃疼就是在这样飘香的日子里发作的。他坐在墙角里捂着胃部用生动的目光望着我。这些疼痛的日子是不是他一生中最幸福的时光无人知晓,我所能知道的只是他爱着曹美琴,这个相当关键。大部分男人在二十岁之后都能学会把他的一切放在心底,红豆这一点相当糟糕。他黑白分明的眼睛是他灵魂的闭路电视,一和你对视就向你做现场直播。他转播时那些黑白就成了彩色的了,就把这个世界弄得红装素裹了。

活着多好,红豆这样说。红豆说话时歪着嘴巴,他的手向胃部摁得更深了。"人是什么?人就是身体。身体多好。"

我和红豆安静地坐着。听他偶尔来一句没头没脑的话。天气开始变凉了,外面的风和外面的树都流露出了苍老的气息。我给了红豆一支烟,红豆说他不想抽,我便不停地抽那包用公款购买的红塔山。这样的香烟我怕是抽不到了,我已经得罪了管票子的顾太太了。三天前就得罪了。我走进会计室大门时顾太太正在数钱,她的胖手每捻动一次她的胖下唇就哆嗦一次。顾太太看见我后便神神叨叨放下了手里的活儿,拽住我的衣袖把我拖进了隔壁。

你有个同学去打仗了?

打过了,他在家里。

做了汉奸了吧?

别瞎说,现在哪里有汉奸。

是这样,做了叛徒了,是吧?

怎么会呢。

啧,你呀你,还瞒我。我老头子在民政局,亲口对我说,他给抓了。

这是哪儿对哪儿。

什么哪儿对哪儿。抓了还不就是叛徒,还不就是汉奸?

谁他妈的这么说。谁他妈的大胡话!

这还用谁说?这个道理谁不懂。中国人都懂。

我×。

咋这么说话呢,你×谁?

当然不会×你,你有什么×头!

"嫂子什么时候生?"红豆静了一刻突然这样问,"嫂子怎么怀得这么快?""当然怀得快,"我说,"要不怎么是嫂子呢,嫂子总得有嫂子的样子吧。""嫂子生了孩子让我来起名字,是丫头呢,就用个'红'字,是小子呢,就用个'豆'字。""算了吧,红豆,"我说,"孩子不成了你的了,你那个'红''豆'还是分给你孩子吧。""我给你说真的。"红豆的眼神突然充满抑郁,蒙上了一层淡蓝色的雾。"我怎么能要孩子?你的孩子就是我的了。""怎么会这样呢?"我笑了笑,笑完了我突然觉得这笑声太假,"你会有自己的孩子的。""我怎么能要孩子呢,我这种人怎么能要孩子。算了。你不答应就算了。"红豆这样嘟囔。"你会有的,你结了婚想没有都要烦死人。你一不小心就会有的。"红豆的嘴角浅浅地拉了两下,说,不说这个了。我们不说这个。我的胃疼得太厉害了。

九

红豆的父亲从红豆生还的那天起开始被风蚀。越来越深刻的变化显现于他的发愣之中。他时常站立于碎瓦片之间,如古代的圣贤先哲巡视破碎裂痕中间的考古意义。孤独感如他皮肤上的褶皱一样越来越深了。他曾经奢望他的后代能在他千古之后重新烛照他的雄壮当年。他真的这么想过。枪声和炮声是不该淡忘的。首先忘记的恰恰是他的儿子。好几次,他甚至想追问老婆,红豆这个王八羔子到底是不是"他的"。但他终于从红豆清晰起来的面侧轮廓否定了自己的虚证。红豆颧骨那一把太像他了。如他水中的影子,只是在轻乍起之后轻柔地波动了起来。红豆父亲的叱咤身躯缓慢地走向委顿,他肩部的倾斜坡度变得陡峭。一场战争塑就了他。另一场战争却又消解了他。

坑道里燠热得让人晕厥。每一次呼吸都是一次希望又是一次绝望。你的肺叶永远都打不开来,如初恋中固执的女子老是不停地对你说不。他们不打仗,整日整日地听见自己说不,我不。战争并不意味着打仗。打仗只是战争的一个部分。所有的忍耐、接受、焦虑、恐怖,都成为打仗的附属物,吸附在战争的隐体下面。

坑道里没有打仗。但坑道里笼罩了战争。坑道里的战士至今没有打过一次仗。他们接受的命令就是"待命"。"命令"和"待命"才是战争。战争中似乎唯一重要的只剩下命令。生命退位到了命令的载体、命令的生物形式与被动状态。生命存放在你的躯体内,有命令你就用他去执行,没有命令你就让他继续等待。

呼吸越来越难以忍受。红豆感到呼出来的气都像大便一样干结。

黎明时分红豆听见有人在喊:"我要出去,你让我出去!"这个时候许多人都在半昏迷的睡眠之中。人们没有听得清是谁在叫喊,就听见有人站在了洞外,站在洞外用枪对着天空猛烈地扫射,用汉语诅咒。

远处也响起了枪声。是一排枪声。许多弹头在洞口的岩石上击起火光,反弹出去拖着悠扬的金属尾音。然后一个身躯便倒下了,红豆在昏暗的光线中看见身躯底下蜿蜒出黑色液体,越淌越粗越淌越长宛如一条游动大蟒。

不再呼吸的南京籍战士被抢回了坑道。抢回来时已经是一具"烈士"。战争中生命很轻贱,尸体却是值大钱的。对尸体,任何一方都会像秃鹫,在天上盘旋,投下移动的阴影,等待机会使尸体属于自己。为了这具南京籍战士的遗体,敌人却又丢下了三具。短暂的战斗使坑道付出了很大代价,几乎每个人都轻重不等地受了枪伤。

红豆没有受伤。令人不可思议的是,红豆没有受伤。红豆只是在左臂让弹片划开了一寸多长的口子。战争仿佛就是与人体过意不去,每一次都让你毁灭,让你残缺。战争是另一种意义上的男女做爱,以惊心动魄开始,以身心俱空收场。

事情的发展表明,或者说后来的事迹表明,红豆没有受伤才有了他多年之后的松散岁月。命运使红豆在战争里头往深处越爬越远。

二排长坐在红豆面前的子弹箱子上。他扔掉那只短得烫手的烟头,说,红豆,只能是你去了。

哪儿?

那儿。二排长指了指苍莽的雾中,说,九号洞,那个战士牺牲了。

我一个人?

你一个人。

洞里头死过人?

每一块地方都死过人。

这是命令对不对？我一定得去对不对？

是命令。我是你的长官。长官的话就是命令。

再和我说说话，好不好？

好。

给我一只小镜子，好不好？我的丢了。

我没有镜子。打仗时人不能照镜子。这种时候人不能看自己。忘掉自己。

我……有点怕。

你不要不好意思。人人都怕。什么才是了不起？了不起就是心里害怕却硬去做。伟人就是这种人。你手里有枪。枪里有子弹。子弹里头有火药。那是我们的祖先发明的。你怕谁你就杀掉谁。

我知道。

你不要出洞，你就很安全。千万别出来。

我知道。

你一出来就有眼睛瞄准你。到处都有枪口望着你。

我知道。

不能射击老鼠，也不能射击蟒蛇。千万不要杀生。除了杀人。

我知道。

好了。向我敬个礼，你可以走了。

红豆本能地提了枪，准备起立。二排长把他摁住了，指了指头上的坑道顶。

红豆就坐着向二排长侧手举右掌。二排长回了一个军礼，标准肃穆的军礼，斩钉截铁而又意蕴深长。

十

日子美好如常。弦清的肚子按部就班地发展。没有什么好抱怨的。我日复一日地做一些极重要而又仿佛没有"屁用"的事情。"屁用"这两个字必须用上引号,我转引了弦清的话。"屁用"这一说法从汉语意义上考证一番是极尴尬的。明明是说"用",而一"屁"便没用了。汉语习惯于用生理意义上的东西表示肯定或否定,许多中国人表否定从来不说"不",而是把男人的那东西从裆里掏出来生生猛猛地横在那儿,让你敬畏,让你却步。

每个晚上总要看看电视,看看电视里各国领袖们参加各种会议,为世界人民的幸福与和平而微笑,而干杯。当然,每天都有战争,感觉上又茫然又遥远,与我们生活比邻若天涯。没有人振奋与同情。战争仿佛是少不得的,歌舞升平里总要有一些点缀,这也是人类通往神圣的方式与途径。电视里的战争都是具有"美学意义"的,正如大街上肝脑涂地的车祸,总是有人看的,只要死者不是自己,正如一个孩子掉进老虎的笼子,在虎齿之间挣扎,也是有人看的,只是千万别是自己的孩子。看完了就有了传说,有了童话,有了神奇,就有了艺术,就有了"美"。

无聊的日子里我多次拿起该死的钢笔,提起钢笔我就情不自禁地,也可以说不由自主地往红豆的身上联想。这个卑鄙的念头令我兴奋而神往。我的想象力如亚力牌啤酒泡在红豆的那边升腾横溢。我终于弄清了为什么一次又一次听他讲那场战争。人一不留神就让自己骗走了。

在许多夜里我都做那种启示录式的遐想,如乞丐,如犹大,如圣徒先知,施洗者约翰。我的手放在弦清的腹部,靠手感,靠播种者的直觉倾听自己小生命的律动。我做这种抚摸时脑子里想着那块绿色雨林,雨林下面的雷场和生与死。我的许多伟大思想就是在手掌下面的律动中萌生的,我一次又一次看见上帝的下巴与指尖,看见魔鬼的峭利牙齿与瞳孔,看见行脚僧人的脚趾,那些脚趾在草鞋里对前方的泥路微笑,在溪水中和上帝的指尖嬉戏。上帝给僧人们洗脚,僧人们吻上帝的下巴。我想写一部创世纪式的巨著,书名都想好了:《脚趾与下巴一起歌唱》。后来想得太远了,我就收住,一觉醒来又是一个"屁用"的日子,红彤彤地像日出一样美好。那些思想及下巴和脚趾们就没有了,不可追忆。飘。随风而去。

但那些跳动节奏依旧,在掌心的下面。我抚摸另一个我。我呼唤我与热爱我。生命仿佛在这种延续中不朽,如镭的辐射,时间一样无动于衷。

我想不起哪天弦清怀上我的孩子了。弦清说那天我喝了好多酒。我记不清我做了什么。弦清说那两天正好排卵,有些憋不住,就由了你了,弦清说一定就是那天怀上的。

问题是为什么你要怀孕?一次冲动就一个生命。孩子,你只是你爸爸酒后冲动的排泄物。

这个念头让我愤怒而又绝望。

"你为什么要怀孕!"我这么大声说。我原来只是这么想的,却真的这样对弦清叫出了声。

"真对不起，"弦清卧进我的怀里，"你忍一忍吧。"弦清很温顺地说。

"我不是说这个，"我掀掉了缎面被子，"我问你为什么要怀孕？"

弦清望着我。她的样子吃惊而又怪诞。"我为什么要怀，你说我为什么要怀？"

"是我在问你！"

"你说的是些什么话？你怎么能说这样的话？我为什么要怀，你怀疑这孩子不是你的，是不是？"

"你给我打掉。"

"你疯了。"

"我没疯。你打不打？"

"我不打。你神经出了毛病？我又不是你的两亩地，想播就播，想除就除。"

"你打不打。"

"我不打。你真以为孩子是你的？孩子不是我的，也不是你的，孩子是孩子自己的。他会长到你今天这种样子，比你高，比你壮，比你帅气，比你聪明！"

弦清在说完了"我不打"，声音就变了，声音就充血，变得声嘶力竭，她的泪水汹涌出来，她说完这几句话用的是哭诉。弦清如一只母狗竖起了后背上的鬃毛。弦清说完了就开始穿衣服。"你哪儿去？"

"我回去。我到我娘那里去。"

这个黑夜糟糕透顶。除了黑色，几乎一无所有。天空明明是空的，就是堆满了该死的混账的黑色。黑色真他奶奶的该死。天一亮丈母娘如我的预料走来了。"好你个小子,你胆子可真的不小。"丈母娘进门就这样说。

"我不是那个意思。"

"你不是那个意思,什么意思?你们男人!弦清没成亲就怀了你的种,你如今对她又不放心了。孩子不能打,打了更说不清。我说的。生下来你自己看看是不是你的种。走了。你不要送。"丈母娘雷厉风行。人做了长辈就学会了言简意赅。

一批又一批新鲜时装在娇娇时装店里进来又出去。它们悬挂在空中被各种彩灯照得如新娘新郎。红豆终日恍惚在这样的强烈色彩里。把一叠又一叠工农兵的微笑转送给曹美琴。

红豆醒来时阳光已经照到被角。红豆从噩梦中惊醒,后背粘了整块冷汗。曹美琴睡在另一侧,半张脸埋在枕头里,头发蓬松开来,脑袋似乎特别地硕大。曹美琴的一条腿搁在红豆的腹部。红豆的噩梦一定起因于这条粗重的腿。红豆推了推她的腿,曹美琴蠕动了几下。曹美琴像一条巨蟒的感觉就是在这个触目瞬间注入红豆的内心的。他凝视着曹美琴,她的眼和嘴边都突然间出现了蟒的相似处。红豆的身体不由自主地往内收缩,曹美琴这时恰巧醒来。曹美琴睁开枕头外侧的一只眼睛说,红豆你干吗?红豆说我要起床了。起床干吗?曹美琴松懒地说,他一个星期才回来,我们说好的,你陪我睡一天。红豆说我到店里去。曹美琴闭了眼说你不要去,你睡回来。红豆提了裤子不动,看了一眼镜子,红豆的模样在镜子里特别地难看。红豆有些失望地把头回过去。"红豆你过来。"红豆便过去了。曹美琴一把将红豆重新拖进被窝。红豆闻到被窝里洋溢着内分泌的复杂气味。曹美琴说,我就喜欢在大清早,你来,你再来。红豆说我不行了,累了,你怎么这样,怎么这么喜欢做这种事。曹美琴说什么喜不喜欢,人都活死了,就剩这么一点乐趣,只有做这种事我才是活的。红豆便不吱声,由了她往下拉三角内衣。红豆经不起她指尖的弹拨,该起的地方又起来了。曹美琴说,还说累了,你瞧你,多结实!曹美琴说着话就骑上去。照道理红豆是不该在这种时候想起那条蟒蛇的,但红豆就是在这个节骨眼儿上被那条巨蟒吓倒了的。红豆叫道:"二排长!"整个身子就像皮球给戳了个洞,气全放光了。这时候曹美琴的上齿咬着下唇正在专心地寻觅,感觉到红豆的整个身体抽动了一下,就听他叫,二排长!随即他的一切就没脾气了。软了。曹美琴睁开眼,脸上的彤云四处纷飞,绝望而不连贯地说,红豆你干什么?红豆你存的什么坏心思?曹美琴坐到了一边,胳膊拥着两个圆肩头,一个劲儿地瑟瑟发抖,好半天才调整过来。就这么静坐了一刻,曹美琴拿起一件苹果色的上衣甩到了镜子上,拉了脸走进卫生间打开了热水器。红豆跟过去,光背倚在门框上,看着曹美琴裸露的身子在水帘和雾气里向上升腾。冲完了澡曹美琴拿了一把黄色塑料梳子插在头上,绕过了红豆,说:

没用!要不给外国人抓了过去。

红豆站在那里,感觉身上有一样东西一点一点坠陷下去。红豆说,我就是没用,我怎么就是没用。

红豆的父亲从酒店回家时发现那扇木棂门半开着。他伸进头去看见红豆把身子蜷在一床棉絮里。棉絮散发出一股闲散久搁的气味,红豆闭眼张嘴,嘴巴像面部的一口深井。

你回来做什么?红豆的父亲大了嗓门说。

红豆撑起身来,掀开了上半身的棉絮,上衣上沾了许多白色颗粒。红豆眯了眼,说,我回来睡觉。

睡觉?你睡什么觉?大白天睡什么觉?老鼠才在白天里睡觉。

我只是想睡觉。

你看你半死不活的,哪里还有人样!你就知道大白天和老鼠一起睡觉。

我想做一只老鼠,红豆说,是别人把我生成一个人了。

你说什么?浑小子你敢对我说这样的话?你放屁把胆子放掉了。美国佬都给我们打趴下了你跟我说这样的话。美国佬今天也神气起来了,有本事让他冲着我来。中国人死都不怕还怕什么!

我要睡觉。

弦清终于又回来了。我陪她的父亲喝了一瓶竹叶青,弦清就披着我刚买的山羊皮夹克回来了。她的腹部把羊皮上衣弄成了一只米花机,她自己看着也觉得不好意思。人的身体要出了问题衣服越新越美越难看。弦清回过头来说脱了吧,等生了再穿。我说穿着,挺好的,不是挺漂亮的嘛!

走进家门弦清极其幸福,她疲惫地坐进沙发,两条腿伸到前面去,像京戏台上的判官。孩子真的是你的,她说。我坐在扶手上拥她入怀,就说对不起,我诚心诚意地说,对不起你。弦清听了这话止不住啜泣,她哭得伤心委屈又甜蜜自豪。女人一生中这样哭泣的机会并不多。我就这么拥着弦清,脑子里很空,刮起了方向不定的风。孩子是我的,这不挺好的。孩子不是性冲动的排泄物还能是什么?书上不全这么说的。

生活又平平静静,这不是很好吗。

十一

红豆拉完了曲子就开始愣神。许多风瘦瘦长长地在天井墙上舞蹈。屋檐口一排整齐的乳形滴漏倒挂在那里,悠久而又抑郁。红豆望着乳形滴漏想起了曹美琴的乳房。心中泛起极浓的不知所措。那种渴望而又焦躁无味的心绪如西部民歌中的半个月亮,爬上来,在蓝蓝的背景上空旷无比地爬上来,晕晕黄黄地爬上来,就半个,残缺不全地爬上来了。

红豆停止了二胡演奏,追忆他第一次与曹美琴接吻。吻住曹美琴的下唇时他的手就自然地抚在了她的乳房上面。这样的感受让他幸福与感伤。只有儿童被哺育时才这样,一只手摸着乳房吸吮,另一只手神圣地搭在另一只乳房上面。红豆坚信男人接吻时的心态不是男人的,是男婴的。红豆后来开始吻她的乳峰,乳峰像抽象意义上的母亲,不是妈妈。红豆禁不住流了泪水,说,这才是我的家,曹美琴用一只指头封住了红豆的嘴,让他别出声。红豆就不动了,心里只是重复。这才是我的家。我什么也不怕了。

红豆放下了二胡就往"娇娇时装店"里跑了。他要抱他的曹美琴吻他的曹美琴。马路拐弯的地方他看见了一只老鼠卧在了水泥地上,这只可怜的老鼠早就让汽车轮子轧扁了,像画在地上,二维地在地面只剩下老鼠的抽象意味。红豆站住了。红豆站在马路的拐弯处,自语说,这是老鼠。那只老鼠如一张纸,儿童画一样贴在了地表。

红豆在时装店的门口没有找到曹美琴。一个中学生模样的小伙子问红豆说,先生您买什么。红豆看看这个中学生,脸上的样子说变就变掉了。红豆盯住了中学生。中学生很慌张地向后退了两步,对身边的两个女伙计解释说,我不认识这个人,我真的不认识。

红豆到我家时是夜间十点。电视上正是《晚间新闻》的片头,宁和的音乐中一只透明的地球正蓝蓝地滚动过来放到电视屏幕的中央。红豆倚在我的房门框上,身上带进来很寒的秋意,红豆失神地说,给我倒点酒。

红豆坐在沙发里脸上的样子像青春期的某个糟糕片刻。他的小拇指一直在不安地颤动。我点了根烟,在我点烟的功夫他随意拿起了我的工作手册和钢笔。我们都不说话。他懒懒地在软面抄上随手抹些什么。这时候弦清也披上上衣坐了过来,她的手上打了件毛线衣裤,粉红色的,裤腿只有我的巴掌那么长。红豆抬起头,看看毛衣,又看看弦清,很累地笑了笑。弦清望着红豆,也笑了笑。三个人就这么坐着,一直到十二点钟。红豆后来就放下手里的小本子,面色微酡,说,你们睡,我回去了。弦清探过头指着红豆画下的古怪图案只是说,什么? 红豆你画的是些什么? 红豆指着满页的Ω,说:

这是山洞。

第二页像毛衣编织。

这个呢? 弦清问。

这是雷区。

这个,这个是什么? $\wedge$

坟。

你画这么多坟做什么。吓人。

吓人什么,坟是泥土的乳房。我们的家。

红豆一走弦清就怔着盯住了我,说,不对,红豆他不对……

红豆的二胡声出现了某种几何形状,标准的正方那样经不起抗击。红豆拉二胡把二胡的灵魂给拉出来了,整夜在没有路灯的巷子里瞪着碧眼游荡,尾巴一样,蛇形地跟踪人迹,追探人们的听觉。红豆整日抱着他的二胡在时间里颤悠,太阳被他拉亮了又拉黑了,月亮被他拉弯了又拉圆了。后来红豆的指尖揉出了血迹。红豆妈说:"祖宗,你别拉了。"红豆说,我不能不拉,曲子全关在琴里头,我不拉他们就出不来,它们在喊救命。他们在说,红豆,你救救我——你听见没有,妈,你听听,他们在喊你奶奶。

红豆妈用手掌捂住了红豆的指头。豆子,红豆妈这么说,你别拉了,妈求你,妈给你跪下了,你一气拉了两天半了祖宗。

红豆就停住了,眼睛散了光,说,妈我不拉了,妈你给我把琴拿下来,红豆的母亲用了很大的气力才把马尾弓从红豆的手上掰开,红豆的手却伸不直,依旧保持了那种指形做有节奏的颤动。

妈,我饿了。

我给你做。

妈,我要喝奶。

红豆妈钉在了那里。不动。脸上的皱纹全挂了下来。

妈,红豆抬起头说,屋檐上挂了一排奶子,我要喝奶。

红豆妈听了这话一屁股坐在了天井的地砖上。冬季就是在这样的时刻来临的。

天冷得相当快。梧桐树叶如丧家的狗跟着风走走停停。许多人的脸被掩在冬季的风里,上了一层霜。优美的植物相继死去,只剩下根与水泥同一种色彩。人们说冷。人们抱怨鬼天气。人们在冬天说夏天好,就像在夏天说冬天好。

咖啡屋里挤了许多人。不因为咖啡,因为空调。咖啡屋里没有自然光,用了杂色彩灯及茶色镜子的反射。人就像置身于想象里。在那里接吻、吸烟、做生意。声音都很低,如咖啡的色质。

红豆坐在我的对面。左侧是一堵镜子墙,把小咖啡屋拉得极有纵深感。我们坐在中间,一半实,一半虚。我们断断续续地说话,断断续续地喝雀巢。雀巢像我们的政治一样,有越来越高的透明度。红豆新理了发,头发吹得很高。这样的造型使他显得陌生,不像红豆他自己。屋子里的色调与音乐柔化了红豆,使红豆越发渴望倾诉。红豆说了很多的话,没有逻辑,时空也相当混杂,完全是现代派的叙述方式,他的眼睛依旧很大,只是失去了水分,显得滞钝。双眼皮的两道皱褶拉得也很松弛,看人时就有了似是而非的无精打采。后来红豆说,我的胃又疼了,就不再说话。脸上的样子一直在疼。我说我送你回去。红豆笑笑,说在哪里都疼。我说那就别喝咖啡了,我给你买杯莲子汤。红豆说好。

我转回的时候红豆坐在那里不动。他的脸转了过去,对了镜子。他在正视镜子里的自己。我注意到身后的窗子正打开了一扇,窗上面也有一面镜子,这两面镜子把红豆拉得相当长,许多红豆就在咖啡室里无限地延伸了下去。从我这里直到宇宙的角落,没有尽头和归宿。我看得见红豆咖啡色的目光,他的目光已经走到宇宙的外面去了。我捏着莲子汤的票根,说红豆。

红豆把脸移向我,眼睛却没有离开镜子。红豆指着镜子对我说:"你快看,那是红豆。"我看见红豆的灵魂从他的眼睛里飞到镜子的那头去了。我站在那里,不敢动了。

这时候服务小姐走过来,说,先生,您的莲子汤。

"那是红豆,"红豆说,"你看见没有,那是红豆。"

我说我们回家。

"你抓住他——那是红豆。他是一只鸡,你把他杀掉。"

我冲上去转动他的脑袋。他的脑袋很轻但目光却越来越顽固。

"你逮住他,"红豆说,"杀了他我就可以回家了。你杀掉他,你快去。"

红豆已经完全不对劲了。许多毛孔在我身上冰冷地竖立着。我想他已经疯了。我拿起了一只凳子,砸向了茶色镜子墙。咣当一声,世界就变得可怕地安静下去,黯淡下去。世界就只剩下了半个,许多人站起来,看我们。红豆的脸因玻璃的飞溅而流血不止。

我说,我杀掉他了。

红豆将信将疑地伸出手,摸了摸墙与破镜片。红豆推开我。你骗我,红豆说,你在骗我。红豆像个姑娘似的站起来。走,我们回家。

很晚我才回到家里。弦清仿佛有什么预感,她站在卧室门口,望着我不语。我站在堂屋门下面,和她对视了好大一会儿,我说,出事了。

我知道了。

空间变得十分的无情无义。我害怕这种目光之间的纵深距离。

寒夜在灯光的外面。月光干干凉凉的,又亮又清又冷。又冷又清又亮。有月光的夜里窗户上的玻璃都干净透明。内外都亮了就透明了。内黯外亮也不坏,可以成为一个视点,观察、看。最糟的是内亮而外黑,这样的玻璃就成了镜子,就成了审视自己的判席,就成了绞架。

人的灵魂不能被点亮。点亮了就是灾难。人不能自己看自己,看见了便危险万分。要命的是红豆恰恰选择了这样一个位置,在镜子与镜子之间。

大清早我终于入睡了。一夜的似睡非睡使我头部肿胀得要开裂。做梦了没有,我没有把握。但我听见了亚男的声音,红豆的姐姐在我的梦中大声地叫:"快,快,红豆出事了。"

睁开眼我就看见了亚男。她失态地把我从被子里拖了起来。她的身上有一股极浓的血腥味。她的衣袖和前襟溅满了紫红色的血污。

"他用刀子捅了自己了,肚子还有脖子。"

为什么?许多人都爱你,母亲和亚男,弦清还有我。许多人。

我要杀掉他……

你杀谁?

红豆。我要杀了他。

你杀了红豆你是谁?谁又是你红豆?

你不懂……杀了他我就是我了。我就可以到屋檐上去,老鼠和蛇,还有乳房二胡。你懂不懂?

我不懂,红豆。

我杀了他你就懂了。

你就是红豆,红豆就是你自己。你杀了红豆就是杀自己。

我只能杀自己,我怎么能杀别人,我杀谁?

你杀了红豆你自己就没有了。

杀了才有。不杀就没有。你不懂。你不要管我,我还要杀。

十二

在冬季这个伤口难以愈合的漫长岁月里,红豆躺在医院的白色之中,顽固地坚持杀掉红豆的宏伟梦想。他的身上插进了许多管子。那些干净、透明的液体像时间的秒针,一滴又一滴耐心地抚慰红豆。这些液体的清冽光芒无数次感动过红豆。他望着这些液滴,一连几个小时。而后红豆的泪就流出来。是他生命里的男性液质。

失血过多的红豆终于被看出了血色,在没有人照看的时刻他又有气力能够完成自己的梦了。红豆下了床能够走动后就忙着自杀。他偷了一把水果刀。夜里三点钟他走在宁静的白色过道,过道很长,有一种走向阴间的狰狞透视。世界弥漫着以酒精为主体的混杂气味。他走向厕所。红豆决定在厕所里捉住红豆,然后把红豆杀死在大便池里。然后把刀还给病友。然后回家。然后对母亲说,我回来了。然后对他说,我和你一样回家了。然后放下包到曹美琴那里去,对曹美琴说,我杀了他,我杀了那个没用的人,那个被人家捉去的人。然后命令曹美琴:美琴,和我上床。

红豆的回家梦想没有能够实现。他走错了门。他没有敏锐地发现便池和便座的不同处。红豆站在了女厕所里常见的镜子面前。夜如镜子一样宁静。三点钟换岗的女护士习惯性地在上岗之前处理一下私事,她推开卫生间,看见里头站了一个男人。女护士倒吸了一口气手里的搪瓷盆就掉下来了,在死寂的病房里发出了丧心病狂的声音。盆里的小玩意儿在白色马赛克上侧着身子往角落里飞蹿。红豆大吃了一惊,拿刀的手就提了上来,眼睛在镜子里头和小护士对视。红豆看见小护士的下巴只是往下挂,却是没有声音。红豆提了刀目光呆滞地转过身来,红豆刚想说你回去吧,就听见小护士终于叫出来了。小护士叫的是杀人,杀人了!

许多人从病房和值班室里冲出来了。大部分病人的脸上忍着疼痛。红豆站在门口,不高兴地对大家说,这关你们什么事?

当天夜里红豆就被送走了,上车之前红豆给慌里慌张地打了一针。红豆隐约地记得自己明明给抬上的是汽车,过了一刻就觉得是火车了。向南,无尽无止地向南,红豆想睁开眼看看窗外,连长唬了脸说,不许看,这是命令,红豆便把眼睛闭上了,闭得很紧,很累。身子底下就咣嘡咣嘡咣嘡。

大家都争着要到最前线去。每个人的眼睛都陌生了,生出一股杀气。大家举了枪高呼震耳的口号,连长看了红豆一眼,红豆就举起手高叫:我要到最艰苦的地方去。红豆反复高喊这句话,直到再也喊不出来。大家后来开始写血书,连长又看了红豆一眼,红豆就咬破了食指,写下了自己的名字。红豆说,连长,怎么这一回咬得一点也不疼?连长说,当然不疼,这点疼算什么?我们连不许有一个怕死鬼!

知道红豆的下落已经是来年春光明媚的日子了。我一直没有红豆的消息,在这个问题上老志愿军战士说了谎,这位残疾老人告诉我,红豆到南方去了,他的战友在那里开了一家很大的公司。红豆不回来了。我望着长者的空袖管相信了他的话。老者的谎言比真理更有力量。

那个晚上亚男来敲门。亚男瘦成这样出乎我的意料。亚男见到我就扑到了我的怀里,当着弦清的面。"你救救红豆,"她的身子疾速地抽泣,"你一定要救救红豆。"我被这个突如其来的事弄得很蒙,我说红豆怎么了？你告诉我怎么了,他在广东出了什么事,亚男哇的一声哭出了声来,亚男说,他在疯人院里,他一直都关在疯人院里。

我茫然地抱着亚男,我就那样茫然地抱着亚男,也不知道过了多久。当着弦清的面。我不知道这个世上发生了什么,我很难受。我十分的难受。我太难受。我他妈的实在难受。

红豆坐在床沿。大剂量的镇静剂使他的体形虚胖浮肿。他的背后是窗户,阳光照耀过来,窗外的花朵一朵一朵开得又大又肥。花朵的美丽也如同红豆一样身不由己,离不开那枝头。

红豆的目光像煮熟的某种动物,看一处地点。眼神没有意义。我站在他的面前,他一直不知道我站在他的面前。他的头发胡子都很蓬勃,好像所有生命全长到那些上面了。我的酸楚在胸中猛烈地翻涌,无声静息地翻涌。我站在那里,不知道如何开始。

嗨。我终于说。

他没有动。

红豆。我说。

红豆抬起头。望着我。红豆望着我两只眼睛慢慢地活了。两只眼睛就如同春天那样缓释出许多液汁,有了许多返青的植物和风。红豆张开了嘴巴,一只手抓住我,很突然地抓住我。他的手没有力量,却让我感觉到绝望和神经质的穿透力。我的整个感知就全给他抓住了,缩成了一团。

我疯了没有?你告诉我,我到底疯了没有?

你没有,红豆,你没有疯。

为什么要关我在这儿?这儿全是疯子,他们全疯了。我要回家去。你带我回去。

我不能,红豆。

我疯了?这么说我真的疯了?

你没有。

你带我回去。

我不能。

我到底有没有疯?你告诉我我是不是真的疯了。

你没有疯。你没有。

为什么要关我在这儿?

我不知道。

我是疯了。我肯定还是疯了。

送药的护士就是这样的时候到来了。小护士们美丽的影子像鱼一样在病人之间摇晃。小护士推了不锈钢送药车来到红豆的面前,拿起一只瓶盖,瓶盖里装满了色彩斑斓的药片。小护士说,您该吃药了。红豆把目光从我这里移给了小护士,他的目光也变成了不锈钢的。我为什么要吃?您不是天天都这么吃的吗？小护士瞟了我一眼,笑着这么说。你自己吃,红豆说,你不吃就送给曹美琴,我不吃。红豆,我说,吃吧。我不吃,红豆的嗓门这时就大了,你们全是一伙的,你们通好的,我为什么要听你们的？我不吃。红豆从不锈钢药车上拿起了一只搪瓷盘,呼的一下那些彩色的药片就落英一样缤纷。随着红豆的叫喊迅速走过来几个长方体的白色男人。他们的头上全是白布,只有一双眼睛闪闪发光。一阵争斗后他们熟稔地擒拿了红豆,红豆被他们摁在床板上所有的关节都固定了,只有腹部在剧烈地向上挺动,每一次挺动喉咙里都要发出很有节奏的压迫声。我说红豆,走过去便拉开那些男人。一根针管这时就插进了红豆的肌肤,针剂明丽剔透像少女初恋时的眼泪。你们放开他,我大声说,你们放开,他没有疯！过了好大一会儿一个男人才抬起头来,他的声音在口罩里头含混不清:你是不是也想来一支镇静？这时的红豆似乎被药水说服了,张着嘴嘴里流淌口水。他的眼没闭,望着天花板。活的,但是一眨不眨。我用手在他的眼前摇摆了两下还是没眨。

我就这么望着红豆。时间昏迷过去了。

弦清在一个干净美丽的早晨分娩了我儿子。她的预产期超过了整整四天。我不知道我的儿子对这个世界犹豫什么。我在产房的通道外面一支接一支地吸烟。我望着圆形告示牌上一支白色的香烟被红色的×所覆盖。我已经连续三夜不睡了。是另一个刚刚当父亲的男人陪我度过了前面的两夜。我的舌尖很麻木,记不清说话了没有。我觉得昏迷过去的时间一直没有醒来。

第四个早晨我注意到太阳升起得很迟。我一直希望孩子的出生能选择在日出这个伟大的时分,这一设想无限诗意情调。但这样的早晨我没有过多地奢望孩子与太阳之间的巧合,我焦虑地祈盼孩子能早点儿来到世上。

后来来了一位护士,这个瘦小的女护士在我的记忆中永远天使一样美丽。她拉开玻璃门,笑着对我说,你当爸爸了。我头脑里轰的一下太阳就跳出来了,我冲进去就听见了极其愤怒极其委屈极其撒娇极其抒情的一道哭声,如金属丝在苹果色过道里纷扬。这是我的儿。顷刻间我的胸中许多东西化开了,直往眼眶里冲,不可遏止。我看见了血淋淋的小东西在护士的掌心里握紧了拳头诅咒什么。我想冲上去对孩子说我是你爸爸。

小护士的下巴把我赶出去了。在这个四五米的甬道里我体会到了千古悲伤。我伤心得不行了。出了玻璃门我蹲下去就用巴掌捂紧面庞了。那些该死的泪珠子从我的指缝中间汹涌而出。我不知道我为什么会这样。我真的不知道为什么会是这样。

这时候丈母娘从楼梯口拐角处出现了。见了我的模样她脸上就不对了。生了?生了。弦清呢?挺好。圆的还是长的?长的。顺不顺?顺。那你哭什么?我不知道,我就是要哭,我止不住。这么说着我的伤心就又袭上来了。二百五,好好的你哭什么,丈母娘说,吓我一大跳,你毛病嗷。

生儿子是要发红蛋的,规矩就这样。规矩就是有道理没道理你必须这样。第一家当然是红豆的母亲。

二胡的音质沙哑,具有极松的穿透力。二胡的音色有一种美丽的忧伤。二胡的旋律有一种与生俱来的倾诉欲望,欲说又止,百结愁肠。

离红豆家至少还有五十米我就听见二胡声了。我知道不可能是红豆的,我甚至怀疑是不是幻听。推开门我透过木棂格看见红豆端坐在家里,他的大腿上搁着他的二胡。我不知道他是什么时候出院的。他的脸很胖。有一层浮肿的青光,宇宙一样苍茫。

红豆看着我的脚。他的目光抬到我的腹部却不再往上爬了。他不看我也不说话,拉了一小段我们儿时常听的那些曲子。完了就放下胡琴,说,你来了。

你什么时候回家的,红豆?

有一阵子了。

为什么不找我?

我在拉琴。我拉得很轻松,很快活。这把琴很听话,又聪明,真是一把好琴。

我把三只红鸡蛋放在红豆家的茶几上,红豆妈看了一眼红蛋又看了一眼红豆,这个交替的目光明了易懂。红豆妈笑笑说恭喜了,我也就对她笑笑。想说什么,也想不大起来。红豆妈走到我的面前,低声说,红豆他又不吃饭了,他总说饭里头有药。红豆看上去挺胖嘛,我说。天晓得,他妈说,不吃又不睡,他哪里来的一身肉。他为什么不睡?我哪里知道,红豆妈茫然说,我想是怕噩梦,他睡着了老是喊,蛇——哪里来的蛇,真是造孽。他不吃也不睡,他就晓得拉琴。

这么说着话我们听见了厢房里传出了很古怪的声音。那把二胡丢在了地砖上,琴弓和琴身构成了天象式的构图。红豆站在那里,两只手垂得老老实实,蛇,红豆站在一边,指着地上二胡说,蛇。我走上去刚想捡起二胡,红豆就把我止住了。红豆对着二胡上的蛇皮说,是蛇,二胡声不是我拉出来的,是蛇在哭,你听,是蛇在哭。

红豆妈听了这几句一个踉跄就又侧在了门框上,红豆妈望着二胡说,这回真的没救了,又要去医院了。

红豆走上来就揪住了我。我不去,红豆望着我,目光四分五裂,别把我送过去,我永远待在洞里,我听你的命令,我这一辈子都在洞里,你别送我去医院。

十三

红豆终于在渴望拉二胡与不停摔二胡之间黯淡消瘦下去。天气渐渐变暖,变热。空气中积郁了越来越浓的怀旧气息。那是夏日千古以来不变的气息。植物们该绿的绿,该红的红了。红豆说,我要拉琴。红豆说,蛇。红豆说这两句话的气息越来越弱。他家的大门也越关越严。红豆的父亲不允许别人窥视他们家的不幸秘密。

越来越多的皮肤多余地褶皱在红豆身上。他的身上出现了许多肤斑,仿佛怀过孕的女人腹部留下的那种。许多不正常的气味很幽暗地在落日时分飘拂,如一只手从死亡的那边凉嗖嗖地抓过来,与腐草和植物的腐烂气味勾肩搭背。红豆终于卧床了。红豆说,我要拉琴,红豆说,蛇,红豆说,不要送我出去,红豆说,我就在洞里。

红豆的手与胳膊变得冰凉,与夏季的炎热极不相称。我弄不懂他身体的温度哪里去了。我抓住他的胳膊,我看见死亡一直在他的手边游丝一样转动。死亡在他的眼睛里蒙上一层半透明的膜。铁青色爬上了红豆的腮部,半透明的眼在不确切地看,无力的手指在不确切地抓。不知道红豆的目的是什么,不知道他要做什么。红豆的父亲在一个午后说:"他的胆已经吓破了。他是起不来了。他的胆肯定是破了。"后来下起了雨,雨猛得生烟,雨脚如猫的爪子一样四处蹦跳。那些雨把整个红豆家的老式瓦房弄得一个劲儿地掉灰。红豆身上那些类似铁钉和棺材的气味就是在雨住之后和泥土的气味一同弥散出来的。许多多余的皮在红豆的骨头上打滚。

红豆没有留下任何遗言。只是在他死前的一个星期说了一组阿拉伯数字:003289。这是六月二十六号的事。后来红豆就再也没有开过口。红豆妈问我,是不是谁的电话,我说不是。红豆妈又问,到底是什么,我说我不知道,可能没什么意思。红豆妈想了想,也就不问了。红豆后来就老是张嘴,他看着我们,嘴张得很大,嗓子里发出一种声音,像哪里在漏气。

七月三日,那个如狗舌头一样炎热的午后,红豆咽下了最后一口气。红豆死在自己家里的木床上。这一天天晴得生烟,阳光从北向的窗里照射进来,陈旧的窗格方木棂斜映在墙上,次第放大成多种不规则的几何方格。后来红豆平静地睁开眼,红豆的目光在房间里的所有地方转了一圈,而后安然地闭好。他的左手的指头向外张了一下,这时的红豆就死掉了。他死去时手指指着那把蛇皮蒙成的二胡,红豆生前靠那把二胡反复他心中的往事。

……
此刻谁在世界上某处走
无端端地在世界上走
在走向我

此刻谁在世界上某处死
无端端地在世界上死
在望着我

——里尔克《严重的时刻》

哺乳期的女人

断桥镇只有两条路,一条是三米多宽的石巷,一条是四米多宽的夹河。三排民居就是沿着石巷和夹河次第铺排开来的,都是统一的二层阁楼,楼与楼之间几乎没有间隙,这样的关系使断桥镇的邻居只有"对门"和"隔壁"这两种局面,当然,阁楼所连成的三条线并不是笔直的,它的蜿蜒程度等同于夹河的弯曲程度。断桥镇的石巷很安静,从头到尾洋溢着石头的光芒,又干净又安详。夹河里头也是水面如镜,那些石桥的拱形倒影就那么静卧在水里头,千百年了,身姿都龙钟了,有小舢板过来它们就颤悠悠地让开去,小舢板一过去它们便驼了背脊再回到原来的地方去。不过夹河到了断桥镇的最东头就不是夹河了,它汇进了一条相当阔大的水面,这条水面对断桥镇的年轻人来说意义重大,断桥镇所有的年轻人都是在这条水面上开始他们的人生航程的。他们不喜欢断桥镇上石头与水的反光,一到岁数便向着远方世界蜂拥而去。断桥镇的年轻人沿着水路消逝得无影无踪,都来不及在水面上留下背影。好在水面一直是一副不记事的样子。

旺旺家和惠嫂家对门。中间隔了一道石巷,惠嫂家傍山,是一座二三十米高的土丘;旺旺家依水,就是那条夹河。旺旺是一个七岁的男孩,其实并不叫旺旺。但是旺旺的手上整天都要提一袋旺旺饼干或旺旺雪饼,大家就喊他旺旺,旺旺的爷爷也这么叫,又顺口又喜气。旺旺一生下来就跟了爷爷了。他的爸爸和妈妈在一条拖挂船上跑运输,挣了不少钱,已经把旺旺的户口买到县城里去了。旺旺的妈妈说,他们挣的钱才够旺旺读大学,等到旺旺买房、成亲的钱都回来,他们就回老家,开一个酱油铺子。他们这刻儿正四处漂泊,家乡早就不是断桥镇了,而是水,或者说是水路。断桥镇在他们的记忆中越来越概念了,只是一行字,只是汇款单上遥远的收款地址。汇款单成了鳏父的儿女,汇款单也就成了独子旺旺的父母。

旺旺没事的时候坐在自家的石门槛上看行人。手里提着一袋旺旺饼干或旺旺雪饼。旺旺的父亲在汇款单左侧的纸片上关照的,"每天一袋旺旺"。旺旺吃腻了饼干,但是爷爷不许他空着手坐在门槛上。旺旺无聊,坐久了就会把手伸到裤裆里,掏鸡鸡玩儿。一手提着袋子,一手捏住饼干,就好了。旺旺坐在门槛上刚好替惠嫂看杂货铺。惠嫂家的底楼其实就是一爿铺子。有人来了旺旺便尖叫。旺旺一叫惠嫂就从后头笑嘻嘻地走了出来。

惠嫂原来也在外头,1996年的开春才回到断桥镇。惠嫂回家是生孩子的,生了一个男孩,还在吃奶。旺旺没有吃过母奶。爷爷说,旺旺的妈天生就没有汁。旺旺衔他妈妈的奶头只有一次,吮不出内容,妈妈就叫疼,旺旺生下来不久便让妈妈送到奶奶这边来了(那时候奶奶还没有埋到后山去)。同时送来的还有一只不锈钢碗和不锈钢调羹。奶奶把乳糕、牛奶、亨氏营养奶糊、鸡蛋黄、豆粉盛在锃亮的不锈钢碗里,再用锃亮的不锈钢调羹一点一点送到旺旺的嘴巴里。吃完了旺旺便笑,奶奶便用不锈钢调羹击打不锈钢空碗,发出悦耳冰凉的工业品声响。奶奶说:"这是什么?这是你妈的奶子。"旺旺长得结结实实的,用奶奶的话说,比拱奶头拱出来的奶丸子还要硬挣。不过旺旺的爷爷倒是常说,现在的女人不行的,没水分,肚子让国家计划了,奶子总不该跟着瞎计划的。这时候奶奶总是对旺旺说,你老子吃我吃到五岁呢。吃到五岁呢。既像为自己骄傲又像替儿子高兴。

不过惠嫂是例外。惠嫂的脸、眼、唇、手臂和小腿都给人圆嘟嘟的印象。矮墩墩胖乎乎的,又浑厚又溜圆。惠嫂面如满月,健康,亲切,见了人就笑,笑起来脸很光润,两只细小的酒窝便会在下唇的两侧窝出来,有一种产后的充盈与产后的幸福,通身笼罩了乳汁芬芳,浓郁绵软,鼻头猛吸一下便又似有若无。惠嫂的乳房硕健巨大,在衬衣的背后分外醒目,而乳汁也就源远流长了,给人以取之不尽、用之不竭的印象。惠嫂给孩子喂奶格外动人,她总是坐到铺子的外侧来。惠嫂不解扣子,直接把衬衣撩上去,把儿子的头搁到肘弯里,而后将身子靠过去。等儿子衔住了才把上身直起来。惠嫂喂奶总是把脖子倾得很长,抚弄儿子的小指甲或小耳垂,弄住了便不放了。有人来买东西,惠嫂就说:"自己拿。"要找钱,惠嫂也说:"自己拿。"旺旺一直留意惠嫂喂奶的美好静态,惠嫂的乳房因乳水的肿胀洋溢出过分的母性,天蓝色的血管隐藏在表层下面。旺旺坚信惠嫂的奶水就是天蓝色的,温暖却清凉。惠嫂儿子吃奶时总要有一只手扶住妈妈的乳房,那只手又干净又娇嫩,抚在乳房的外侧,在阳光下面不像是被照耀,而是乳房和手自己就会放射出阳光来,有一种半透明的晶莹效果,近乎圣洁,近乎妖娆。惠嫂喂奶从来不避讳什么,事实上,断桥镇除了老人孩子只剩下几个中年妇女了。惠嫂的无遮无拦给旺旺带来了企盼与忧伤。旺旺被奶香缠绕住了,忧伤如奶香一样无力,奶香一样不绝如缕。

惠嫂做梦也没有想到旺旺会做出这种事来。惠嫂坐在石门槛上给孩子喂奶,旺旺坐在对面隔着一条青石巷呢。惠嫂的儿子只吃了一只奶子就饱了,惠嫂把另一只送过去,她的儿子竟让开了,嘴里吐出奶的泡沫。但是惠嫂的这只乳房胀得厉害,便决定挤掉一些,惠嫂侧身站到墙边,双手握住了自己的奶子,用力一挤,奶水就喷涌出来了,一条线,带着一道弧线。旺旺一直注视着惠嫂的举动。旺旺看见那条雪白的乳汁喷在墙上,被墙的青砖吸干净了。旺旺闻到了那股奶香,在青石巷十分温暖十分慈祥地四处弥漫。旺旺悄悄走到对面去,躲在墙的拐角。惠嫂挤完了又把儿子抱到腿上来,孩子在哼唧,惠嫂又把衬衣撩上去。但孩子不肯吃,只是拍着妈妈的乳房自己和自己玩儿,嘴里说一些单调的听不懂的话。惠嫂一点都没有留神旺旺已经过来了。旺旺拨开婴孩的手,埋下脑袋对准惠嫂的乳房就是一口。咬住了,不放。惠嫂的一声尖叫在中午的青石巷里又突兀又悠长,把半个断桥镇都吵醒了。要不是这一声尖叫旺旺肯定还是不肯松口的。旺旺没有跑,他半张着嘴巴,表情又愣又傻。旺旺看见惠嫂的右乳上印上了一对半圆形的牙印与血痕,惠嫂回过神来,还没有来得及安抚惊啼的孩子,左邻右舍就来人了。惠嫂又疼又羞,责怪旺旺说:"旺旺,你要死了。"

旺旺的举动在当天下午便传遍了断桥镇。这个没有报纸的小镇到处在口播这条当日新闻。人们的话题自然集中在性上头,只是没有挑明了说。人们说:"要死了,小东西才七岁就这样了。"人们说:"断桥镇的大人也没有这么流氓过。"当然,人们的心情并不沉重,是愉快的,新奇的。人们都知道惠嫂的奶子让旺旺咬了,有人就拿惠嫂开心,在她的背后高声叫喊电视上的那句广告词,说:"惠嫂,大家都'旺'一下。"这话很逗人,大伙都笑,惠嫂也笑。但是惠嫂的婆婆显得不开心,拉着一张脸走出来说:"水开了。"

旺旺爷知道下午的事是在晚饭之后。尽管家里只有爷孙两个,爷爷每天还要做三顿饭,每顿饭都要亲手给旺旺喂下去。那只不锈钢碗和不锈钢调羹和昔日一样锃亮,看不出磨损与锈蚀。爷爷上了岁数,牙掉了,那根老舌头也就没人管了,越发无法无天,唠叨起来没完。往旺旺的嘴里喂一口就要唠叨一句,"张开嘴吃,闭上嘴嚼,吃完了上床睡大觉","一口蛋,一口肉,长大了挣钱不发愁"诸如此类,都是他自编的顺口溜。但是旺旺今天不肯吃。调羹从右边喂过来他让到左边去,从左来了又让到右边去。爷爷说:"蛋也不吃,肉也不咬,将来怎么挣钞票?"旺旺的眼睛一直盯住惠嫂家那边。惠嫂家的铺子里有许多食品。爷爷问:"想要什么?"旺旺不开口。爷爷说:"克力架?"爷爷说:"德芙巧克力?"爷爷说:"亲亲八宝粥?"旺旺不开口,亲亲八宝粥旁边是澳洲的全脂粉,爷爷说:"想吃奶?"旺旺回过头,泪汪汪地正视爷爷。爷爷知道孙子想吃奶,到对门去买了一袋,用水冲了,端到旺旺的面前来。说:"旺旺吃奶了。"旺旺咬住不锈钢调羹,吐在了地上,顺手便把那只不锈钢碗也打翻了。不锈钢在石头地面活蹦乱跳,发出冰凉的金属声响。爷爷向旺旺的腮边伸出巴掌,大声说:"捡起来!"旺旺不动,像一条咸鱼,翻着一双白眼。爷爷把巴掌举高了,说:"捡不捡?"又高了,说:"捡不捡?"爷爷的巴掌举得越高,离旺旺也就越远。爷爷放下巴掌,说:"小祖宗,捡呀!"

是爷爷自己把不锈钢餐具捡起来了。爷爷说:"你怎么能扔这个? 你就是这个喂大的,这可是你的奶水,你还扔不扔? 啊? 扔不扔? ——还有七个月就过年了,你看我不告诉你爸妈!"

按照生活常规,晚饭过后,旺旺爷到南门屋檐下的石码头上洗碗。隔壁的刘三爷在洗衣裳。刘三爷一见到旺旺爷便笑,笑得很鬼。刘三爷说:"旺爷,你家旺旺吃人家惠嫂豆腐,你教的吧?"旺旺爷听不明白,但从刘三爷的皱纹里看到了七拐八弯的东西。刘三爷瞟他一眼,小声说:"你孙子下午把惠嫂的奶子啃了,出血啦!"

旺旺爷明白过来脑子里就轰隆一声。可了不得了。这还了得? 旺旺爷转过身就操起扫帚,倒过来握在手上,揪起旺旺冲着屁股就是三四下,小东西没有哭,泪水汪了一眼,掉下来一颗,又汪开来,又掉。他的泪无声无息,有一种出格的疼痛和出格的悲伤。这种哭法让人心软,叫大人再也下不了手。旺旺爷丢了扫帚,厉声诘问说:"谁教你的? 是哪一个畜生教你的?"旺旺不语。旺旺低下头泪珠又一大颗一大颗往下丢。旺旺爷长叹一口气,说:"反正还有七个月就过年了。"

旺旺的爸爸和妈妈每年只回断桥镇一次。一次六天,也就是大年三十到正月初五。旺旺的妈妈每次见旺旺之前都预备了好多激情,一见到旺旺又是抱又是亲。旺旺总有些生分,好多举动一下子不太做得出。这样一来旺旺被妈妈搂着就有些受罪的样子,被妈妈摆弄过来又摆弄过去。有些疼。有些别扭。有些需要拒绝和挣扎的地方。后来爸爸妈妈就会取出许多好玩的好吃的,都是与电视广告几乎同步的好东西,花花绿绿一大堆,旺旺这时候就会幸福,愣头愣脑地把肚子吃坏掉。旺旺总是在初三或者初四开始熟悉和喜欢他的爸爸和妈妈,喜欢他们的声音,气味。一喜欢便想把自己全部依赖过去,但每一次他刚刚依赖过去他们就突然消失了。旺旺总是扑空,总是落不到实处。这种坏感觉旺旺还没有学会用一句完整的话把它们说出来。旺旺就不说。初五的清早他们肯定要走的。旺旺在初四的晚上往往睡得很迟,到了初五的早上就醒不来了,爸爸的大拖挂就泊在镇东的阔大水面上。他们放下一条小舢板沿着夹河一直划到自家的屋檐底下。走的时候当然也是这样,从窗棂上解下绳子,沿夹河划到东头,然后,拖挂的粗重汽笛吼叫两声,他们的拖挂就远去了。他们走远了太阳就会升起来。旺旺赶来的时候天上只有太阳,地上只有水。旺旺的瞳孔里头只剩下一个冬天的太阳,一汪冬天的水。太阳离开水面的时候总是拽着的,扯拉着的,有了痛楚和流血的症状。然后太阳就升高了,苍茫的水面成了金子与银子铺成的路。

　　由于旺旺的意外袭击,惠嫂的喂奶自然变得小心些了。惠嫂总是躲在柜台的后面,再解开上衣的第二个纽扣。但是接下来的两天惠嫂没有看见旺旺。原来天天在眼皮底下,不太留意,现在看不见,反倒格外惹眼了。惠嫂中午见到旺旺爷,顺嘴说:"旺爷,怎么没见旺旺了?"旺旺的爷爷这几天一直羞于碰上惠嫂,就像刘三爷说的那样,要是惠嫂也以为旺旺那样是爷爷教的,那可要羞死一张老脸了。旺旺的爷还是让惠嫂堵住了,一双老眼也不敢看她。旺旺爷顺着嘴说:"在医院里头打吊针呢。"惠嫂说:"怎么了？好好的怎么去打吊针了?"旺旺爷说:"发高烧,退不下去。"惠嫂说:"你吓唬孩子了吧?"旺旺爷十分愧疚地说:"不打不骂不成人。"惠嫂把孩子换到另一只手上去,有些责怪,说:"旺爷你说什么嘛？七岁的孩子,又能做错什么?"旺旺爷说:"不打不骂不成人。"惠嫂说:"没有伤着我的,就破了一点皮,都好了。"这么一说旺旺爷又低下头去了,红着脸说:"我从来都没有和他说过那些,从来没有。都是现在的电视教坏了。"惠嫂有些不高兴,甚至有些难受,说话的口气也重了:"旺爷你都说了什么嘛?"

　　旺旺出院后人瘦下去一圈。眼睛大了,眼皮也双了。生样子少了一些,都有点文静了。惠嫂说:"旺旺都病得好看了。"旺旺回家后再也不坐石门槛了,惠嫂猜得出是旺爷定下的新规矩,然而惠嫂知道旺旺躲在门缝的背后看自己喂奶,他的黑眼睛总是在某一个圆洞或木板的缝隙里忧伤地闪烁。旺爷不让旺旺和惠嫂有任何靠近,这让惠嫂有一种说不出的难受。旺旺因此而越发鬼祟,越发像幽灵一样无声游荡了。惠嫂有一回抱着孩子给旺旺送几块水果糖过来,惠嫂替他的儿子奶声奶气地说:"旺旺哥呢? 我们请旺旺哥吃糖糖。"旺旺一见到惠嫂便藏到楼梯的背后去了。爷爷把惠嫂拦住说:"不能这样没规矩。"惠嫂被拦在门外,脸上有些挂不住,都忘了学儿子说话了,说:"就几块糖嘛。"旺爷虎着脸说:"不能这样没规矩。"惠嫂临走前回头看一眼旺旺,旺旺的眼神让所有当妈妈的女人看了都心酸,惠嫂说:"旺旺,过来。"爷爷说:"旺旺!"惠嫂说:"旺爷你这是干什么吗?"

但旺旺在偷看,这个无声的秘密只有旺旺和惠嫂两个人明白。这样下去旺旺会疯掉的,要不就是惠嫂疯掉。许多中午的阳光下面狭长的石巷两边悄然存放着这样的秘密。瘦长的阳光带横在青石路面上,这边是阴凉,那边也是阴凉。阳光显得有些过分了,把傍山依水的断桥镇十分锐利地劈成了两半,一边傍山,一边依水。一边忧伤,另一边还是忧伤。

旺爷在午睡的时候也会打呼噜的。旺爷刚打上呼噜旺旺就逃到楼下来了。趴在木板上打量对面,旺旺就是在这天让惠嫂抓住的。惠嫂抓住他的腕弯,旺旺的脸给吓得脱去了颜色。惠嫂悄声说:"别怕,跟我过来。"旺旺被惠嫂拖到杂货铺的后院。后院外面就是山坡,金色的阳光正照在坡面上,坡面是大片大片的绿,又茂盛又肥沃,油油的全是太阳的绿色反光。旺旺喘着粗气,有些怕,被那阵奶香裹住了,惠嫂蹲下身子,撩起上衣,巨大浑圆的乳房明白无误地呈现在旺旺的面前。旺旺被那股气味弄得心醉,那是气味得母亲,气味得至高无上。惠嫂摸着旺旺的头,轻声说:"吃吧,吃。"旺旺不敢动。那只让他牵魂的母亲和他近在咫尺,就在鼻尖底下,伸手可及。旺旺抬起头来,一抬头就汪了满眼泪,脸上又羞愧又惶恐。惠嫂说:"是我,你吃我,吃——别咬,衔住了,慢慢吸。"旺旺把头靠过来,两只小手慢慢抬起来了,抱向了惠嫂的右乳。但旺旺的双手在最后的关头却停住了。旺旺万分委屈地说:"我不。"

惠嫂说:"傻孩子,弟弟吃不完的。"

旺旺流出泪,他的泪在阳光底下发出六角形的光芒,有一种烁人的模样。旺旺盯住惠嫂的乳房拖着哭腔说:"我不。不是我妈妈!"旺旺丢下这句没头没脑的话回头就跑掉了。惠嫂拽下上衣,跟出去,大声喊道:"旺旺,旺旺……"旺旺逃回家,反闩上门。整个过程在幽静的正午显得惊天动地。惠嫂的声音几乎也成了哭腔。她的手拍在门上,失声喊道:"旺旺!"

旺旺的家里没有声音。过了一刻旺爷的鼾声就中止了。响起了急促的下楼声。再过了一会儿,屋里发出了另一种声音,是一把尺子抽在肉上的闷响,惠嫂站在原处,伤心地喊:"旺爷,旺爷!"

又围过来许多人。人们看见惠嫂拍门的样子就知道旺旺这小东西又"出事"了。有人沉重地说:"这小东西,好不了啦。"

惠嫂回过头来。她的泪水泛起了一脸青光,像母兽。有些惊人。惠嫂凶悍异常地吼道:"你们走!走——你们知道什么?"

是谁在深夜说话

关于时间的研究最近有了眉目,我发现,时间在大部分情况下只呈现两种局面:一、白昼;二、黑夜。时间大致上没有超出这两种范畴。但是,人类的生存习惯破坏了时间的恒常价值,白昼的主动意义越来越显著了,黑夜只是作为陪衬与补充而存在。其实我们错了。我想把上帝的话再重复一遍:你们错了,黑夜才是世界的真性状态。

基于上述错误,我们在白天工作,夜间休息。但是,优秀的人不,也可以这么说:接近上帝的人不采取这种活法。例子信手拈来,我们的哲学家,我们的妓女,他们就只在夜间劳作。白天里他们马马虎虎,整天眯着一双瞌睡眼。他们处置白昼就像我们对待低面值破纸币,花出去多少就觉得赚回来多少。

我也是夜里不睡的那种人。我的生命大部分行进在夜间。熬夜消耗了我的许多大好时光,反过来说也一样,熬夜构成了我的许多大好时光。但我必须把话挑明了说,我熬夜并不能说明我也是优秀的那种人,不是的。我只是有病,失眠。你千万别以为我能和哲学家、妓女平起平坐了,这点自知我还有。在夜间我偶尔跟在哲学家或妓女身后,狐假虎威,或虎假狐威,都一样。

我住在南京城的旧城墙下面,失眠之夜我就在墙根下游荡。这里是哲学家与妓女常出没的地方。城墙下有许多树,树与树不一样,但每棵树有每棵树自己的哲学家,这一点至关重要。它决定了那么多的树在根子上是相通的。

稍通历史的人都知道,南京的城墙始于明代。我在一本书上发现,那时候城墙下徘徊的可不是哲学家与妓女,而是月光与狐狸。这两样东西加在一起鬼气森然。但鬼气森然不是大明帝国的风格。大明帝国的南京纸醉金迷,遍地金粉,秦淮河边云集了最杰出的哲学家和最杰出的妓女。几乎所有的中国人都能对明代的妓女如数家珍,董小宛、柳如是、李香君……扳一扳指头就是秦淮八艳。南京城今天的泱泱帝气得力于明代,得力于秦淮河边彩袖弄雨的惊艳一绝。

那一天夜里有很好的月亮,由于月亮的暗示,我把自己想象成狐狸。我点了根烟,以动物的心态贴墙而行。我发现夜很好,真的好极了。月亮照在城墙上,城墙很破,坍塌了许多块,但破得不失大气,有脸有面,月光一照,像一张高清晰度的黑白相片。我行走在夜里,我知道黑夜是没有朝代的,所以我可以在明代散步。只走了两步我就想哭泣,我怀念明代,明代的南京城感人至深。当然,南京现在比那时强多了,人人会说普通话(即官话),家里的卫生间贴上了瓷砖,去年的十月一日还放了礼花。但作为一个夜间失眠的人,一个梦游者,我的梦始发于明代。至少,在每天的黄昏过后,月亮总是从四百年前升起,笼罩了一圈极大的古典光晕。

我和邻居的关系不好。我是说不好,也不一定就是说坏。我们处在一种"物我两忘"的情境中。当然,对小云我不能够。小云是我们楼上最著名的美人,从长相上说,她的眼角和走路的样子都接近于狐狸。她的笑容相当迷人,往往只笑到一半,就收住了,另一半存放在目光的角度里头。许多夜里我看见她行走在墙根边沿,她走到哪里哪里的月亮就流光溢彩,哪里的天空就会有一朵雨做的云。事实上,她的行踪和狐狸十分相似,走得好好的,然后在某一棵大树下面滞留片刻,裙子的下摆一闪,她就没了。我欣赏她身上的诡异风格。我曾经非常认真地准备向她求婚,我已经打听到她是秦淮烟雨小学的音乐老师,甚至连她擅长吹箫我也打听得清清楚楚。那几天我整天想象小云抚管弄箫的模样,越想越陷入痴迷。她吹箫时的脖子应该倾得很长,下唇摁在箫管的顶部,十根指头参差婀娜,像白蜡烛,浸淫在半透明的光中。我必须坦白,我的想象夹杂了相当的色情内容,但这怨不得我,我都三十好几的人了,至今都没有挨过女人。你们都是饱汉,哪知饿汉饥;再说,我整天读那些旧书,哪一本不闹人?

我把我的想法告诉了刘大妈。这名字一听就是居委会的主任。刘大妈听完我的话推了我一把,笑着说:"书呆子,人家嫁给你?人家可是鸡窝里的金凤凰!"好多人听到了刘大妈的这句话,他们笑得很厉害。他们一边笑一边侧过头去往小云家的门口看,小云正在那里洗头,旁边晒着她的紫裙子。她的动作又懒又散和她的眼神一样有一股仿古气息,像秦淮河里四百年前的倒影。我伤心地望着小云,伤心地眯起了双眼。我一眯眼小云和她的紫色裙子离我竟远了,成了我和刘大妈讨论婚姻大事的旧背景。我失神了,无端端地想起了一本书上的话:不是历史滋养了现在,而是现在照亮了历史。这话说得多好,小云活生生地在那里洗头,她的长发足以概括整个明代,足以说明任何问题。

江苏省兴化市第二建筑队终于驻扎在城墙边了。有七支建筑队参加了南京市旧城墙的修理招标,兴化市第二建筑队成了最后的胜利者。为了不影响市内交通,他们的修理工程选择在每天夜晚,正像牌子上标明的那样:晚上八时至凌晨四时。这是一个好的决定。修理城墙这样的事应当"历史地"放在深夜。这再一次证实了我的研究成果。细心的读者还记得我在小说的开头所讲的话。历史大部分是在白天完成的,而修补历史是另一码事,只能在深夜。

一盏两千瓦的太阳灯悬挂在城墙垛口。城墙因此而惊心动魄,城墙上的野草、伤痕、子弹坑因此而纤毫毕见。我就此改变了夜间散步的习惯,拿了一张小凳,通宵坐在搅拌机的旁边。建筑队的队长后来发现了我,他特地从城墙的断裂处爬下来,向我汇报了工程的总体构思。我接过他的烟,不说话,直到最后我才点了点头,对他说:"可以。"他的话说得很多,概括起来说,他决定把城墙修复到比明代"还完整"。他把这话重复了一遍,我看了他一眼,告诉他"可以"。我顺便问了一句,明代的城墙到底什么样?他把手头的过滤嘴扔到搅拌机的水泥浆里去,大声说:"修出来看,修起来是什么样明代就是什么样。"我拍了拍他的肩,这家伙不错,是个哲学家的料。我早就说过,我们的哲学家只在深夜工作。

但小云到底出事了,她给"抓住了"。这三个字时常跟随在美人身后,世俗生活因此险象环生又饶有情致。具体的细节我不清楚。事情也不复杂:一位电工沿着墙根检查电路,他看到了小云的丑态种种。照道理说小云应当能够听到动静的,可她在那种时候就是忘乎所以。手电筒一下子把她抓住了,一只狐狸在喇叭形光柱里头立马原形毕露。她的眼睛到了这个份儿上居然还闭着。男人这一点比女的强。男人做任何事都能闭一只眼睁一只眼,所以男人历来都能选择最佳时机撒腿狂奔。我在第二天一早专程到现场勘探过,那里有几棵大树,树冠比城墙的垛口还高,树与树之间堆放的全是旧城砖。我就不明白,这地方有什么好,能做什么? 不过,后来我肯定了一点,这种地方绝对不只是月光和狐狸出没的地方,有一块砖头上还有出事当天的晚报。那块砖头被(屁股?)磨得都发亮了,字迹都没有了。旧城砖上可是有字的,这个我很清楚。由谁出资,哪个窑匠生产,提调官是什么人,全烧在砖头背脊上。这些字就是磨平了,劳动人民的历史功绩就是这样给抹杀的。我听到出事的动静冲进了工棚,音乐老师惊魂未定,没有一点凤凰的样子,没有一点仿古气息。我的心情走了样,好在心智尚未大乱。我走到小云面前,扶她,她不动。我说:"跟我回家,孩子等你热牛奶呢。"我至今不能相信我能这样大智大勇,大智大勇对我来说仅仅是一次脱口而出。我挽起小云,从建筑工人们的身边款款而出。两千瓦太阳灯的炽白光芒照耀在深夜,它使一轮满月黯然失色。建筑队长揪过那位电工大声骂道:"×你妈,说过多少次了,只管修墙,别管别的,× 你妈,我说过一百次了!"

英雄救美必然导致风流韵事,大部分书上都这样。英雄在一页纸的正面救出了美人,到了这页纸的背面总免不去一些苟且之事。小云来到我的房间,她不做任何铺垫,爽直地脱,赤条条地往床上爬。她望着天花板,说:"你救了我,来吧。"我回头望望一墙壁的书,想起了柳下惠。才过了几秒钟我就乱掉了。到了这种时候我才明白"乱"这个字的厉害。我上了床,因为是自己的床,所以轻车熟路,那种感觉是从城墙上往下跳的感觉,是旧城砖全部风化,以沙的姿态在风中流荡的那种感觉。我坚信我和小云做得很认真,很投入,称得上行云流水。她的嘴唇不停扯动,声音就像纸张慢慢撕裂。她就那样一页一页地撕。后来我对她说:"嫁给我吧,小云,你知道的,嫁给我吧。"后来小云一把推开了我,坐起来穿衣。"还干什么吧,你?"小云无精打采地说,"你救了我你就了不起啦?"

拆迁通知来得很突然。我从拆迁的通告里知道了这样一个基本事实:我们楼房底部的基础部分是用旧城砖砌成的。这是一个易于让人忽视的事实。拆迁通知说,旧城墙需要旧城砖,旧城砖属于国家,属于历史,理当回归国家,还给历史。

拆除楼房当然也是在夜间进行的。那一天没有月亮,建筑工程队在楼房的四个角落支起了四只两千瓦太阳灯,整个工地一片通明。明亮的程度甚至超越了白昼。明亮使灰尘越发陡乱。我站在城墙的顶部,亲眼俯视了脚下的纷乱场景,尘埃被照耀得漫天纷飞,我从来没有见过这样华丽的颓败景象。我想起了古人关于现实生活的高度概括:尘世。我站在旧城墙的顶部,明白了尘世的历史是怎么回事,俏皮一点说,就是拆东墙,补西墙。

兴化市第二建筑工程队按期完成了城墙修复。看过新城墙的人都说,修得好,垛口齐齐整整,蜿蜿蜒蜒,凸凸凹凹,原先不就是这样的吗?有几位赞助商在电视上对记者说,比过去的还要好,新修的部分干干净净,比下面的旧墙漂亮多了,颜色在那儿呢,真是泾渭分明。不怕不识货,就怕货比货嘛。

我住进了新楼,是一个两居室的小套间。样样都好。我真正像一个大都市的现代人了。不好的只有一点,失眠之夜我的梦游不简捷了。我只好骑上自行车,花二十分钟到原先的地方游走。明眼人一眼就看出来了,我的散步另有所图。我徘徊在小云被"抓住了"的地方,怀念单骑闯营、虎口救美的英雄一幕。那些砖头还在,撂在老地方,我成了旧城砖所做的梦,萦绕在它们四周。我夹着烟,坐在小云曾经坐过的砖头上。我突然想起来了,为了修城,我们的房子都拆了,现在城墙复好如初,砖头们排列得合榫合缝、逻辑严密,甚至比明代还要完整,砖头怎么反而多出来了?这个发现吓了我一大跳。从理论上说,历史恢复了原样怎么也不该有盈余的。历史的遗留盈余固然让历史的完整变得巍峨阔大,气象森严,但细一想总免不了可疑与可怕,仿佛手臂砍断过后又伸出了一只手,眼睛瞎了之后另外睁开来一双眼睛。我望着这些历史遗留的砖头,它们在月光下像一群狐狸,充满了不确定性。

地球上的王家庄

我还是更喜欢鸭子,它们一共有八十六只。队长把这些鸭子统统交给了我。队长强调说:"八十六,你数好了,只许多,不许少。"我没法数。并不是我不识数,如果有时间,我可以从一数到一千。但是我数不清这群鸭子。它们不停地动,没有一只鸭子肯老老实实地待上一分钟。我数过一次,八十六只鸭子被我数到了一百零二。数字是不可靠的。数字是死的,但鸭子是活的。所以数字永远大于鸭子。

每天天一亮我就要去放鸭子。我把八十六只也可能是一百零二只鸭子赶到河里,再沿河赶到乌金荡。乌金荡是一个好地方,它就在我们村子的最东边,那是一片特别阔大的水面,可是水很浅,水底长满了水韭菜。因为水浅,乌金荡的水面波澜不惊,水韭菜长长的叶子安安静静地竖在那儿,一条一条的,借助于水的浮力亭亭玉立。水下没有风,风不吹,所以草不动。

水下的世界是鸭子的天堂。水底下有数不清的草虾、罗汉鱼。那都是一览无遗的。鸭子们一到乌金荡就迫不及待了,它们的屁股对着天,脖子伸得很长,全力以赴,在水的下面狼吞虎咽。为什么鸭子要长一条长长的脖子？原因就在这里。鱼就没有脖子，螃蟹没有，虾也没有。水底下的动物没有一样用得着脖子，张着嘴就可以了。最极端的例子要数河蚌，它们的身体就是一张嘴，上嘴唇、下嘴唇、舌头，没了。水下的世界是一个饭来张口的世界。

乌金荡同样也是我的天堂。我划着一条小舢板，滑行在水面上。水的上面有一个完整的世界。无聊的时候我会像鸭子一样，一个猛子扎到水的下面去，睁开眼睛，在水韭菜的中间鱼翔浅底。那个世界是水做的，空气一样清澈，空气一样透明。我们在空气中呼吸，而那些鱼在水中呼吸，它们吸进去的是水，呼出来的同样是水。不过有一点是不一样的，如果我们哭了，我们的悲伤会变成泪水，顺着我们的面颊向下流淌。可是鱼虾们不一样，它们的泪水是一串又一串的气泡，由下往上，在水平面上变成一个又一个水花。当我停留于水面上的时候，我觉得我飘浮在遥不可及的高空。我是一只光秃秃的鸟，我还是一朵皮包骨头的云。

我已经八周岁了。按理说我不应当在这个时候放鸭子。我应当坐在教室里，听老师们讲刘胡兰的故事，雷锋的故事。可是我不能。我要等到十周岁才能够走进学校。我们公社有规定，孩子们十岁上学，十五岁毕业，一毕业就是一个壮劳力。公社的书记说了，学制"缩短"了，教育"革命"了。革命是不能拖的，要快，最好比铡刀还要快，咔嚓一下就见分晓。

但是父亲对黑夜的兴趣越来越浓了。父亲每天都在等待,他在等待天黑。那些日子父亲突然迷上宇宙了。夜深人静的时候,他喜欢黑咕隆咚地和那些远方的星星们待在一起。父亲站在田埂上,一手拿着手电,一手拿着书,那本《宇宙里有些什么》是他前些日子从县城里带回来的。整个晚上父亲都要仰着他的脖子,独自面对那些星空。看到要紧的地方,父亲便低下脑袋,打开手电,翻几页书,父亲的举动充满了神秘性,他的行动使我相信,宇宙只存在于夜间。天一亮,东方红、太阳升,这时候宇宙其实就没了,只剩下满世界的猪与猪,狗与狗,人与人。

父亲是一个寡言的人。我们很难听到他说起一个完整的句子。父亲说得最多的只有两句话,"是",或者"不是"。对父亲来说,他需要回答的其实也只有两个问题,是,或者不是。其余的时间他都沉默。父亲在沉默的夏夜迷恋上了宇宙,可能也就是那些星星。星空浩瀚无边,满天的星光却没有能够照亮大地。它们是银灰色的,熠熠生辉,宇宙却是一片漆黑。我从来不认为那些星星是有用的。即使有少数的几颗稍微偏红,可我坚持它们百无一用。宇宙只是太阳,在太阳面前,宇宙永远是附带的,次要的,黑灯瞎火的。

父亲在夜里把眼睛睁得很大,一到了白天,父亲全蔫了。除了吃饭,他的嘴也永远紧闭着。当然,还有吸烟。父亲吸的是烟锅。父亲光着背脊蹲在田埂上吸旱烟的时候,看上去完全就是一个庄稼人了。然而,父亲偶尔也会吸一根纸烟。父亲吸纸烟的时候十分陌生,反而更像他自己。他端端正正地坐在天井里,跷着腿,指头又长又白,纸烟被他的指头夹在中间,安安静静地冒着蓝烟,烟雾散开了,缭绕在他的额头上方。父亲的手真是一个奇迹,晒不黑,透过皮肤我可以看见天蓝色的血管。父亲全身的皮肤都是黑乎乎的。然而,他手上的皮肤拒绝了阳光。相同的状况还有他的屁股。在父亲洗澡的时候,他的屁股是那样的醒目,呈现出裤衩的模样,白而发亮,傲岸得很,洋溢出一种冥顽不化的气质。父亲的身上永远有两块异己的部分,手,还有屁股。

父亲的眼睛在大白天里蔫得很,偶尔睁大了,那也是白的多,黑的少。北京的一位女诗人有一首诗,她说:"黑夜给了你一双黑色的眼睛,你却用它来翻白眼。"我觉得女诗人说得好。我有一千个理由相信,她描述的是我的父亲。

父亲是从县城带回了《宇宙里有些什么》,同时还带回了一张《世界地图》。《世界地图》被父亲贴在堂屋的山墙上。谁也没有料到,这张《世界地图》在王家庄闹起了相当大的动静。大约在吃过晚饭之后,我的家里挤满了人,主要是年轻人,一起看世界来了。人们不说话,我也不说话。但是,这一点都不妨碍我们对这个世界的基本认识:世界是沿着"中国"这个中心辐射开去的,宛如一个面疙瘩,有人用擀面杖把它压扁了,它只能花花绿绿地向四周延伸,由此派生出七个大洲,四个大洋。中国对世界所做出的贡献,《世界地图》上已经是一览无遗。

《世界地图》同时修正了我们关于世界的一个错误看法,关于世界,王家庄的人们一直认为,世界是一个正方形的平面,以王家庄作为中心,朝着东南西北四个方向纵情延伸。现在看起来不对。世界的开阔程度远远超出了我们的预知,也不呈正方,而是椭圆形的。地图上左右两侧的巨大括弧彻底说明了这个问题。

看完了地图我们就一起离开了我们的家。我们来到了大队部的门口,按照年龄段很自然地分成了几个不同的小组。我们开始讨论。概括起来说有这样的几点:第一,世界究竟有多大?到底有几个王家庄大?地图上什么都有,甚至连美帝、苏修都有,为什么反而没有我们王家庄?王家庄所有的人都知道王家庄在哪儿,地图它凭什么忽视了我们?这个问题我们完全有必要向大队的党支部反映一下。第二,这一点是王爱国提出来的,王爱国说,如果我们像挖井那样不停地往下挖,不停地挖,我们会挖到什么地方呢?世界一定有一个基础,这个是肯定的。可它在哪里呢?是什么托起了我们?是什么支撑了我们?如果支撑我们的那个东西没有了,我们会掉到什么地方去?这个问题吸引了所有的人。人们聚拢在一起,显然,开始担忧了。我们不能不对这个问题表示我们深切的关注。当然,答案是没有的。因为没有答案,我们的脸庞才格外地凝重,可以说暮色苍茫。还是王爱国首先打破了沉默,提出了一个更令人害怕的问题。第三,如果我们出门,一直往前走,一定会走到世界的尽头,白天还好,万一是夜里,一脚下去,我们肯定会掉进无底的深渊。那个深渊无疑是一个无底洞,这就是说,我们掉下去之后,既不会被摔死,也不会被淹死,我们只能不停地坠落,一直坠落,永远坠落。王爱国的话深深吸引了我们,我们感受到了恐惧,无边的恐惧,无尽无止的恐惧。因为恐惧,我们紧紧地挨在一起。但是,王爱国的话立即受到了质疑。王爱贫马上说,这是不可能的。王爱贫说,他看地图看得非常仔细,世界的尽头并不是在陆地,只不过是海洋,并没有路,我们是不会走到那里去的。王爱贫补充说,地图上清清楚楚,世界的左边是大西洋,右边也是大西洋,我们怎么能走到大西洋里去呢?王爱贫言之有理。听了他的话我们都松了一口气,同时心存感激。然而,王爱国立即反驳了。王爱国说,假如我们坐的是船呢?王爱国的话又把我们甩进了无底的深渊。形势相当严峻,可以说危在旦夕。是啊,假如我们坐的是船呢。假如我们坐的是船,永远坠落的将不只是我们,还得加上一条小舢板。这个损失将是无法弥补的。我们几个岁数小的一起低下了脑袋。说实话,我们已经不敢再听了。就在这个最紧要的关头,还是王爱贫挺身而出了。王爱贫没有正面反击王爱国,而是直接给了我们一个结论:"这是不可能的!"王爱国说:"为什么不可能?"王爱贫笑了笑,说,如果船掉下去了,"那么请问,满世界的水都淌到了哪里?"

满世界的水都淌到了哪里?

我们看了看身后的鲤鱼河。水依然在河里,并没有插上翅膀,并没有咆哮而去,安静得像口井。我们看到了希望,心安理得。我坚信,有水在,就有我们在。王爱贫挽救了我们,同时挽救了世界。我们都一起看着王爱贫,心中充满爱戴与崇敬。他为这个世界立下了不朽的功勋。

但是,我还是不放心。或者说,我还是有疑问。在大西洋的边缘,满世界的水怎么就没有淌走呢?究竟是什么力量维护了大西洋?我突然想起了《世界地图》。可以肯定,世界最初的形状一定还是正正方方的,大西洋的边沿原来肯定是直线。地图上的巨大外弧线只能说明一个问题,那是被海水撑的。像一张弓,弯过来了,充满了张力,充满了崩溃的危险性。然而,它终究没有崩溃。这是一种奇异的力量,不可思议的力量,我们不敢承认的力量。然而,是一种存在的力量。

我们完全可以设想,大西洋的边沿一旦决口了,海水会像天上的流星,消失在无边的黑暗中。水都是手拉手的,它们只认识缺口,满世界的水都会被缺口吸光,我们王家庄鲤鱼河的水也会奔涌而去。到那时,神秘的河床无疑会祖露在我们的面前,河床上到处都是水草、鱼虾、蟹、河蚌、黄鳝、船、鸭子,也许我们家的码头上还会出现我去年掉进河里的五分钱的硬币。可是,五分钱能把满世界的水重新买回来吗?用不了两天这个世界就臭气熏天了。我傻在那里,我的心像夏夜里的宇宙,一颗星就是一个窟窿。

我没有回家,直接找到了我的父亲。我要在父亲那里找到安全,找到答案。父亲站在田埂上,一手拿着书,一手拿着手电,仰着头,一心没有二用。满天的星光,交相辉映,全世界只剩下我和我的父亲。我说:"爸爸。"父亲没有理我。过了好半天,父亲说:"我们来看看大熊座。这是摇光,这是开阳,依次是玉衡、天权、天玑、天璇、天枢,北斗七星就是它们。儿子,我们现在沿着天璇和天枢五倍远的距离,喏,这个,最亮的一颗。"父亲一边说一边打开了他手里的手电,夜空立即出现了一根笔直的光柱,银灰色的,消失在遥不可及的宇宙边缘。父亲说:"看见了吗?这就是北斗。"我看不见。我没有耐心关心这个问题。我说:"王家庄到底在哪里?"父亲说:"我们在地球上。地球也是宇宙里的一颗星。"我仰起头,看着夜空。我一定要从宇宙中找到地球,看地球在哪里闪烁。我从父亲的手上接过手电,到处照,到处找。星光灿烂,但没有一处是手电的反光。没有了反光手电也就彻底失去了意义。我急了,说:"地球在哪里?"父亲笑了。父亲的笑声里有难得的幸福,像星星的光芒,有一点柔弱,有一点勉强。父亲摸了摸我的头,说:"回去睡吧。"我说:"地球在哪里?"父亲说:"地球是不能用眼睛去找的,要用你的脚。"父亲对着漆黑的四周看了几眼,用手掸了掸身边的萤火虫,犹豫一半天,说:"我们不说地球上的事。"我把手电塞到父亲的手上,掉头就走。走到很远的地方,对着父亲的方向我大骂了一声:"都说你是神经病!"

我坐在小舢板上,八十六只也可能是一百零二只鸭子围绕在我的四周,它们全力以赴地吃,全力以赴地喝。它们完全不能理会我内心的担忧。万里无云,宇宙已经没有了,天上只有一颗太阳。乌金荡的水把天上的阳光反弹回来了,照耀在我的身上。我的身上布满了水锈,水锈是黑色的,闪闪烁烁。然而,这丝毫不能说明我的内心通体透亮。乌金荡里只有我,以及我的八十六只也可能是一百零二只鸭子。我承认我有点恐惧。因为我在水里,我在船上。我非常担心乌金荡的水流动起来,我担心它们向着远方不要命地呼啸。对于水,我是知道的,它们一旦流动起来了,眨眼的工夫就会变成一条滑溜溜的黄鳝,你怎么用力都抓不住它们。最后,你只能看着它们远去,两手空空。

这一切都是《世界地图》闹的。可是我不打算抱怨《世界地图》什么。即使没有那张该死的地图,世界该是什么样一定还是什么样。危险的确是存在的。我甚至恨起了我的父亲,人间的麻烦是如此巨大,你不问不管,你去操宇宙的那份心做什么?北斗星再亮也只是夜空的一块疤,它永远不可能变成集体的财产,永远不可能变成第八十七只或第一百零三只鸭子。甚至不可能变成第八十七或第一百零三粒芝麻。

然而,危险在任何时候都是有诱惑力的。它使我陷入了无休无止的想象。我的思绪沿着乌金荡的水面疯狂地向前逼进,风驰电掣,一直来到了大西洋。大西洋很大,比乌金荡和大纵湖还要大,突然,海水拐了一个九十度的弯,笔直地俯冲下去。这时候你当然渴望变成一只鸟,你沿着大西洋的剖面,也就是世界的边沿垂直而下,你看见了带鱼、梭子蟹、海豚、剑吻鲨、乌贼、海鳗,它们在大西洋的深处很自得地沉浮。它们游弋在世界的边缘,企图冲出来。可是,世界的边沿挡住了它们。冲进来的鱼当的一下,被反弹回去了,就像教室里的麻雀被玻璃反弹回去一样。基于此,我发现,世界的边沿一定是被一种类似于玻璃的物质固定住的。这种物质像玻璃一样透明,玻璃一样密不透风。可以肯定,这种物质是冰。是冰挡住了海水的出路。是冰保持了世界的稳固格局。

我拿起竹篙,一把拍在了水面上。水面上啪的一声,鸭子们伸长了脖子,拼命地向前逃窜。我要带上我的鸭子,一起到世界的边缘走一走,看一看。

我把鸭子赶出乌金荡,来到了大纵湖。大纵湖一望无际,我坚信,穿过大纵湖,只要再越过太平洋,我就可以抵达大西洋了。

我没有能够穿越大纵湖。事实上,进入大纵湖不久我就彻底迷失了方向。我满怀斗志,满怀激情,就是找不到方向。望着茫茫的湖水,我喘着粗气,斗志与激情一落千丈。

我是第二天上午被两位社员用另外一条小舢板拖回来的。鸭子没有了。这一次不成功的探险损失惨重,它使我们第二生产队永远失去了八十六只也可能是一百零二只鸭子。两位社员没有把我交给我的父亲,直接把我交给了队长。队长伸出一只手,提起我的耳朵,把我拽到了大队部。大队书记在那儿,父亲也在那儿。父亲无比谦卑,正在给所有的人敬烟,给所有的人点烟。父亲一看见我立即走了上来,厉声问:"鸭子呢?"我用力睁开眼,说:"掉下去了。"父亲看了看队长,又看了看大队支书,大声说:"掉到哪里去了?"我说:"掉下去了,还在往下掉。"父亲仔细望着我,摸了摸我的脑门儿。父亲的手很白,冰凉的。父亲掴了我一个大嘴巴。我在倒地的同时就睡着了。听村子里的人说,倒地之后我的父亲还在我的身上踢了一脚,告诉大队支书说我有神经病。后来王家庄的人一直喊我神经病。"神经病"从此成了我的名字。我非常高兴。它至少说明了一点,我八岁的那一年就和我的父亲平起平坐了。

祖　宗

太祖母超越了生命的意义静立在时间的远方。整整一个世纪的历史落差流淌在她生命的正面和背面。太祖母终年沉默。在太祖母绵软的沉默世纪里,我爷爷上一辈早已湮没,只剩下她老人家站在家族的断层带上遥远地俯视她的孙辈与重孙辈。太祖母的眼中布满白内障,白内障使她的俯视突破了人类的局限,弥散出宇宙的浩渺苍茫,展示了与物质完全等值的亘古与深邃。太祖母至今绵延清朝末年的习惯与心态。太祖母不洗澡。太祖母的身上终年回荡棺材与铁钉的混杂气味。太祖母不刷牙。太祖母不相信飞机。太祖母不看电视。太祖母听不懂家园方言以外的任何语种,乃至电波传送的普通话。

太祖母的每个清晨都用于梳洗。百年以来一日不变的清代发式是她每天的开始仪式。而后太祖母就端坐在那里,一言不发,持续几个小时地打量她第一眼所见的东西。她老人家的打量像哲学研究,却又视而不见,似是而非,历史结论一样有一种含混与空蒙的笼罩。每年冬天太祖母总是盘坐在阳光下面,阳光似乎也弄不透她,就在她的身体背后放了一块影子——这是十多年前太祖母在我心中木刻式构图。十年前我只身入京求学,离家的那个清晨我回眸看太祖母的小阁楼。太祖母早就起床,皱巴巴地站在小阁楼的窗口,岁月沧桑呈网状褶皱盖在她的面颊上面。太祖母的静立姿态如一只古董瓷器,所有裂痕都昭示了考古意义。我知道她老人家看不见,却对她招招手。我猜想这一去或许便是永诀,心中便无限酸楚。十年之后太祖母依旧古董瓷器一样安放在窗口,这时候我已是我儿的父亲了,处处可见十年风蚀。太祖母静然不动,十年的意义只是古瓷表层的另一层灰土。

我是收到父亲的加急电报携妻儿返回家园的,我的家园在灰褐色小镇的幽长巷底。走进我家要在小巷拐五个弯口同时跨越十一道门槛。这里头包括一个昏暗幽湿的过道,过道的上面便是一间木质阁楼,里头住了我的太祖母。

阁楼的空间因太祖母成了另一个宇宙,在家园的一角冥冥迷迷。太祖母不许人进去,很小的时候就听太祖母说:"你们别想进去,除非我死了。"父亲这时总要说:"好端端说什么死,我们不进去,谁也别想进。"

这一回返回家园我目睹了极大变化,家园的四周因拆迁而衰败杂乱。拐过第三个弯口我就看见和我家只隔一堵西墙的邻居业已搬迁,只在我家的西墙留下砖头和木条的历史痕迹,那些痕迹过于古老,反而成了现代意味很浓的平面构成。太祖母的阁楼孤立在一方,显得苍凉无助,使人联想起峭壁上的悬葬木棺。

晚上太祖母被保姆搀下来吃饭,我走上去喊道:太奶奶。太祖母的眼睛遥远地盯住我,好半天才说,下午我听到你的脚步了。我让妻子给太祖母请安,妻抱了儿紧张地甚至是恐怖地站在太祖母面前。我一时想不起我儿子该怎么称我的太祖母,我只好替我不会说话的儿喊一声"老祖宗"。太祖母在我儿的面前站立良久,两只手在我儿的尿布里哆嗦抚摸。后来太祖母笑了,她笑时脸上如旱地开了不规则罅隙,我知道太祖母一定摸到了我儿的小东西。太祖母缩回手,在指头上蘸了些唾沫,摁在了我儿的眉心。我儿惊哭了一声,太祖母对我儿文不对题地喊:老祖宗。我以为这是个错误,但我无法破译这里的宇宙玄机。

太祖母说:"他们到底还是老喽。"我知道她是说旧时的隔壁邻居。"祖上爷告诉我,我们做邻居有日子喽,"太祖母说,太祖母说话时一口完整无缺的牙发出古化石一样的浑光,"砌这房子时,崇祯皇帝还没有登基呢。"太祖母说完了长叹一口气,这个晚上再也没有说一句话。她的长叹在我耳朵里穿越了太祖母的沉默,彗星的灵光一样一直倒拽到远古的明代。

我看见了家园在时间之夜中波动,被弧状波浪拍打的岸一直是太祖母的牙。这真是匪夷所思。

父亲送走太祖母对我说:"赶了一天的路,早点歇了,有事明天说——你们就睡我和你妈的床。"父亲说完便打开了东厢房的木棂门,我记得那里头一直停放着太祖母的棺材,父亲每年都要上一层漆,黑中透红。棺材几十年来安静地随地球绕太阳公转,与阁楼中的太祖母相互推诿、相互盼望,期待赋予对方以意义、以结局、以永恒的默契。"你睡哪儿?"我问父亲。

"你太奶奶的棺材。"父亲说。

妻紧张地望我一眼,极不踏实,欲言又止的样。父亲安静地掩上门,随后东厢房就黑得如一只放大的瞳孔。

刚上床妻就说:"怎么睡在棺材里头?"我说:"这有什么,都是一家人,生生死死都在一起的。"妻说:"再怎么活人也不能和死人住一起。"我安慰妻说:"这是我们的家风,睡棺材也是常事,有时还争着睡呢。早年我的一哥一姐夭折了,太祖母不许外葬,不就让爹埋在床下了。"

妻突然坐起来——那儿?

就床下,我用脚捣捣床板,发出空洞的回音,就这块板的下面。

妻的眼里渗出了绿光,她抓了我的小臂就说,你们家是怎么弄的?

也不是我们家弄的,我说,家家都一样。

妻抱紧了我的腰,我怕,妻说,我怕极了。

父亲说,叫你回来是为你太奶奶。我说,太奶奶快不行了?父亲很沉痛地摇头,说那样就好了,父亲说,不怕外人笑骂,我现在是巴不得她老人家死掉。我说你怎么这样,怎么说出这样的话来。父亲低了头就不语。父亲沉默的样子像太祖母的另一个季节。

还有十来天你太奶奶就整一百岁了,父亲说。太奶奶看来已成了父亲的沉重木枷。父亲抬起头望着我,说,你看见她老人家的一口牙了?

我听不懂父亲的话。我弄不懂他的话里有什么意思。

父亲拉拉我的西服袖口,悄声说,人过了一百还长牙,死了会成精的。

怎么会呢？我说。

怎么不会呢？父亲说。

谁看见成精了？

谁看见不成精了？

怎么会呢？我这么自语,我的后背禁不住发麻像扎了凶猛的芒刺。我从父亲的眼里看见了妻子眼里毛茸茸的绿光。妻子怕的是死,父亲惧的却是生。

爆破声不停地在我家四周晃动。若干朝代在TNT的浓烈香味里化作齑粉与瓦砾。建筑与瓦砾之间的相对静止史书上称为朝代。每一幢建筑的施工者总是尽其可能使它坚固,而后人总是抱怨不已:你弄那么坚固又有什么意思？朝代就这样,如建筑与牙齿,长了又脱。TNT的气味如佛国香烟,变更了体态呈现超度者的玄妙。

我的儿在天井里蹒跚。他扶着我儿时常扶的红木方机子独自嬉戏在天井的一隅。他专注地玩一根竹筷子,玩了两个小时了,流着口水哼着上帝才能懂的礼乐。太祖母一定是因为我的儿才没有上楼去的,她站在天井的另一角落,打量我的儿,听我儿的歌唱。太祖母走近了我的儿子,他们用非人类的语言心心相印地交谈。他们的脸上回荡起大自然赋予人类最本质的契合,日出日落一样呼应,依靠各自的心率传递春夏秋冬,使人类对应出宇宙最美妙的精华。他们在谈。没有翻译。如同风听得懂树叶的声音,水猜得透波浪的走向,光看得见镜子,瞳孔能包蕴瞳孔一样。妻说,他们玩什么,怎么那么开心?太祖母回过头,对我说:"我死了,你从你儿身上撕块布下来,包上他的头发,缝在我的袖口上。"我说太奶奶说什么死,您老还小呢。太祖母说:"别忘了。"我便说,好的。太祖母笑眯眯地说:"活在世上,不论多少年,就睁开眼,再闭上眼。要说到千年寿万年寿,还是在阴间里头。一块布,你记好了,千万不要忘了。"

太祖母的百岁生日渐渐临近。我的整个家园被一层恐怖笼罩着,仿佛拆迁的烟尘,无声无息飘落在我家的桌面、瓷器的四周。

父亲的十二个堂弟晚上聚集在我家。我坐在一边,太祖母的牙齿在我的想象中发出冰块的撞击声。他们闷了头抽烟。他们的心不在焉里有一种历史关头的庄重气氛。没有人开口。在历史的沉默关口最初的结论往往直接等于历史的结果。这是我们的习惯性做法。这时候门外轰隆又响了一声,这一声提醒我返家的道路已把我送回了明代,这个想法增加了我内心中的战栗。

最终父亲从烟雾里抬起头,父亲坚定地说,拔。父亲说完调头望了我一眼。这一眼使我感觉到我对历史不堪重负。我对他笑了笑。我自己也弄不懂我笑什么。许多重要的场合我总挂着一脸的蠢笑,内心空洞如风。我相信许多人都看到了我愚蠢的笑相。

一切全安稳下来,妻抱怨我说,怎么这么乱?你们家怎么这么乱?孩子的手老是一惊一惊的。我说快好了,过两天就好了,马上就会稳定下来。妻又说,孩儿的鞋怎么又不见了?我说怎么会呢?谁要那么小的鞋。妻说是不见了,那双红色的,我找了很久了。我有些不耐烦,说,丢了就丢了,明天再买不就得了。妻说真见鬼了,昨天丢了你的耐克,今天又丢了孩子的,真是见鬼了。我说,你啰唆什么?省两句,让母亲听到了又要生事。

给太祖母拔牙是我生命史上最独特的一页。一大早飘起小雨,那东西不完全是雨,只能说像雨像雾又像风。天空中分泌出很浓的历史氛围。阴谋在我的家园猝然即发。只有被盘算的太祖母在阴谋之外。我们全做好了准备,所有的人都默不作声,有一种把握命运、参与历史的使命冲动与犯罪快感。这是人类对待历史的常识性态度。太祖母坐在窗前,安闲如梦,像史书上的无事季节。我们全埋伏在太祖母的四周,不动声色,只要得到暗示,我们会立即站起来,在地上投下我们的巨大的阴影。

中午时分五叔来到我家。面色紧张,忧心忡忡。五叔喊出父亲,站在屋檐下面对父亲说,麻药弄不到,医院控制很严。父亲的脸色难看极了,像千年古砖长了青苔。拔不拔?五叔说。父亲没开口,对太祖母的小阁楼低下头,父亲说,奶奶,让您老遭罪了。

到处都潮湿湿的。久积的灰尘全膨胀了开来。很长时间之后我都擦不干这段记忆中浅黑色的水迹。叔父们整个下午都在我家堂屋里喝酒。这桌酒是为太祖母办的,她老人家下楼也就格外的早。太祖母的脸上是笑,能见度很低,隔了一层不祥笼罩。她的表情时常夹着相当弄不清的成分。太祖母一入座叔父们就忙着敬酒。父亲说:"奶奶,老寿星您就快一百岁了,奶奶您寿比南山福如东海。"太祖母笑笑。"不能再活了,"太祖母端了酒杯很开心地说,"再活不就成精了?"太祖母这么说着自个儿干了酒,叔父们的脸色就阴暗了下来,出现了惶恐神色,他们的酒杯在手里显得沉重而又迟疑。幸好太祖母看不见。

我对以下的沉默时间失去了概念。可能是几分钟,也可能是太祖母的肩头又落上了一层尘埃,我一直弄不清楚。在这个沉默的尽头父亲和他的十二个兄弟离开了座席,齐刷刷地跪在了太祖母的面前。太祖母有些合不拢嘴,每一颗牙都在笑。太那个念头便随风而去,不可追忆。我后来再也没有想起我当时的念头,只记得那种迅猛和生硬痛楚的心理感受,再后来我闻到了TNT的气味,我就像被冰块烫着了那样被TNT的气味狠咬了一口。

十叔说,大哥,这血怕是止不住了,要不要送医院。父亲说,不能去,医生一看会全明白的。太祖母倒在地砖上,两片嘴唇深深地凹下去,人的牙很怪,平时看不见,少了它人就面目全非。太祖母一百岁的血液在她的唇边蜿蜒,比时间流逝得更加无序。太祖母卧在地上气息喘啜,喉管里发出的吱吱声桨橹一样欸乃,她老人家的皮肤在慢慢褪色,与旧宣纸相仿佛。九叔说,奶奶快不行了。五叔说,快灌水,你们都僵在这里做什么?七叔试了几回,抬了头只是晃,不行,灌不进。

这时候西厢响起了我儿的啼哭,我冲进去对妻说,怎么弄的?你怎么孩子都带不好?妻说,孩儿要哭我有什么办法?你们吵吵闹闹都在干什么?我说没你的事,你不要多嘴,我不叫你你不要出来。妻一边哄着儿子一边说,走进你们家像进了十八层地狱,吸口气都不顺。我虎下脸来,说,你说完了没有?

父亲说,卸块门板,地上太凉。几个老头七手八脚把太祖母抬上了门板。我走过去扒开太祖母的眼睑,白内障的背后瞳孔如同夜色一样笼罩了太祖母生命的大地。我轻声呼唤:老祖宗,老祖宗!太祖母的脑袋就从我的肘弯滑向了手掌。

十三个孙子们一同跪下去。他们的驼背使他们的跪显得虔诚。

太祖母的尸体平放在棺材盖上,这个棺材盖至少有三十岁年纪。许多相识和不相识的人一同前来吊唁,他们穿过那个湿暗的通道,提了纸钱来吃一口很长的寿面。我的十二个叔父连同我这辈的三十七个兄弟轮流为太祖母化钱,纸灰在我的家园四处飘拂,从我家经过的人身上一律飘动起纸钱里栩栩如生的死亡气息。甚至连老鼠都出洞了,趁人不备时紧张地逃窜。

我跪在太祖母的面前心中积满麻木。作为太祖母的长房长孙的长子,我捕捉到父辈们眼里宽松愉悦的神色。太祖母的牙被他们单独埋在了不同的地方,这使她死后成精的可能不复存在。我不停地设想太祖母成精时的样子,但我的想象力始终没能突破"人"的常规模样,这让我失望。好几次纸钱的火舌舐痛了我的指尖。我知道阴间的钱是烫手的,正如阳间的钱是冰冷的,总不易于让手接近。父亲在煮面条,他煮了一锅又一锅。全镇的人都来了,他们究竟要看什么谁也没有把握。不少人把太祖母脸上的纸掀开,太祖母的嘴巴很可怕。死亡总是把死者嘴部最难看的瞬间固定下来,使死亡变得狰狞可怖。人们就这样来了又出去,每个人都差不多。他们跨过我家明代就横卧在那里的门槛,临走时人们从明代跨出去,跨出的石巷又一直延续到明代。这个幻觉每个人从道义上说都应当有,TNT的剧烈爆炸也无能为力。

叔父们提前给太祖母收殓说明了他们心中的慌乱。棺材收容了我的太祖母。棺材如一部经典著作记录了生死奥秘。父亲对我们说,你们给太奶奶守三天的灵。父亲说守灵时两手抚着棺材,我一听"守灵"心里就咯噔一下,"灵"是什么?在我的想象中"灵"比生命本身更加活蹦乱跳。这个想法叫我不踏实,但我不能说出来,说出来便是灭顶之灾。我儿子上衣上的那块黄布早已成了一面旗帜,飘扬在我太祖母的灵光之前,太祖母依靠这面生龙活虎的旗帜在阴间霸道纵横,大鬼小鬼于她奈何不得。父亲说,太祖母可以逢凶化吉了。父亲对阴间的事比对阳世更具城府,我们的先辈大多如斯。

惊人的事发生在午夜。在这个飘满TNT气味的蓝色夜间,我的家园彻底陷入了生死困惑。遵照父亲的旨意我们在守灵。太祖母的棺材停在堂屋,被两根支架撑在半空。我睡在棺材的下面,豆油灯在棺材的前侧疲惫地摇晃。许多白蜡烛在长香的缭绕中打着瞌睡。生面条、馒头以及正方体的豆腐、凉粉上布满铅色纸灰。外面有打桩机的声音,气壮如牛又气喘吁吁,我的古老家园显得衰败、充满死气。零点过后守灵的人差不多全困了,几个叔父还在四仙桌旁支撑,眼睛里闪着青色的光。他们在打麻将,每一张牌被他们放到桌面都棺材一样沉重。

二条。

八万。

跟。

我的耳朵里响着他们的叫牌声,梦如同傍晚的蝙蝠斜了身子神经质地飞蹿。我不知道我睡着了没有。我没有把握。这些日子我睡下像醒着,醒时又像入眠,做的梦也大半真假参半难以界定。我听见七叔说,最后一圈,打完了让他们几个来接,我隐隐约约听见七叔这么说,随后是洗牌的声音,像夏雨落在太湖石的背脊上。听这些声音我相当恍惚,但接下来的声音我听得真切。在神的预示下我听到了那种尖锐声响,无限古怪从天的边缘而来。我撑起上身,我的头顶差点撞到棺材的底部。我闻着棺材的古怪气味听到了指甲在木板上爬动的声音。我甩一甩脑袋,这时候屋里全静下来,他们显然也听到了什么。我们相互打量的眼神里有一种绿幽幽的惊恐。我们终于听清声音是棺材里发出来的,棺材如一只低音音响渲染了太祖母的指甲对棺材的批判与不适。我的两只手就松开了。几个叔父一齐盯着我,他们的目光过于炯炯接近了生物极限。棺材里指甲的抠动无力却又丧心病狂,如衔在猫嘴里的鼠无望惨烈地尖叫,充满死亡激情。太祖母在一片黑暗中一定睁开了她长满白内障的眼睛,同时张大了无牙的嘴巴。太祖母渴望光与空间。太祖母的三寸金莲憋足了力气,咚咚就是两下。这两句总结性的批判在我们的后背扯开了一道缝隙,八百里冷风嗖嗖直往里头钻。

五叔说,打开,快打开。其实五叔的表达没有这么完整,他的舌头咸肉一样硬。

三叔最初没有开口。三叔后来说,怎么指甲没有剪掉?我们就一同记起了太祖母的灰色尖指甲。这个危险的物质成了未来乡间传说中最惊心动魄的部分。

然后我们屏紧了呼吸,整个生命投入了谛听。声音越来越弱,间歇也越来越长。最后一切和棺材一样平静了。直到今天我依然认为太祖母左手的食指一定跷着,她老人家当初不肯抠下来有她的道理。这实际上是常识,但我们一家等待了很久。

出殡后太祖母的后裔们跨完了火把。火把在旷野里筑成生死之间一道墙。不确切。跨过火把你就又一次逾越了生死屏障。火苗在每个人的胯下卖力工作,青紫色的烟飞上天去,变成多种图形,仿佛古人留给我们的谶语,难以辨别。我只知道那些话一半写在羊皮上,一半写在半空。

到家时走进过道我们情不自禁止步。我说,到小阁楼上看看去。父亲说,其他人站着,就我们俩上去。挪开门,上个世纪的冷风披了长发长了长长的指甲就抓了过来。小楼上空空荡荡。一张床一张梳妆台而已。父亲和我无限茫然,好奇心就向着现实做自由落体。

父亲说,鞋,你儿的小红鞋。我走上前,我儿的红色鞋口在床下正对了床板。我又看见了我的破"耐克"。在我的耐克后面,按时间顺序排列的是一双草绿色解放鞋、松紧口单布鞋、两片瓦、木屐……我注意到这些螺旋状排列的鞋子正以轻松的脚的表情面面相觑。自信而又揶揄。我的错觉就是在这个时候产生的,我看见我的家族排了长长的队伍螺旋状款款而至。他们用我的家乡方言和家族遗传神态向我招呼,像时间一样没有牙齿,长了厚厚的白内障。

父亲说,怎么回事,这是怎么回事?

我刚想向父亲问这样的话。听见了父亲的声音我接下来又沉默了。

相爱的日子

嗨,原来是老乡,还是大学的校友,居然不认识。像模像样地握过手,交换过手机的号码,他们就开始寒暄了。也就是三四分钟,两个人却再也没什么好说的了,那就再分开吧。主要还是她不自在。她今天把自己拾掇得不错,又朴素又得体,可到底不自在。这样的酒会实在是太铺张、太奢靡了,弄得她总是像在做梦。其实她是个灰姑娘,蹭饭来的。朋友说得也没错,蹭饭是假,蹭机会是真,蹭着蹭着,遇上一个伯乐,或逮着一个大款,都是说不定的。这年头缺的可不就是机会么。朋友们早就说了,像"我们这个年纪"的女孩子,最要紧的其实就是两件事:第一,抛头;第二,露面。——机会又不是安装了GPS的远程导弹,哪能瞄准你的天灵盖,千万别把自己弄成本·拉登。

可饭也不好蹭哪,和做贼也没什么两样。这年头的人其实已经分出等级了,三五个一群,五六个一堆,他们在一起说说笑笑,哪一堆也没有她的份。硬凑是凑不上去的。偶尔也有人和她打个照面,都是统一的、礼貌而有分寸的微笑。她只能仓促地微笑,但她的微笑永远都慢了半拍,刚刚笑起来,人家已擦肩而过了。这一来她的微笑就失去了对象,十分空洞地挂在脸上,一时半会儿还拿不下来。这感觉不好。很不好。她只好端着酒杯,茫然地微笑。心里头说,我日你爸爸的!

手机却响了。只响了两下,她就把手机送到耳边去了。没有找到工作或生活还没有着落的年轻人都有一个共同的特征,接手机特别地快。手机的铃声就是他们的命——这里头有一个不易察觉的幻觉,就好像每一个电话都隐藏着天大的机遇,不容疏忽,一疏忽就耽搁了。"喂——"她说,手机却没有回音。她欠下身,又追问了一遍:"——喂?"

手机慢腾腾地说:"是我。"

"你是谁呀?"

手机里的声音更慢了,说:"——贵人多忘事。连我都不认识了。抬起头,对,向左看,对,卫生间的门口。离你八九米的样子。"她看见了,是他。几分钟之前刚认识的,她的校友兼老乡。这会儿她的校友兼老乡正歪在卫生间的门口,低着头,一手端着酒杯,一手拿着手机,挺幸福的,看上去像是和心上人调情,是情到深处的样子。

"羡慕你呀,"他说,"毕业还不到一年半,你就混到这家公司里来了。有一句话是怎么说的?金领丽人,对,说的就是你了。"

她笑起来,耷拉下眼皮,对着手机说:"你进公司早,还要老兄多关照呢。"

手机笑了,说:"我是来蹭饭的。你要多关照小弟才是。"

她一手握住手机,另一只手抱在了胸前,这是她最喜

的动作,或者说造型。小臂托在双乳的下面,使她看上去又丰满、又佻达,是"丽人"的模样。她对手机说:

"我也是来蹭饭的。"

两个人都不说话了,差不多在同时抬起了脑袋,对视了,隔着八九米的样子。他们的目光穿过了一大堆高级的或幸运的脑袋,彼此都在打量对方,开心了。他们不再寂寞,似乎也恢复自信。他微笑着低下头,看着自己的脚尖,有闲情了。说:

"酒挺好的,是吧?"

她把目光放到窗外去,说:"我哪里懂酒,挑好看的喝呗。"

"怎么能挑好看的喝呢,"他的口气显然是过来人了,托大了,慢悠悠地关照说,"什么颜色都得尝一尝。尝遍了,再盯着一个牌子喝。放开来,啊,放开来。有大哥呢。"随即他又补充了一句:"手机就别挂了,听见没有?"

"为什么?"

"和大哥聊聊天嘛。"

"为什么不能挂?"

"你傻呀?"他说,"挂了机你和谁说话?谁会理你呀,多伤自尊哪!——就这么打着,这才能挽救我们俩的虚荣心,我们也在日理万机呢。你知道什么叫日理万机?记住了,就是有人陪你说废话。"

她歪着脑袋,在听。换了一杯酒,款款地往远处去。满脸是含蓄的、忙里偷闲的微笑。她现在的微笑有对象了,不在这里,在千里之外。酒会的光线多好,音乐多好,酒当然就更好了,可她就是不能安心地喝,也没法和别人打招呼。忙啊。她不停地点头,偶尔抿一口,脸上的笑容抒情了。她坚信自己的微笑千娇百媚。日你爸爸的。

"谢谢你呀大哥。"

"哪儿的话,我要谢谢你!"

"还是走吧,冒牌货。"她开开心心地说。

"不能走。"他说,"多好的酒,又不花钱。"

三个小时之后,他们醒来了,酒也醒了。他们做了爱,然后小睡了一会儿。他的被窝和身体都有一股气味,混杂在酒精和精液的气息里。说不上好,也说不上不好,是可以接受的那一类。显然,无论是被窝还是身体,他都不常洗。但是,他的体温却动人,热烈,蓬勃,近乎烫,有强烈的散发性。因为有了体温的烘托,这气味又有了好的那一面。她抱紧了他,贴在了他的后背上,做了一个很深的深呼吸。

他就是在这个时候醒来的,一醒来就转过了身,看着她,愣了一下,也就是目光愣了一下,在黑暗当中其实是不容易被察觉的,可还是没能逃出她的眼睛。"认错人了吧?"她笑着说。他笑笑,老老实实地说:"认错人了。"

"有女朋友吗?"她问。

"没有。"他说。

"有过?"

"当然有过。你呢?"

她想了想,说:"被人甩过一次,甩了别人两次。另外还有几次小打小闹。你呢?"

他坐起来,披好衣服,叹了一口气,说:"说它干什么。都是无疾而终。"

两个人就这么闲聊着,他已经把灯打开了。日光灯的灯光跳了两下,一下子把他的卧室全照亮了。说卧室其实并不准确——他的衣物、箱子、书籍、碗筷和电脑都在里面。他的电脑真脏啊,比那只烟缸也好不到哪里去。她眯上眼睛,粗粗地估算了一下,她的"家"比这里要多出两三个平方。等她可以睁开眼的时候,她确信了,不是两三个平方,而是四个平方。大学四年她选修过这个,她的眼光早已经和图纸一样精确了。

他突然就觉得有些饿,在酒会上光顾了喝了,还没吃呢。他套上棉毛衫,说:"出去吃点东西吧,我请客。"她没有说"好",也没有说"不好"。却把棉被拉紧了,掖在了下巴的底下。"再待一会儿吧。"她说,"再做一次吧。"

夜间十一点多钟,天寒地冻,马路上的行人和车辆都少了,显得格外的寥落。却开阔了,灯火也异样地明亮。两侧的路灯拉出了浩荡的透视,华美而又漫长。一直到天边的样子。出租车的速度奇快,呼的一下就从身边蹿过去了。

他们在路边的大排档里坐了下来。是她的提议。她说她"喜欢大排档"。他当然是知道的,无非是想替他省一点。他们坐在靠近火炉的地方,要了两碗炒面,两条烤鱼,还有两碗西红柿蛋汤。虽说靠近火炉,可到底还是冷,被窝里的那点热乎气这一刻早就散光了。他把大衣的领口立起来,两只手也抄到了袖管里,对着炉膛里的炉火发愣。汤上来了。在她喝汤的时候,他第一次认真地打量了她,她脸上的红晕早已经褪尽了,一脸的寒意,有些黄,眼窝子的四周也有些青。说不上好看,是那种极为广泛的长相。但是,在她做爱的过程中,她瘦小而强劲的腰肢实在是诱人。她的腰肢哪里有那么大浮力的呢!

一阵冬天的风刮过来了。大排档的"墙"其实就是一张塑料薄膜,这会儿被冬天的风吹弯了,涨起来了,像气球的一个侧面。头顶上的灯泡也跟着晃动,他们的身影就在地面上一左一右地摇摆起来,像床上,激烈而又纠缠。他望着地上的影子,想起了和她见面之后的细节种种,突然就来了一阵亲昵,想把她搂过来,好好地裹在大衣的里面。这里头还有歉意,再怎么说他也不该在"这样的时候"把她请到这样的地方来的。下次吧,下一次一定要把她请到一个像样的地方去,最起码,四周有真正的墙。

她的双手端着汤碗,很投入,咽下了最后的一大口,上气不接下气了。感叹说:"——好喝啊!"

他从袖管里抽出胳膊,用他的手抚住她的腮。她的腮在他的掌心里蹭了一下,替他完成了这个绵软的抚摸。"今天好开心哪!"她说。

"是啊!"他说,"今天好开心哪。"他的大拇指滑过了她的眼角。"开心"这个东西真鬼,走的时候说走就走,来的时候却也慷慨,说来就来。

大排档的老板兼厨师似乎得到了感染,也很开心,他用通红的火钳点了一根烟,正和他的女帮手耳语什么,很可能是调笑,女帮手的神情在那儿呢。看起来也是一个乡下姑娘,炉膛里的火苗在她开阔的脸庞上直跳。除了他们这"两对"男女,大排档里就再也没有别的人了。天寒地冻。趁着高兴,他和大排档的老板说话了:"这么晚了,又没人,怎么还不下班哪?"

"怎么会没人呢,"老板说,"出租车的二驾就要吃饭了,还有最后一拨生意呢。"

"晚饭"过后他们顶住了寒风,在深夜的马路上又走了一段,也就是四五十米的样子。在一盏路灯的下面,他用大衣把她裹住了,然后,顺势靠在了电线杆子上。他贴紧她,同时也吻了她。这个吻很好,有炒面、烤鱼和西红柿蛋汤的味道。都是免费的。他放开她的两片嘴唇,说:"——好吃啊!"

她笑了,突然就有些不好意思,把她的脑袋埋在他的胸前,埋了好半天。她拽紧了他的衣领,抬起头来,说:"真好。都像恋爱了。"

又是一阵风。他的眼睛只好眯起来。等那阵风过去了,他的眼睛腾出来了,也笑了。"可不是么,"他说,"都像恋爱了。"

她回吻了他。他拍拍她的屁股蛋子,说:"回去吧,我就不送了,我也该上班了。"

他的"班"在户部街菜场。在没有找到对口的、正式的工作之前,他一直在户部街菜场做接货。所谓"接货",说白了也就是搬运。把瓜果蔬菜、鱼肉禽蛋从大卡车上搬下来,过了磅,再分门别类,送到不同的摊位上去。这些事以往都是摊主们自己做的,可是——外人往往就不知道了——那些灰头土脸的摊主们其实是有钱人。哪有有钱人还做力气活的。摊主们不做,好,他的机会可就来了。他把他的想法和几个摊主说了,还让他们摸了摸他的肌肉。几个摊主一碰头,行。工钱本来也不高,摊开来一算,十分地划得来,每一家也就是三个瓜两个枣。

接货的劳动量并不大,难就难在时段上。在下半夜。只能是下半夜。第一,大白天卡车进不了城;第二,蔬菜娇气,不能"隔天",一"隔天"品相就不对了。品相是蔬菜的命根子,价码全在这上头。关于蔬菜的品相,摊主胡大哥有过十分精辟的论述,胡大哥说,蔬菜就是"小姐",好价钱也就是二十郎当岁,一旦蔫下来,皮沓沓、皱巴巴的,"价格就别想上得去"!

撇开"小姐"不说,比较下来,他最喜欢"接"的还就是蔬菜。不油,不腻,"接"完了,冲冲手,天一亮就可以上床了。最怕的是该死的禽蛋。不管是鸡蛋、鸭蛋还是鹌鹑蛋,手一滑,哗啦一下,一个都别想捡得起来。只要哗啦一次,他一个月的汗水就不再是汗,而是尿。尿就不值钱啦。

刚开始接货的时候他有些别扭,似乎很委屈。现在却又好了,挺喜欢的。体力活他不怕,夜里头耗一耗也好。一身的蛮力气绷在身上做什么呢?每天起床的时候裤裆里的小弟弟没头没脑地架在那里,还做出瞄准的样子,又没有目标。现在好多了,小弟弟是懂道理的,凌晨基本上已经不闹了。

可话又说回来了,他到底还是寡欢,主要是不安全。为了糊口,在户部街菜场临时过渡一下当然没问题,可总不能"接"一辈子"小姐"吧。也二十四岁的人了,总要讨老婆、总要有家的吧。一想起这个他的心里总有一股说不上来的落寞,也有些自怜的成分。特别怕看货架。晨曦里的货架琳琅满目,排满了韭菜、芹菜、莴苣、大椒、蒜头、牛肉、羊肉、凤翅、鸭爪、猪腰子,还有溜光滚圆的禽蛋。这些都不属于他。并不是他买不起,是"买菜"这样的一种最日常的生活"方式"不属于他。他就渴望能有这样的一天,是一个星期天的早晨,很家常的日子,他一觉醒来了,拉着"她"的手,在"户部街菜场"的货架前走走停停,然后,和"她"一起挑挑拣拣。哪怕是一块豆腐,哪怕是一把菠菜——能过上那样的日子多好啊!会有的吧。总会有的吧。

作为一个"接货",他在下班的时候从来都不看货架。天一亮,掉头就走,回到"家",倒头就睡。

"户部街菜场"离他的住处有一段距离。他打算在附近租房子的,由于地段的关系,价格却贵了将近一倍。城里的生计不容易了。他不是没有动过回老家的念头,但是,不能够,回不去的,不是脸面上的问题。当初他要是考不上大学反而好了,该成家成家,该打工打工——现在呢,他在老家连巴掌大的土地都没有,又没有本钱,怎么能立得住脚呢?能做的只能是外出打工。与其回去,再出来,还不如就待在城里了。唉,他人生的步调乱了,赶不上城里的趟,也赶不上乡下的趟。当年的中学同学都为人父、为人母了,他一个光棍,回家过年的能力都没有,一声"叔叔"一百块,两声"舅舅"两百块,他还值钱了。他怎么就"成龙"了的呢?他怎么就考上大学了的呢?一个人不能有才到这种地步!

到底年轻,火力旺,和她分手才两三天,他的身体作怪了,闹了。"想"她,"想"她瘦小而强劲的腰,"想"她坚忍不拔的浮力。可是,她还肯不肯呢?那一天可是喝了一肚子的酒的——他一点把握也没有了。试试吧,那就试一试吧。他一手拿起手机,另一只手却插进了裤兜,摁住了自己。她没有接。手机最后说:"对不起,对方的手机无人接听。"

他合上手机,羞愧难当。这样的事原本就不可以一而再、再而三的。他站在街头,望着冬日里的夕阳,生自己的气,有股子说不出口的懊恼,还有那么一点凄惶。他就那么站着,一手捏着手机,一手握住自己,两手都在抓,两手都很软。不过他到底没有能够逃脱肉体的蛊惑,又一次把手机拨过去了。这一回却通了,喜出望外。

"谁呀?"她说。

"是我。"他说。

"你是谁呀?"她说。她的气息听上去非常虚,嗓音也格外地沙哑。像在千里之外。

他的心口一沉。问题不在于她的气息虚不虚,问题是,她真的没有听出他的声音。不像是装出来的。

"贵人多忘事啊。"他说,故意把声调拔得高高的。这一高其实就是满不在乎的样子了。"是我,——同学,还有老乡,你大哥嘛!"他自己也听出来了,他的腔调油滑了。这样的时候只有油滑才能保全他弱不禁风的体面。这个电话他说什么也不该打的。

手机里没声音了。很长很长的一段沉默。他尴尬死了,恨不得把手机扔出去,从南京一直扔回到他的老家。这个电话说什么也不该打的。

出人意料的事情就在这时发生了。在一大段的沉默过后,手机里突然传来了她的哭泣,准确地说,是啜泣。她喊了一声"哥",说:"来看看我吧。"

他把手机一直摁在耳边,直到走进地下室,直到推开她的房门。就在他们四目相对的时候,他们的手机依然摁在耳边,已经发烫了。可她的额头比手机还要烫。她正在发高烧,两只瞳孔烧得晶亮晶亮的,烧得又好看,又可怜。

"起来呀。"他大声说,"我带你到医院去。"

她刚才还哭的,他一来似乎又好了,脸上都有笑容了。"不用,"她沙哑着嗓子说,"死不了。"

他望着她枕头上的脑袋,孤零零的,比起那一天来眼窝子已经凹进去一大块了。她一定是"熬"得太久了,要不然不会是这种样子。他想起了上个月他"熬"在床上那几天,突然就是一阵酸楚。"——你就一直躺在这儿?"他说,明知故问了。

"是啊,没躺在金陵饭店。"她还说笑呢。

"赶紧上医院去哪——"

"不用。"

"去啊!"

"死不了!"她终于还是冲他发脾气了。到底上过一次床,又太孤寂,她无缘无故地就拿他当了亲人,是"一家子"才有的口气:"唠叨死了你!"

"——还是去吧……"

"死不了。"她说,"再挺两天就过去了——去医院干吗?一趟就是四五百。"

他想说"我替你出"的,咽下去了。他们这些人都有一个共同的毛病,在钱这个问题上有病态的自尊,弄不好都能反目。他赔上笑,说:"去吧,我请客。"

"我不要你请我生病。"她闭上眼睛,转过了身去,"我死不了。我再有两天就好了。"

他不再坚持,手脚却麻利了,先烧水,然后,料理她的房间。不知道她平日里是怎样的,这会儿她的房间已经不能算是房间了。满地都是擦鼻子的卫生纸、纸杯、板蓝根的包装袋、香蕉皮、袜子,还有两条皱巴巴的内裤。他一边收拾一边抱怨,哪里还像个女孩子,怎么嫁得出去,谁会要你?谁把你娶回去谁他妈的傻×!

抱怨完了,他也打扫完了。打扫完了,水也就开了。他给她倒了一杯开水,告诉她"烫",上楼去了。他买来了感冒药、体温表、酒精、药棉、面包、快餐面、卷筒纸、水果,还有一盒德芙巧克力。他把买来的东西从塑料口袋里掏出来,齐齐整整地码在桌面上。都妥当了,他坐在了她的床边,把她半搂在怀里,拿起杯子给她喂药,同时也喂了不少的开水。在喝饱了的时候,她拧起了眉头,脑袋侧过去了。他就开始喂面包。他把面包撕成一片一片的,往她的嘴里塞。吃饱了,她再一次拧起了眉头,脑袋又侧过去了。他就又塞了一只梨。也没有找到水果刀,他就用牙齿围绕着梨的表面乱啃了一通。

"昨天为什么不给我打电话?"她说,"前天为什么不给我打电话?"喝饱了,吃足了,她的精神头回来了。

这怎么回答呢,不好回答了。他就不搭理她了。脱了鞋,在床的另外一头钻进了被窝。他们就这样捂在被窝里,看着,也没有话。她突然把身子往里挪了挪,掀起了被窝的一个角。她说:"过来吧,躺到我身边来。"他笑笑,说:"还是躺在这边好。躺在你那儿容易想歪了——你生病呢。"

"哥,你就不知道你的脚有多臭吗?"她踹了他一脚,"你的脚臭死啦!"

大约到初夏,他和她的关系相对稳定了,所谓的稳定,也就是有了一种不再更改的节奏。他们一个星期见一次,一次做两回爱。通常都是她过来。她趴在了床上,做成一座拱桥,这是他最热衷的后体位。每一次后体位他的表现都堪称完美,有两次她甚至都给他打过一百分。他们俩都喜欢在事后给对方打分,这也是后戏的一个重要部分。前戏是没有的,也用不着,从打完电话到她赶过来,这里头总需要几十分钟。这几十分钟是迫不及待的,可以说火急火燎。他们的前戏就是他们的等待和想象,等待与想象都火急火燎。

没有前戏,后戏反过来就格外重要,要不然,干什么呢?除非接着再做。从体力上说,双方都没有问题。但每一次都是她控制住了。"下次吧,夜里头你还有夜班呢。"他们的后戏没有别的,就是相互打分,两次加起来,再除以二。他们就把除以二的结果刻在墙面上,墙面写满了阿拉伯数字,没有人知道那是怎样的一笔糊涂账。

打了一些日子,他不打了。在打分这个问题上男人总是吃亏的,男人却有他的硬指标。其实,正是因为这一点,她坚持要打。她说了,在数字化的时代里,感受是不算数的,一切都要靠数字来说话。

数字的残酷性终于在那一个午后体现出来了,相当残酷。原是他和她约好了,下午一点钟在鼓楼广场见面,说有好消息要告诉她。没想到一见面他就蔫了,怎么问他都不说一句话。回到"家",他还是不说,干什么呢,还是做吧。第一次他就失败了。她只好耐着性子,等他。第二次他失败得更快。她笑死了,对他说:"——零加零除以二还是零哦!"她特地从他的抽屉里找出了一把圆规,一定要替他把这个什么也不是的圆圈给他完完整整地画在墙壁上。她一点也没有留意这一刻他的脸色有多阴沉,他从她的手里抢过圆规,呼噜一下就扔出了窗外。他的脸铁青,气氛顿时就不对了。

因为他的动作太猛,她的手被圆规划破了,血口子不算深,但到底有三厘米长,吓人了。这么长的日子以来,撇开性,他们其实是像兄妹一样相处的,她在私下里已经把他看作哥哥了。他这样翻脸不认人,她的脸上怎么挂得住。她捂着伤口,血已经出来了,疼得厉害。这时候要哄的当然是她。可她究竟是知道的,一定是她的玩笑伤了他男人的自尊,反过来哄着他了。没想到他还不领情了,一巴掌就把她推开了,血都溅在了墙上。这一推真的伤了她的心。你是做哥哥的,妹妹都这样让着你、哄着你了,你还想怎么样吧你!

她再也顾不得伤口了,拿起衣服就穿。她要走,再也不想见到你。都零分了,你还发脾气!

她的走终于使他冷静下来了,从她的身后一把抱住了她。他拿起了她的手,他望着她的血,突然就流下了眼泪。他把她的手握在掌心里,用他的舌头一遍又一遍地舔。他的表情无比地沮丧,似乎是出血的样子。她的心软了,反过来还是心疼他。喊了他一声"哥"。他最终是用他的蹩脚的领带帮她裹住伤口的,然后就把他的手捂在了脸上。他在她的掌心里说:"我是不是真的没用?我是不是天生就是一个零分的货?"

"玩笑嘛,你怎么能拿这个当真呢。我们又不是第一次。"

"我是个没用的东西。"他口气坚决地说,"我天生就是一个零分的货。"

"你好的。"她说,"你知道的,我喜欢你在床上的。"

他笑了。眼泪却一下子奔涌起来。"我当然知道。我也就是这点能耐了。"他说,"我一点自信心也没有了,我都快扛不住了。"

她明白了。她其实早就明白了,只是不好问罢了。他一大早就出去面试,"试"是"试"过了,"面子"却没有留得下来。

"你呀,你这就不如我了。"她哄着他,"我面试了多少回了?你瞧,我的脸面越试越光亮。你从来也没说过我越来越漂亮。就我这个长相,一次能值两百块钱吧。"

"不是面试不面试的问题!"他对她的逗趣显然没有领情,激动起来了,"她怎么能那样看我?那个女老板,她怎么能那样看我?就好像我是一堆屎!一泡尿!一个屁!"

她抱住了他。她知道了。她是知道的。为了留在南京,从大三到现在,她遇见过数不清的眼睛。对他们这些人来说,这个世上什么东西最恐怖?什么东西最无情?眼睛。有些人的眼睛能扒皮,有些人的眼睛会射精。会射精的眼睛实在是太可怕了,一不小心,它就弄得你一身、一脸,擦换都来不及。目光里头的诸种滋味,不是当事人是不能懂得的。

她把他拉到床上去,趴在了他的背脊上,安慰他。她抚摸他的胸,吻他的头发,她把他的脑袋拨过来,突然笑了,笑得格外地邪。她盯住他的眼睛,无比俏丽地说:"我就是那个老板,你就是一摊屎!你能拿我怎么样?嗯?你能拿我怎么样?"他满腹的哀伤与绝望就是在这个时候决堤的,成了跋扈的性。他一把就把她反摁在床上,在她的身后插了进去。她尖叫一声,无与伦比的快感传遍了每一根头发。她喊了,奋不顾身。她终于知道了,他的后体位是如此的这般棒。

"轻松啊,"她躺在了床上,四仰八叉。她用手抚摸着自己的腹部,叹息说,"这会儿我什么压力也没有了,真轻松啊。——你呢?"

"是啊,"他望着头上的楼板,喘息说,"我也轻松多了。"

"相信我,哥,"她说,"只要能轻松下来,日子就好打发了——我们怎么都能扛得过去!"

就这样了。除去她"不方便的日子",他们一个星期见一次,一次做两回。他们没有同居,但是,两个人却是越来越亲了,偶尔还说说家乡话什么的。他倒是动过一次念头的,想让她搬过来住,这对她的开销绝对是个不小的补助。不过,话到了嘴边他还是没敢说出来。她的开销是压下来了,他的开销可要往上升,一天有三顿饭呢。他能不能顶得住?万一扛不下来,再让人家搬出去,两个人就再也没法处了。还是不动了吧,还是老样子的好。

可他越来越替她担忧了,她一个人怎么弄呢?还是住在一起好,一起买买菜,做爱也方便。性真是一个十分奇怪的东西,它是什么样的一种药,怎么就叫人那么轻松的呢?还有一点也是十分奇怪的,做得多了,人就变黏糊了,特别亲,就想好好地对待她。可到底怎么一个"对待"才算好,又说不上来了。不过,他的这么一点小小的心思在做爱的时候还是体现出来了。最初的时候,刚开始的时候,他是有私心的,一心只想着解决自己的"问题"。现在不同了,他更像一个哥哥,要体贴得多。他对自己尽可能地控制,好让她更快乐一些。她好了,他也就好了。他就希望她能够早一点好起来。

秋凉下来之后她回了一趟老家。他其实是想和她一起回去的,一想,不成了。离开"户部街菜场"两个星期了,这个岗位是不可能等他的。多少比他壮实的人在盯着他的位置呢。他也就没有客套,只是在临走的时候给她买了几个水果。"路上吃吧。就这么啃,都洗过了。"

都说"小别胜新婚"。新婚的滋味是怎样的,他们不知道,然而,"小别"是怎样的胜境,他和她一起领略了。其实也就隔了两个星期,可这一隔,不一般了。他在呼风,她能唤雨。好死了。这一次她却没有给他打分,她露出了她骄横的、野蛮的和不管不顾的那一面,反反复复地要。后来还是他讨饶了,可怜兮兮地说:"不能了。还有夜班呢。"

"不管。你是哥,你就得对我好一点。"

那就再好一点吧。他们是下午上床上的,到深夜十点她还没有起床的意思。到后来,他实在也"好"不出什么来了,她就光着身子,躺在他光溜溜的怀里,不停地说啊说,还用胳膊反过来地勾住他的脖子。两个人无限地欣喜、无限地缠绵了。她突然哦了一声,想起什么来了,弓着腰拽过上衣,从上衣的口袋里面掏出了她的手机。她握住手机,说:"哥,商量个事好不好?"他的双手托住了她的乳房,下巴搁在她的肩膀上,脑袋一抬,说:"说吧。"她从手机里调出一张相片,是一个男人,说:"这个人姓赵,单身,年收入大概在十六万左右。"她噼里啪啦摁了几下键,又调出了一张相片,却是另外一个男人,说:"这个呢,姓郝,离过一次,有一个七岁的女儿,年收入在三十万左右,有房,有车。"介绍完了,她把手机放在自己的大腿上,握住了他的手。她把她的五个手指全都嵌在了他的指缝里,慢慢地摩挲。"我就想和你商量商量,——你说,哪一个好呢?"

他把手机拿过来,反复地比较,反复地看,最终说:"还是姓郝的吧。"她想了想,说:"其实我也是这么想的。"他说:"还是收入多一些稳当。"她说:"其实我也是这么想的。"商量的进程是如此的简单,结论马上就出来了。她就特别定心、特别疲惫地躺在了他的怀里,手牵着手,一遍又一遍地摩挲。后来她说:"哥,给我穿衣裳好不好嘛。"撒娇了。他就光着屁股给她穿好了衣裳,还替她把衣裤上的褶皱都拽了一遍。他想送送她,她说,还是别送了吧,还是赶紧吃点东西去吧。她说,还有夜班呢。

他就没送。她走之后他便坐在了床上,点了一根烟,附带把她掉在床上的头发捡起来。这个疯丫头,做爱的时候就喜欢晃脑袋,床单上全是她的头发。他一根一根地捡,也没地方放,只好绕在了左手食指的指尖上。抽完烟,掐了烟头,他就给自己穿。衣服穿好了,他也该下楼吃饭去了。走到过道的时候他突然就觉得左手的食指有点疼,一看,嗨,全是头发。他就把头发撸了下来,用打火机点着了。人去楼空,可空气里全是她。她真香啊。

怀念妹妹小青

如果还活着,妹妹小青应当在2月10号这一天过她的四十岁生日。事实上,妹妹小青离开这个世界已经整整三十一年了。现在是1999年的2月9日深夜,我坐在南京的书房里,怀念我的妹妹。我的妹妹小青。妻已经休息了。女儿也已经休息了。她们相拥而睡,气息均匀而又宁静。我的妻女享受着夜,享受着睡眠。我独自走进书房,关上门,怀念我的妹妹。我的妹妹小青。

应当说,妹妹小青是一个具有艺术气质的女孩子。她极少参与一般孩子的普通游戏。在她五六岁的时候,她就展示了这种卓尔不群的气质。小青时常一个人坐在一棵树的下面,用金色的稻草或麦秸编织鸟类与昆虫。小青的双手还有一种不为人知的本领,小青是一个舞蹈天才,如果心情好,她会一个人来一段少数民族舞。她的一双小手在头顶上舞来舞去的,十分美好地表现出藏族农民对金珠玛米的款款深情。我曾经多次发现当地的农民躲在隐蔽的地方偷看小青跳舞。小青边跳边唱,"妖怪"极了(当地农民习惯于把一种极致的美称作"妖怪")。但是当地的农民有一个坏习惯,他们沉不住气,他们爱用过分的热情表达他们的即时心情。他们一起哄小青就停下来了。小青是一个过于敏感的小姑娘,一个过于害羞的小姑娘。小青从来就不会是一个人来疯式的小喇叭。这样的时候小青会像一只惊弓的小兔子。她从自我沉溺中惊过神来,简直是手足无措,两眼泪汪汪的,羞得不知道怎么才好。然后小青就捂住脸一个人逃走了。而当地的小朋友们就会拍着巴掌齐声尖叫:"小妖怪,小妖怪,小青是个小妖怪!"

小青秉承了父亲的内向与沉默,母亲却给了她过于丰盈的艺术才能。小青大而黑的瞳孔就愈发显得不同寻常了。在这一点上我与妹妹迥然不同。我能吃能睡,粗黑有力,整天在村子里东奔西窜,每天惹下的祸害不少于三次。村子里的人都说:"看看小青,这小子绝不是他爹妈生的,简直是杂种。"基于此,村里人在称呼妹妹小青"小妖怪"的同时,只用"小杂种"就把我打发了。我们来到这个村子才几个月,村里人已经给我们一家取好了诨名。他们叫我的父亲"四只眼",而把我的母亲喊成"哎哟喂"——母亲是扬州人,所有的扬州人都习惯于用"哎哟喂"表达他们的喜怒哀乐。一听就知道,我们这一家四口其实是由四类分子组成的。

妹妹很快就出事了。她那双善舞的小手顷刻之间就变得面目全非,再也不能弓着上身、跷着小脚尖向金珠玛米敬献哈达了。那时候正是农闲,学校里也放了寒假,而我的父母整天都奋战在村北的盐碱地。那块盐碱地有一半泡在浅水里,露出水面的地方用不了几天就会晒出一层雪白的粉,除了蒲苇,什么都不长。但村子里给土地下了死命令:要稻米,不要蒲苇。具体的做法很简单——用土地埋葬土地。挖地三尺,再挖地三尺,填上三尺,再填上三尺。这样一来上三尺的泥土和下三尺的泥土就彻底调了个个儿。工地上真是壮观,邻村的劳力们全都借来了,蓝咔叽的身影在天与地之间浩浩荡荡,愚公移山,蚂蚁搬家,红旗漫舞,号声绵延,高音喇叭里的雄心壮志更是直冲天涯。那个冬季我的父母一定累散了,有一天晚上父亲去蹲厕所,他居然蹲在那里睡着了。后果当然是可以想象的,他在翻身的时候仰到厕所里去了。轰嗵一声,把全村都吓了一跳。因为此事父亲的绰号又多了一个,很长时间里人们不再叫他"四只眼",直接就喊他"轰嗵"。

父母不在的日子我当然在外面撒野,可是妹妹小青不。她成天待在铁匠铺子里头,看那些铁匠为工地上锻打铁锹。对于妹妹来说,铺子里的一切真是太美妙了,那些乌黑的铁块被烧成了橙红色,明亮而又剔透,仿佛铁块是一只透明的容器,里面注满了神秘的汁液。而铁锤击打在上面的时候更迷人了,伴随着当的一声,艳丽的铁屑就像菊花那样绽放开来,开了一屋子,而说没有就没有了。铺子里充满了悦耳的金属声,那些铁块在悦耳的金属声中延展开来,变成了人所渴望的形状。我猜想妹妹一定是被铁块里的神秘的汁液迷惑了,后来的事态证明了这一点。她趁铁匠把刚出炉的铁块放在砧铁上离去了时候,走上去伸出了她的小手。小青想把心爱的铁块捧在自己的手上。妹妹小青等待这个时刻一定等了很久了。妹妹没有尖叫。事实上,妹妹几乎在捧起铁块的同时就已晕倒了。她那双小手顿时就改变了模样。妹妹的手上没有鲜血淋漓,相反,伤口刚一出现就好像结了一层白色的痂。

妹妹是在父亲的怀里醒过来的,刚一醒来父亲把妹妹放下了。父亲走到门口,从门后拿起了母亲的捣衣棒。父亲对着我的屁股下起了毒手。要不是母亲回来,我也许会死在父亲的棒下。父亲当时的心情我是在自己做了父亲之后才体会到的。那一次我骑自行车带着女儿去夫子庙,走到三山街的时候,女儿的左脚夹在了车轮里,擦掉了指甲大小的一块皮,我在无限心疼之中居然抽了自己一个嘴巴。就在抽嘴巴的刹那我想起了我的父亲。我愣在了大街上。女儿拉住我的手,问我为什么这样。我能说什么。我还能说什么?

妹妹的手废了。这个自尊心极强的小姑娘从此便把她的小手放在了口袋里,而妹妹也就更沉默了。手成了妹妹的禁忌,她把这种禁忌放在了上衣的口袋,左边一个,右边一个。但妹妹的幻想一刻也没有停息过,一到过年妹妹就问母亲:"我的手明年会好吗?"母亲说:"会的,你的手明年一定会好。"妹妹记住了这个承诺。春节过后妹妹用三百六十五天的时间盼来了第二年的除夕。除夕之夜的年夜饭前妹妹把她的双手摁在桌面上,突然说:"我的手明年会好的吧?"母亲没有说不,却再也没有许愿。她的沉默在除夕之夜显得如此残酷,而父亲的更是。

第二年如愿的是村北盐碱地里的蒲苇。开春之后那些青青的麦苗一拨一拨全死光了,取而代之的还是蒲苇。这一年的蒲苇长得真是疯狂。清明过后,那块盐碱地重又泡进了水里,而蒲苇们不像是从水里钻出来的,它们从天而降,茂密、丰饶、油亮,像精心培育的一样。盛夏来临的时候那些蒲苇已经彻底长成了,狭窄的叶片柔韧而修长,一枝一枝的,一条一条的。亭亭玉立。再亭亭玉立。一阵哪怕不经意的风也能把它们齐刷刷地吹侧过去,然而,风一止,那叶片就会依靠最出色的韧性迅速地反弹回来,称得上汹涌澎湃。大片大片地蒲苇不买人们的账,它们在盐碱地里兀自长出了一个独立的世界,一个幸运旺盛的世界。盐碱地就是这样一种地方:世界是稻米的,也是蒲苇的,但归根结底还是蒲苇的。

但我们喜欢蒲苇,尤其是雄性蒲苇的褐色花穗。我们把它们称作蒲棒。在蒲苇枯萎的日子里,我们用弹弓瞄准它们,蒲棒被击中的一刹那便会无声息地炸开一团雪白,雪白的蒲绒四处飞迸,再悠悠地纷纷扬扬。我们喜欢这个游戏。大人们不喜欢,原因很简单,蒲绒填不饱肚子,纷飞的雪绒绝对是稻米与麦子的最后葬礼。

在冬季来临的时候,我们选择了一个大风的日子,我们手持蒲棒,十几个人并排站立在水泥桥上。大风在我们的耳后呼呼向前,我们用手里的蒲棒敲击桥的水泥栏杆,风把雪绒送上了天空。我们用力地敲,反正蒲棒是用之不竭的。满天都是疯狂的飞絮,毛茸茸的,遮天蔽日。

我不知道妹妹那时候在什么地方。她从不和众人在一起。然而从后来的事情上来看,妹妹小青一定躲在一个不起眼的地方,偷看我们的游戏。妹妹喜欢这个游戏。但她从不和众人在一起。元旦那天,妹妹小青终于等来了一场大风。妹妹一个人站上水泥桥,把家里的日历拿在了手上,那本日历是母亲两天前刚刚挂到李铁梅和李奶奶的面前的。妹妹在大风中撕开了元旦这个鲜红的日子,并用残缺的手指把它丢在了风里。然后,是黑色的2号。黑色的3号。黑色的4号。黑色的5号。黑色的6号——妹妹把所有黑色的与红色的日子全都撕下来,日子们白花花的,一片一片的,在冬天的风里沿着河面向前飘飞,它们升腾,翻卷,一点一点地挣扎,最后坠落在水面,随波浪远去。许多人都看到了妹妹的举动,他们同时看到了河面上流淌并跌宕着日子。人们不说话。我相信,许多人都从眼前的景象里看到了妹妹的不祥征兆。

妹妹做任何事情都不同寻常,她特殊的禀赋是与生俱来的。如果活着,妹妹小青一定是一个极为出色的艺术家。艺术是她的本能。艺术是她的一蹴而就。她能将最平常的事情赋予一种意味,一种令人难以释怀的千古绝唱。但是,妹妹如果活着,我情愿相信,妹妹小青是一个平常的女人,一个平常的妻子与平常的母亲,我愿意看到妹妹小青不高于生活,不低于生活。妹妹小青等同于生活,平常而又幸福,静心而又知足。生活就是不肯这样。

就在这一年的冬天,村子里又来了一大批外地人。他们被关在学校里头,整天在学校的操场上坐成一个圈,听人读书、训话。而到了晚上,教室里的灯光总是亮到很晚。我们经常能在夜深人静的时候听到学校那边传来严厉的呵斥与绝望的呜咽。没事的时候我们就会趴在围墙上,寻找那个夜间哭泣的人。但是,这些人不分男女老少,他们的神情都一样,说话的语气、腔调甚至连坐立的姿势都一样。最让人不可思议的是,他们走路的时候就像一群夜行的走兽,小心、狐疑、神出鬼没,你根本不能从他们的身上断定他们在夜间曾经做过什么。

那件事发生在黄昏,妹妹小青正在学校前的石码头上放纸船。这时候从围墙里走出来一个女人,五十多岁,头发又长又白,戴着一副很厚的眼镜。样子有些怕人。女人蹲在妹妹的身边,开始洗衣服。出于恐惧,妹妹悄悄离开了码头,远远地打量。女人在洗衣服的过程中不时地回头张望,确信无人之后,女人迅速地离开了码头,沿着河岸直往前走。而她的衣物、脸盆却顺着水流向相反的方向漂走了。妹妹是敏锐的,她的身上有一种超验的预知力。妹妹跟在女人的身后,一直尾随到村头。一到村头女人就站在冬天的水里去了,往下走,水面只剩下上半身,只剩下头,只剩下花白的头发。妹妹撒腿就往回跑,一边跑一边大声尖叫:"救命哪! 救命——"

妹妹成功地救了一条人命。人们带着好奇与惊讶的神情望着我的妹妹。妹妹害羞极了,她知道自己做了一件了不起的事情,而脸上却像犯了一个错误。那个女人被人从水里拽上了岸,连她很厚的眼镜也被渔网打捞上来了。但第二天上午发生的事证明了妹妹不是"像犯了一个错误",真的就是犯了一个错误。第二天女人在操场的长凳子上站了一整天,所有的人都围在她的四周,围了一个很大的圈。临近傍晚的时候,女人的身体在长凳子上不停地摇晃。但是,这个女人有极为出色的平衡能力,不管摇晃的幅度有多大,她都能化险为夷。根据我们在墙头上的观察,后来主要是凳子倒了,如果凳子不倒,这个女人完全可以在长凳子上持续一个星期。凳子倒了,女人只能从长凳子上栽下来。不过问题不大,她只是掉了几颗门牙,流了一些血,第三天的上午她又精神抖擞地站到长凳子上去了,直到这个女人莫名其妙地大笑起来。她笑得真是古怪,浑身都一抽一抽的,满头花白的头发一甩一甩的,只有声音,没有内容。我从来都没有听过这种无中生有的欣喜若狂。

妹妹小青救了这个女人的命,应当说,在妹妹短暂的一生中,这是她做得最成功的一件事。而事实上,这件事是一个灾难。妹妹小青的半条性命恰恰就丢在这件事上。

还有几天就要过春节了,我们都很高兴。春节是我们的天堂。那一天中午,学校里的神秘来客终于离开我们村庄了。他们排起队伍,行走在小巷。许多人都站在巷子的两侧,望着这些神秘来客。他们无声无息地来,现在,又无声无息地走。妹妹小青再也不该站在路边的。她从来就不是一个爱热闹的人,一个爱站在人群里的人。然而,那一天她偏偏就在了。世事是难以预料的。悖离常理的事时常发生在我们的身边。没有人能把这个世界说明白。没有人。

队伍走到妹妹身边的时候突然冲出了一道身影。是那个女人。由于过分猛烈,她一下子扑倒在地了。当她重新站立起来的时候她的头发全都散了,很厚的眼镜也掉在了地上。她伸出双手,一把就揪住了妹妹的衣襟,疯狂地推搡并疯狂地摇晃,而自己的身体也跟着前仰后合。她花白的头发在空中乱舞,透过乱发,妹妹看到了女人极度近视的瞳孔,凸在外面,像螃蟹,妹妹当然还看到了失去门牙的嘴巴,黑乎乎的,像一只准备撕咬的蛐蛐。女人把鼻尖顶到妹妹的鼻尖上去,发出了歇斯底里的尖锐喊声:"就是你没让我死掉,就是你,就是你!"妹妹的小脸已经吓成了一张纸,妹妹眼里的乌黑灵光一下子就飞走了。只有光,没有内容。妹妹看见鬼了。妹妹救活了她的身体,而她的灵魂早就变成了溺死鬼,在小青的面前波涛汹涌。女人的双手被人掰开之后妹妹就瘫在了地上。目光直了。嘴巴张开了。

妹妹小青再也不是妹妹小青了。妹妹小青不会害羞了。妹妹小青再也不是小妖怪了。

父亲没有揍我。母亲也没有。

寒假过后妹妹再也没有上学。她整天坐在家门口,数她伤残的指头。只要有人高叫一声:"小妖怪,跳一个!"妹妹马上就会手舞足蹈起来。妹妹在这种时候时常像一根上满了弦的发条,不跳完最后一秒,她会永远跳下去,直到满头大汗,直到筋疲力尽。有一回妹妹一直跳到太阳下山,夕阳斜照在空巷,把妹妹的身影拉得差不多和巷子一样长,长长的阴影在地上挣扎,黑乎乎的,就好像泥土已经长出了胳膊,长出了手指,就好像妹妹在和泥土搏斗,而妹妹最终也没有能够逃出那一双手。

在妹妹去世的这么多年来,我经常做这种无用的假设,如果妹妹还活着,她该长成什么样?这样的想象要了我的命,我永远无法设想业已消失的生命。妹妹的模样我无法虚拟,这种无能为力让我明白了死的残酷与生的忧伤。死永远是生的沉重的扯拽。今生今世你都不能释怀。

开春之后是乡下最困难的日子,能吃的差不多都吃了,而该长的还没能长成。大地一片碧绿,通常所说的青黄不接恰恰就是这段时光。家境不好的人家时常都要到邻村走动走动,要点儿,讨点儿,顺手再拿点儿。再怎么说,省下一天的口粮总是没有什么问题的。那一天我们村的三豁来到高家庄,他五十多岁了,但身子骨又瘦又小,看上去就像一个皱巴巴的少年。午饭时分三豁把高家庄走动了一大半,肚子吃得那么饱,走路的时候都腆起来了。这已经很让人气愤了。千不该,万不该,他不该在高大伟家的家门口动起黑心思的。高大伟是去年刚刚退伍的革命军人,门前晒着他的军用棉帽、棉袄、棉裤和棉鞋。三豁真是鬼迷了心窍,他把退伍军人的那一身行头呼噜一下子全抱起来了,躲进厕所,把乞丐装扔进了粪坑,以革命军人的派头走了出来。他雄赳赳的,又沉着又威武,一副将革命进行到底的死样子。但是他忘记了一个最要紧的细节,衣帽裤鞋都大了一圈。当他快速转动脑袋的时候,脑袋转过来了,帽子却原地不动。这一来三豁的沉着威武就愈发显得贼头贼脑了,更何况这一天又这么暖和,任何一个脑子里没屎的人都不可能把自己捂得这样严实。三豁一出厕所就被人发现了。一个叫花子冒充革命军人,是可忍,孰不可忍?高家庄全村子的人都出动了,他们扒去了三豁的伪装,把他骨瘦如柴的本来面目吊在了树上。他的身上挂满了高家庄的唾沫与浓痰。高家庄的村支书发话了,这绝对不是一般的小偷小摸,其"性质"是严重的。村支书让人用臭烘烘的墨汁在三豁的前胸与后背上分别写下了"反动乞丐",只给他留下一条裤衩,光溜溜地就把他轰出了高家庄。

高家庄的人再也没有想到我们村会报复。大约在二十天之后,高家庄的高中毕业生高端午到断桥镇去相亲,欢天喜地。我们村是高家庄与断桥镇的必经之路,高端午回家的时候一头就钻进了我们村的汪洋大海。"反动乞丐"高端午同样被扒得精光,一身的唾沫与浓痰。我们村到处洋溢着仇恨,所有的人都仇恨满胸膛。这种仇恨是极度空洞的,然而,最空洞的仇恨才是最具体的。高端午被痛打了一顿,回村之后他没有往家走,而是赤条条地站在了村支书的家门口。高端午对着支书家的屋檐大声喊道:"支书,报仇哇!"

报仇是一种仇恨的终结,报仇当然也是另一种仇恨的起始。我们村料到高家庄的人不会就此罢休的。我们提高警惕。我们铜墙铁壁。我们还众志成城。我们在等他们。

他们没有来。第二天没有,第十天还没有。一个月之后我们却迎来了公社里的电影放映队。天黑之后我们高高兴兴地坐在学校里的操场上。我带着我妹妹。我的父母从来不看电影的,他们给我的任务就是带好我的妹妹。我和妹妹坐在观众的最前排,我们仰着头,看银幕上的敌人如何被公安局像挖花生那样一串一串地挖出来。电影刚放到一半,一个陌生的声音突然大声叫喊起来:"高家庄的人来啦,高家庄的人把我们包围啦!"声音刚一传来,几个不相识的外乡人就从凳上跳了起来,他们踩着人头与肩膀,迅速地从人群里向外逃窜。我知道出事了,拉起妹妹就往边上跑。这时候公安局局长还在银幕上吸烟沉思,而人群已经炸开了。所有的人都在往围墙和大门那儿挤,操场中央只剩下放映员和他的放映机。围墙挡住了慌不择路的人们,人们开始往人身上踩。妹妹就是在这个节骨眼儿上被人冲散的,她的手心几乎全是疤,滑得厉害。我一点也不能明白妹妹被人挤到什么地方去了。这个慌乱的场景大约持续了十来分钟,十来分钟之后人群就散开了,所有的人都不知所终。我躲在隐蔽的地方,仔细观察了一会儿,没有人。没有一个高家庄的人。一切都是那样的无中生有。

电影已经停止了,只有很亮的电灯亮在那儿。空空的操场被照得雪亮。妹妹与十几个横七竖八的身体倒在墙角。都是些老人与孩子。有人在地上呻吟,但是妹妹没有。我走上前去,妹妹的嘴角和鼻孔里全是血。妹妹脸上的血在电灯的白光底下红得那样鲜。我跪在妹妹的身边,托起妹妹,妹妹小青一动不动,腹部却一上一下地鼓得厉害。我说:"小青。"小青没有动。我又说:"小青。"小青还是没有动。妹妹的眼睛睁得很大,她望着天。天在天上。后来妹妹的腹部慢慢平息了,而手上的温度也一点一点冷下去。我用力捂住,但我捂不住执意要退下去的温度。她望着天。天在她的瞳孔里放大了。无边无际。我怕极了,失声说:"小青!"

我不知道我的父母是什么时候赶来的。我就知道父亲一把把我拽过来了。我知道我没命了。妹妹死在我的手上,父亲一定会把我打死的。这时候许多人又回到操场上来了,我听到了一片尖锐的喊叫。我没有跑,我等着父亲把我打死。父亲没有。父亲一把就把我搂在怀里了。这是我一生当中父亲对我唯一的一次拥抱。我战栗起来。眼前的这一切,包括父亲的拥抱,都是那样的恐怖至极。

现在是1999年的2月9日,妹妹如果还活着,明天就是她的四十岁生日了。但是妹妹小青离开这个世界已经三十一个年头了。我一次又一次追忆她生前的模样,我就是想不起来。按理说妹妹小青已经人过中年了,可是我的妹妹小青她在哪里。

生活在天上

蚕婆婆终于被大儿子接到城里来了。进城的这一天大儿子把他的新款桑塔纳开到了断桥镇的东首。要不是断桥镇的青石巷没有桑塔纳的车身宽，大儿子肯定会把那辆小汽车一直开到自家的石门槛的。蚕婆婆走向桑塔纳的时候不住地拽上衣的下摆，满脸都是笑，门牙始终露到外头，两片嘴唇都没有能够抿住，用对门唐二婶的话说，"一脸的冰糖碴子"。青石巷的两侧站满了人，甚至连小阁楼的窗口都挤满了脑袋。断桥镇的人们都知道，蚕婆婆这一去就不再是断桥镇的人了，她的五个儿子分散在五个不同的大城市，个个说着一口好听的普通话，她要到大城市里头一心一意享儿子的福了。蚕婆婆被这么多的眼睛盯着，幸福得近乎难为情，有点像刚刚嫁到断桥镇的那一天。那一天蚕婆婆就是从脚下的这条青石巷上走来的，两边也站满了人，只不过走在身边的不是大儿子，而是他的死鬼老子。这一切就恍如昨日，就好像昨天才来，今天却又沿着原路走了。人的一生就这么一回事，就一个来回。真的像一场梦。这么想着蚕婆婆便回了一次头，青石巷又窄又长，石头路面上只有反光，没有脚印，没有任何行走的痕迹,说不上是喜气洋洋还是孤清冷寂。蚕婆婆的胸口突然就是一阵扯拽。想哭。但是蚕婆婆忍住了。蚕婆婆后悔出门的时候没有把嘴抿上,保持微笑有时候比忍住眼泪费劲多了。死鬼说得不错,劳碌惯了的人最难收场的就是自己的笑。

桑塔纳在新时代大厦的地下停车场停住,蚕婆婆晕车,一下车就被车库里浓烈的汽油味裹住了,弓了腰便是一阵吐。大儿子拍了拍母亲的后背,问:"没事吧?"蚕婆婆的下眼袋上挂着泪,很不好意思地笑道:"没事。吐干净了好做城里人。"大儿子陪母亲站了一刻儿,随后把母亲带进了电梯。电梯启动之后蚕婆婆又是一阵晕,蚕婆婆仰起脸,对儿子说:"我一进城就觉得自己被什么东西运来运去的,总是停不下来。"儿子便笑。他笑得没有声息,胸脯一鼓一鼓的,是那种被称作"大款"的男人最常见的笑。大儿子说:"快运完了。"这时候电梯在二十九层停下来,停的刹那蚕婆婆头晕得更厉害了,嗓子里泛上来一口东西。刚要吐,电梯的门却对称地分开了,楼道口正站着两个女孩,嘻嘻哈哈地往电梯里跨。蚕婆婆只好把泛上来的东西含在嘴里,侧过眼去看儿子,儿子正在裤袋子那儿掏钥匙。蚕婆婆狠狠心,咽了下去。大儿子领着母亲拐了一个弯,打开一扇门,示意她进去。蚕婆婆站在棕垫子上,伸长了脖子朝屋内看,满屋子崭新的颜色,满屋子崭新的反光,又气派又漂亮,就是没有家的样子。儿子说:"一装修完了就把你接来了,我也是刚搬家。——进去吧。"蚕婆婆蹭蹭鞋底,只好进去,手和脚都无处落实,却闻到了皮革、木板、油漆的混杂气味,像另一个停车库。蚕婆婆走上阳台,拉开铝合金窗门,打算透透气。她低下头,一不留神却发现大地从她的生活里消失了,整个人全悬起来了。蚕婆婆的后背上吓出了一层冷汗,她用力抓住铝合金窗架,找了好半天才从脚底下找到地面,那么远,笔直的,遥不可及。蚕婆婆后退了一大步,大声说:"儿,你不是住在城里吗?怎么住到天上来了?"大儿子刚脱了西服,早就点上了香烟。他一边用遥控器启动空调,一边又用胸脯笑。儿子说:"不住到天上怎么能低头看人?"蚕婆婆吁出一口气,说:"低头看别人,晕头的是自己。"儿子又笑,是那种很知足很满意的样子,儿子说:"低头看人头晕,仰头看人头疼。——还是晕点好,头一晕就像神仙。"蚕婆婆很小心地抚摸着阳台上的茶色玻璃,透过玻璃蚕婆婆发现蓝天和白云一下子变了颜色,天不像天,云也不像云,又挨得这样近。蚕婆婆说:"真的成神仙了。"儿子吐出一口烟,站在二十九楼的高处对母亲说:"你这辈子再也不用养蚕了,你就好好做你的神仙吧。"

  蚕婆婆是断桥镇最著名的养蚕能手。这一点你从"蚕婆婆"这个绰号上就可以听得出来,蚕婆婆一年养两季蚕,一次在春天,一次在秋后。每一个蚕季过后蚕婆婆总要挑出一些茧子,这些茧子又圆又大,又白又硬,天生一副做种的样子。上一个季节的桑蚕早就裹在了茧内,变成蛹,而到了下一个季节这些蛹便咬破了茧子,化蛹为蝶。这些蝴蝶扑动着笨拙的翅膀,困厄地飞动。它们依靠出色的本能很快建立起一公一母与一上一下的交配关系,尾部吸附在一起,沿着雪白的纸面产下黑色籽粒。密密麻麻的籽粒罗列得整整齐齐,称得上横平竖直,像一部天书,像天书中最深奥、最优美、最整洁的一页,没有人读得懂。用不了几天,一种近乎微尘的爬行生命就会悄然蠕动在纸面上了。这就是蚕,也叫天虫。蚕婆婆不是用手,而是用羽毛把它们从纸面上拂进篾匾中。为了呼应这种生命,断桥镇后山上的枯秃桑树们一夜间便绿了,绿芽在枯枝上颤抖了那么一下,又宁静又柔嫩,桑叶的骨朵儿便绽开了,漫山遍野全是嫩嫩的绿光。桑叶掐好了时光萌发在蚕的季节,仿佛是上天的故意安排,仿佛是某种神谕的前呼与后应。

大儿子通常是上午出去,晚上很晚才能回来。蚕婆婆不愿意上街,每天就只好枯坐在家里。儿子为母亲设置了全套的音响设备,还为母亲预备了袁雪芬、戚雅仙、徐玉兰、范瑞娟等"越剧十姐妹"的音像制品。然而,那些家用电器蚕婆婆都不会使用,它们的操作方式简单到了一种玄奥的程度,你只要随手碰一下遥控,屋子里不是喇叭的一惊一乍,就是指示灯的一闪一烁,就仿佛家里的墙面上附上了鬼魂似的。这一来蚕婆婆对那些遥控便多了几分警惕,把它们码在茶几上,进门出门或上锅下厨都离它们远远的,坚持"惹不起、躲得起"这个基本原则。蚕婆婆曾经这样问儿子:"这也遥控,那也遥控,城里人还长一双手做什么?"儿子笑了笑,说:"数钱。"

晚饭的时候突然停电了,儿子在餐桌的对角点了两支福寿红烛。烛光使客厅产生了一种明暗关系,使空间相对缩小了,集中了。儿子端了饭碗,望着母亲,突然就产生了一种幻觉,好像一下子又回到了童年,回到了断桥镇。那时候一大家子的人就挤在一盏小油灯底下喝稀饭的。母亲说老就老了,她老人家脸上的皱纹这刻儿被烛光照耀着,像古瓷上不规则的裂痕,儿子觉得母亲衰老得过于仓促,一点过程都没有,一点渐进的迹象都没有。儿子说:"妈。"蚕婆婆抬起头,有些愕然,儿子没事的时候从来不说话的,有话也只对电话机说。儿子推开手边的碗筷,点上烟,说:"在这儿还习惯吧?"蚕婆婆却把话岔开了说:"我孙子快小学毕业了,我还是在他过周的时候见过一面。"大儿子侧过脸,只顾吸烟。大儿子说:"法院判给他妈了,他妈不让我见,他外婆也不让我见。"蚕婆婆说:"你再结一回,再生一个,我还有力气,我帮你们带孩子。"儿子不停地吸烟,烟雾笼罩了他,烟味则放大了他,使他看上去松散、臃肿、迟钝。儿子静了好大一会儿,又用胸脯笑,蚕婆婆发现儿子的笑法一定涉及胸脯的某个疼处,扯扯拽拽的。儿子说:"婚我是不再结了。结婚是什么?就是找个人来平分你的钱,生孩子是什么?就是捣鼓个孩子来平分你余下来的那一半钱。婚我是不结了。"儿子歪着嘴,又笑。儿子说:"不结婚有不结婚的好,只要有钱,夜夜我都可以当新郎。"

蚕婆婆望着自己的儿子,儿子正用手往上捋头发。一缕头发很勉强地支撑了一会儿,挣扎了几下,随后就滑落到原来的位置上去了。蚕婆婆的心里有些堵,刚刚想对儿子说些什么,屋里所有的灯却亮了,而所有的家用电器也一起启动了。灯光放大了空间,也放大了母与子之间的距离。蚕婆婆看见儿子已经坐到茶几那边去了,正用遥控器对了电视机迅速地选台。蚕婆婆只好把想说的话又咽下去,一口气吹灭了蜡烛。一口气又吹灭了另一支蜡烛,吹完了蜡烛蚕婆婆便感到心里的那块东西堵在了嗓子眼,上不去,又下不来,仿佛是蜡烛的油烟。

蚕婆婆在这个悲伤的夜间开始追忆断桥镇的日子,开始追忆养蚕的日子。成千上万的桑蚕交相辉映,洋溢着星空一般的灿烂荧光。它们爬行在蚕婆婆的记忆中。它们弯起背脊,又伸长了身体,一起涌向了蚕婆婆。它们绵软而又清凉的蠕动安慰着蚕婆婆的追忆,它们的身体像梦的指头,抚摸着蚕婆婆。它们像光着屁股的婴孩,事实上,一只蚕就是一个光着屁股的婴孩,然而,它不喝,不睡,只是吃。蚕一天只吃一顿,一顿二十四个小时。这一来,蚕婆婆在每一个蚕季最劳神的事情就不是喂蚕,而是采桑。但是蚕婆婆采桑从来不在黄昏,而是清晨。蚕婆婆喜欢把桑叶连同露珠一同采回来,这样的桑叶脆嫩、液汁茂盛,有夜露的甘洌与清凉。然而桑蚕碰不得水,尤其在幼虫期,一碰水就烂,一烂就传染一片。所以蚕婆婆会把带露的桑叶摊在膝盖上,用纱布一张一张地擦干,再把这样的桑叶覆盖到蚕床上去。每一个蚕季最后的几天总是难熬的,一到夜深人静,这个世界上最喧闹的只剩下桑蚕啃噬桑叶的沙沙声了,吃,成了这群孩子的目的。它们热情洋溢,笨拙而又固执地上下蠕动。蚕婆婆像给爱蹬被单的婴孩盖棉被一样整夜为它们铺桑叶,往往是最后一张蚕床刚刚铺完,第一张蚕床上的桑叶就只剩下光秃秃的叶茎了。然后,某一个午夜就这样来临了,桑蚕们急切的啃噬声渐渐平息了,它们肥大,慵懒,安闲,开始向麦秸秆或菜籽秆上爬去。这时候满屋子一层又一层的桑蚕们被一盏橘黄色的豆灯照耀着,除了嘴边的半点瑕斑,桑蚕的身体干净异常,通体呈半透明状,半液汁状,半胶状,一遇上哪怕是最微弱的光源,它们的身躯就会兀自晶莹起来,剔透起来,笼罩了一圈淡青色的光。蚕婆婆在这样的时候就会抓起一把桑蚕,仿佛一种仪式,把它们放在自己的胳膊上。它们像有生命的植物液汁,沿着你的肌肤冰凉地流淌。然后,它们会昂起头,像一个裸体的孩子,既像晓通人事,又像懵懂无知,以一种似是而非的神情与你对视。蚕婆婆每一次都要被这样的对视所感动,被爬行的感触是那样地切肤,附带滋生出一种很异样的温存。蚕婆婆养蚕似乎并不是为了收获蚕茧,而只为这一夜,这一刻。这一刻一过蚕婆婆就有些怅然,有些虚空,就看见桑蚕无可挽回地吐自己,以吐丝这种形式抽干自己,埋藏自己,收殓自己。这时的桑蚕就上山了,从出籽到吐丝,前前后后总共一个月。断桥镇的人都说,没见过蚕婆婆这样尽心精心养蚕的。——这哪里是养蚕,这简直是坐月子。

收完了茧子蚕婆婆就会蒙上头睡两天,然后,用背篓背上蚕茧,送儿子去上学,一手搀一个。那些蚕茧就是儿子的学费。十几年来,蚕婆婆就是这么从青石巷上走过的,一手搀一个。蚕婆婆就这么把自己的五个儿子送进了小学、中学,还有大学。要不然,她的五个儿子哪里能在五个大城市里说那么好听的普通话。

蚕婆婆不喜欢普通话。蚕婆婆弄不懂一句话被家乡话"这样说"了,为什么又要用普通话去"那样说"。蚕婆婆不会说普通话,然而身边没人,家乡话也说不了几句。蚕婆婆就想找个人大口大口地说一通断桥镇的话。和儿子说话蚕婆婆总觉得自己守了一台电视机,他说他的,我听我的,中间隔了一层玻璃。家乡话那么好听,儿子就是不说。家乡话像旧布鞋,松软,贴脚,一脚下去就分得出左右。

蚕婆婆说:"儿,和你妈说几句断桥镇的话吧。"

大儿子愣了一下,似乎若有所思,想了半天,扑嗤一下,却笑了,说:"不习惯了,说不出口。"儿子说完这句话便转过了身去,取过手机,拉开天线,摁下一串绿色数字,说:"是三婶。"蚕婆婆隔着桌子打量儿子的手机,无声地摇头。这时候手机里响起三婶的叫喊,三婶在断桥镇大声说:"哎喂,喂,哪个?哪里?说话!"儿子看了母亲一眼,只好把手机关了,失望地摇了摇头。母与子就这么坐着,面对面,听着天上的静。蚕婆婆有点想哭,又没有哭的理由,想了想,只好忍住了。

蚕婆婆一个人在二十九楼上待了一些日子,终于决定到庙里烧几炷香了。蚕婆婆到庙里去其实是想和死鬼聊聊,阳世间说话又是要打电话又是要花钱,和阴间说话就方便多了,只要牵挂着死鬼就行了。蚕婆婆就是要问一问死鬼,她都成神仙了,怎么就有福不会享的?日子过得这么顺畅,反而没了轻重,想哭又找不到理由,你说冤不冤?是得让死鬼评一评这个理。

母亲要出门,大儿子便高兴。大儿子好几次要带母亲出去转转,母亲都说分不清南北,不肯出门。大儿子把汽车的钥匙扣套在右手的食指上,拿钥匙在空中画圆圈。画完了,儿子拿出一只钱包,塞到蚕婆婆的手上。蚕婆婆懵懵懂懂地接过来,是厚厚的一沓现钞。蚕婆婆说:"这做什么?我又不是去花钱。"儿子说:"养个好习惯,——记好了,只要一出家门,就得带钱。"蚕婆婆怔在那儿,反复问:"为什么?"儿子没有解释,只是关照:"活在城里就应该这样。"

大雄宝殿在城市的西南远郊,大儿子的桑塔纳在驶近关西桥的时候看到了桥面和路口的堵塞种种,满眼都是汽车,满耳都是喇叭声。大儿子踩下刹车,皱着眉头嘴里嘟哝了一句什么。大哥大偏偏又在这个时候响了。大儿子侧着脑袋听了两句,连说了几声"好的",随即抬起左腕,瞟一眼手表。大儿子摁掉大哥大之后打了几下车喇叭,毫不犹豫地调过了车身,二十分钟之后大儿子便把桑塔纳开到圣保罗大教堂了。蚕婆婆下车之后站在鹅卵石地面,因为晕车,头也不能抬,就那么被儿子领着往里走。教堂的墙体高大巍峨,拱形屋顶恢宏而又森严,一梁一柱都有一股阔大的气象与升腾的动势,而窗口的玻璃却是花花绿绿的,像太阳给捣碎了涂抹在墙面上,一副通着天的样子、一副不容柴米油盐酱醋茶的样子。蚕婆婆十分小心地张罗了两眼,心里便有些不踏实,拿眼睛找儿子,很不放心地问道:"这是哪儿?"

儿子的脸上很肃穆,说:"圣保罗大教堂,洋庙。"

"这算什么庙?"蚕婆婆悄声说,"没有香火、没有菩萨、十八罗汉、一点地气都没有。"

儿子的心里装着刚才的电话,尽量平静地说:"嗨,反正是让人跪的地方,一码事。"

对面走上来一个中年女人,戴了一副金丝眼镜,很有文化的样子。蚕婆婆喊过"大姐",便问"大姐"哪里可以做"佛事"。"大姐"笑着,文质彬彬的,又宽厚又有涵养。"大姐"告诉蚕婆婆,这里不做"佛事",这里只做"弥撒"。蚕婆婆的脸上这时候便迷茫了。"大姐"很耐心,平心静气地说:"这是我们和上帝说话的地方,我们每个星期都要来,我们有什么罪过,做错了什么,都要在这里告诉上帝。"

蚕婆婆不放心地说:"我又有什么罪?"

"大姐"微微一笑,客客气气地说:"有的。"

"我做错什么事了?"

"大姐"说:"这要对上帝说,也就是忏悔。每个星期都要说,态度要好,要诚实。"

蚕婆婆转过脸来对儿子嘟哝说:"这是什么鬼地方,要我到这里做检讨?我一辈子不做亏心事,菩萨从来不让我们做检讨。"

"大姐"显然听到了蚕婆婆的话,她的表情说严肃就严肃了。"大姐"说:"你怎么能在这里这么说,上帝会不高兴的。"

蚕婆婆拽了拽儿子的衣袖,说:"我心里有菩萨,得罪了哪路洋神仙我也不怕,儿子,走。"

回家的路上大儿子显得不高兴,他一边扳方向盘一边说:"妈你也是,不就是找个清静的地方跪下来吗,还不都一样?"

蚕婆婆叹了一口气,望着车窗外面的大楼一幢又一幢地向后退。蚕婆婆注意到自己的脸这刻儿让汽车的反光镜弄得变形了,颧骨鼓得那么高,一副苦相、一副哭相、一副寡妇相,蚕婆婆对了反光镜冲了自己发脾气,大声对自己说:"城市是什么,我算是明白了,上得了天、入不了地的鬼地方!"

蚕婆婆从教堂里一回来脸色便一天比一天郁闷了,蚕婆婆成天把自己关在阳台上,隔着茶色玻璃守着那颗太阳。日子早就开春了,太阳在玻璃的那边,一副不知好歹的样子,哪里像在断桥镇,一天比一天鲜艳,金黄灿灿的,四周长满了麦芒,全是充沛与抖擞的劲头。太阳进了城真的就不行了,除了在天上弄一弄白昼黑夜,别的也没有什么趣。蚕婆婆把目光从太阳那边移开去,自语说:"有福不会享,胜受二茬罪。"

而一到夜间蚕婆婆就会坐在床沿,眺望窗外的夜。蚕婆婆看久了就会感受到一种揪心的空洞、一种无从说起的空洞。这种空洞被夜的黑色放大了,有点漫无边际:星星在天上闪烁,泪水涌起的时候满天的星斗像爬满夜空的蚕。

"儿,送你妈回老家去吧,谷雨也过了,妈想养蚕。"

"又养那个做什么?你养一年,还不如我一个月的电话费呢。"

"妈觉得要生病。妈不养蚕身上就有地方要生病。"

"有病看病,没病算命,怕什么?"

"儿,妈想养蚕,你送妈回去。"

"我怎么能送你回去?你也不想想,左邻右舍会怎么说我?怎么说我们弟兄五个?"

"妈就是想养蚕,妈一摸到蚕就会想起你们小的时候,就像摸到你们兄弟五人的小屁股,光光的,滑滑的。妈这辈子就是喜欢蚕。"

"妈你说这些做什么？好好的你把话说得这样伤心做什么？"

"妈不是话说得伤心。妈就是伤心。"

日子一过了谷雨连着下了几天的小雨，水汽大了，站在二十九层的阳台上就再也看不见地面了。蚕婆婆在阳台上站了一阵子，感觉到大楼在不停地往天上钻，真的是云里雾里。蚕婆婆对自己说："一定得回乡下，和天上的云活在一起总不是事。"蚕婆婆望着窗外，心里全是茶色的雾，全是大捆大捆的乱云在迅速地飘移。

蚕婆婆再也没有料到儿子给她带回来两盒东西。儿子一回家脸上的神色就很怪，喜气洋洋的，仿佛有天大的喜事。儿子的怀里抱了两只纸盒子，走到蚕婆婆的面前，让她打开。盒子开了，空的，什么也没有。这时候儿子的脸上笑得更诡异了，蚕婆婆定了定神，发现盒底黑乎乎的，像爬了一层蚂蚁。蚕婆婆意识到了什么，她发现那些黑色小颗粒一个个蠕动起来了，有了爬行的迹象。它们是蚕，是黑色的蚕蚁。蚕婆婆的胸口咕嘟一声就跳出了一颗大太阳。儿子不说话，只是笑，却不声不响地打开了另一只盒子，盒子里塞满了桑叶芽。蚕婆婆捧过来，吸了一口，二十九层高楼上立即吹拂起一阵断桥镇的风，轻柔、圆润、濡湿，夹杂了柳絮、桑叶、水、蜜蜂和燕子窝的气味。蚕婆婆捧着两只纸盒，眼里汪着泪，嗫嗫嚅嚅地说：

"阿弥陀佛,阿弥陀佛!"

蚕婆婆在新时代大厦的第二十九层开始了养蚕生活。儿子为蚕婆婆联系了西郊的一户桑农,一个年纪不足四十岁的中年女人。儿子出了高价,并为她买了公交车的月票。蚕婆婆就此生龙活虎了起来。她拉上窗帘,在阳台上架起了篾匾,一副回到从前、回到断桥镇的样子。她打着手势向那位送桑叶的女人夸她的儿子:"儿子孝顺,花钱买下了乡下的日子,让我在城里过。"这位妇女没有听懂蚕婆婆的话,她晚上替蚕婆婆的儿子算了一笔桑叶账,笑了笑,对她的丈夫说:"这家人真是,不是儿子疯了,就是母亲疯了。"

蚕婆婆在新时代大厦的二十九层开始了与桑蚕的共同生活。她舍弃了电视、VCD,舍弃了唱片里头袁雪芬、戚雅仙、徐玉兰、范瑞娟等"越剧十姐妹"的越剧唱腔。她抚弄着蚕,和它们拉家常,说一个上午或一个下午的家乡话。蚕婆婆的唠叨涉及了她这一辈子的全部内容,然而,没有时间顺序,没有逻辑关联,只是一个又一个愉快,一个又一个伤心。说完了,蚕婆婆就会取过桑叶,均匀地覆盖上去,开心地说:"吃吧。吃吧。"蚕在篾匾里像一群放学的孩子,无所事事,却又争先恐后。蚕婆婆说:"乖。"蚕婆婆说:"真乖。"

蚕子的身体一转白就开始飞快地成长了。桑蚕一天比一天大,一天比一天长,这就是说,所用的篾匾一天比一天多,所占的面积一天比一天大。阳台和整个客厅差不多都占满了。新装修的屋子里皮革、木板与油漆的气味一天一天消失了,浓郁起来的是植物叶片与昆虫类大便的酸甜气息。儿子没有抱怨。老人高兴了,这就比什么都好。养一季蚕横竖也就是二十七八天的事,等蚕结成了茧子,屋子里会重新亮丽起来,整洁起来。儿子抓起一把桑叶,对蚕说:"吃吧,吃。"

儿子说:"妈,悠着点吧,累坏了我可没钱替你看病。"蚕婆婆把胳膊撸起来,袖口挽得老高,笑着说:"养蚕再养出病来,我哪里能活到现在?"儿子说:"你就喂着玩玩吧,又不靠你养蚕吃饭。"蚕婆婆说:"宁可累了我,不能亏了蚕。"儿子就用胸脯笑,说:"妈你天生就是养蚕的命。"蚕婆婆居然笑出声来了,蚕婆婆说:"妈天生就是养蚕的命。"蚕婆婆这么和儿子说笑,一边很小心地把蚕屎聚集到一块,放到阳光底下晒。儿子说:"倒掉算了,你怎么拿蚕屎也当宝贝了。"蚕婆婆抓了一把蚕屎,眯着眼,让蚕屎从指缝里缓缓地漏下来,蚕婆婆说:"蚕身上哪一点不是宝贝?等晒干了,妈用蚕屎给你灌一个枕头,——你们弟兄五个可全是枕着蚕屎睡大的。"

离春蚕上山还有四五天了,大儿子突然要飞一趟东北。业务上的事,原来就是说走就走的。儿子说:"原想看一看春蚕上山的,这么多年了,还是小时候看过。"儿子说完这句话便从口袋里掏出钥匙,放在电视机上,随手拿起电视上的那只钱包,对母亲说:"别忘了,出门带上钱,这可不是断桥镇。"蚕婆婆闭了闭眼睛,示意知道。儿子说:"还听见了?"蚕婆婆笑着说:"你怎么比妈还能噜苏。"

蚕婆婆一个人在家,心情很不错。她打开了一扇窗,在窗户底下仔细慈爱地打量她的蚕宝宝。快上山的桑蚕身子开始笨重了,显得又大又长。蚕婆婆从蚕床上挑了五只最大的桑蚕,让它们爬在自己的胳膊上。蚕婆婆指着它们,自语说:"你是老大,你是老二……"蚕婆婆逗弄着桑蚕,心思就想远了。她把自己的五个儿子重新怀了一遍,重新分娩了一遍,重新哺育了一遍。蚕婆婆含着泪,悄声说:"你是老巴子。"

门就是在这个时候被敲响的。蚕婆婆很小心地把五条桑蚕从胳膊上拽下来,对门外说:"来了。"蚕婆婆知道是送桑叶的女人来了,刚走到门口又返了回去。蚕婆婆从电视机上取过钱包,打开了门,站在了棕垫子上。

蚕婆婆说:"儿子不在家,就不请你进屋坐了。"

女人朝屋内张罗了两眼,说:"过几天就上山了吧?"

蚕婆婆说:"是的呢,再请你辛苦四五天。这几天这些小东西可能吃了。"

女人说:"我们采桑也不容易,每斤再加五块钱吧。"

蚕婆婆说:"这也太贵了吧。"

女人说:"我随你。要不要都随你,反正就四五天了。"

蚕婆婆想了想,就从钱包里抽出一张百元现钞。女人像采桑那样顺手就摘了过去。女人在走进电梯的时候回头笑着说:"你放心,拿了你的钱就一定给你货。"蚕婆婆愣在那儿,还没有从眼前的事情当中还过神来。大儿子说得真是不错,城里头一出家门就少不了花钱,真的是这么回事。蚕婆婆低下头看了看钱包,儿子真是周到,一沓子百元现钞码得整整齐齐的。蚕婆婆这辈子还没见过这么多的现钱呢。

意外事件说发生就发生了,谁也没有料到蚕婆婆会把自己锁在门外了。蚕婆婆突然听见轰的一声,一阵风过,门被风关上了。关死了。蚕婆婆握着钱包,十分慌乱地扒在门上,拍了十几下,蚕婆婆失声叫道:"儿,儿,给你妈开开门!"

三天之后的清晨儿子提了密码箱走出了电梯,一拐弯就看见自己的母亲睡在了过道上,身边堆的全是打蔫的桑叶和康师傅方便面。母亲面色如土,头发散乱。大儿子丢开密码箱,大声叫道:"姆妈,出了啥事情咯?"大儿子忘了普通话,都把断桥镇的方言急出来了。

蚕婆婆一听到儿子的声音就跪起了身子。她慌忙地用手指着门,说:"快,快,打开!"

"出了啥事情咯?"

"什么事也没出,你快开门!"

儿子打开门,蚕婆婆随即就跟过来了。蚕婆婆走到蚕床边,蚕婆婆惊奇地发现所有的蚕床都空空荡荡,所有的桑蚕都不翼而飞。

蚕婆婆喘着大气,在二十九层楼的高空神经质地呼喊:"蚕!我的蚕呢!"

大儿子仰起了头,雪白的墙面上正开始着许多秘密。墙体与墙体的拐角全部结上了蚕茧。不仅是墙,就连桌椅、百叶窗、电器、排风扇、抽水马桶、影碟与影碟、酒杯、茶具,一句话,只要有拐角或容积,可供结茧的地方全部结上了蚕茧。然而,毕竟少三四天的桑叶,毕竟还不到时候,桑蚕的丝很不充分。没有一个茧子是完成的、结实的,用指头一摁就是一个凹坑,这些茧半透明,透过茧子可以看见桑蚕们正在内部困苦地挣扎,它们蜷曲着,像忍受一种疼,像坚持着力不从心,像从事着一种注定了失败的努力……半透明,是一种没有温度的火,是一种迷蒙的烧烤和无法突破的包围……蚕婆婆合起双手,紧抿了双唇。蚕婆婆说:"罪过,罪过噢,还没有吃饱呢,——它们一个都没吃饱呢!"

桑蚕们不再关心这些了。它们还在缓慢地吐,沿着半透明的蚕茧内侧一圈又一圈地包裹自己,围困自己。在变成昏睡的蚕蛹之前,它们唯一需要坚持并且需要完成的只有一件事:把自己吐干净,使内质完完全全地成为躯壳,然后,被自己束之高阁。

人类的动物园

一

每个城市有每个城市的动物园。"动物园"这个概念本身就隐含了"城市"这个概念的部分属性。狩猎文明与农业文明是产生不了"动物园"一说的,工业文明出现了,人类便有了自己的动物园。

动物园的出现标志了人类对地球生命的最后胜利。人类终于可以挎上相机、挽上情人的手臂漫步狮身虎影之前了。人类从来没有这么自信过,敢用食指指着狗熊批评它的长相,敢和雄狮对视龇着牙做个鬼脸;人类也从来没有这么潇洒过,轻易地对鳄鱼扔一只烟头,对假睡的老虎吐一口唾沫。人类对凶猛动物的敬畏原先可是了不得的,诸如"老虎的屁股""吃了豹子胆""河东狮吼"都是动物留给我们人类的最初惊恐。这些话如今只剩了"比喻"意义。武松要活着,也不至于披红戴绿了吧。人类总能把自己恐惧的东西打翻在地,再踏上一只脚。人类就是这样伟大。要是世上真的有上帝,他老人家现在一定在笼子里了。

这样一想我便害怕,"九天揽月""五洋捉鳖"之后,人类的敌手又将是谁呢?抑或,万一哪里的猴子吃错了药,进化得比人更厉害,我们要关到怎样的笼子里去?

我读过几部关于动物的书。在许多这样的科学读物里,都有动物"作用"的介绍。而这样的"作用"又是以人的需求为前提的。比如说,一提起犀牛,便是:"肉可食、皮可制革,角坚硬,可以入药,有强心、清热、解毒、止血之功效。"至于老虎,更是了不得,就是那根虎鞭,也足以抵当一卡车"东方一枝刘"。从这个意义上说,人类的每一员对动物世界的习惯心态都是帝王式的。为我所领、为我所用。而一旦动物们以"人"的姿态进入我们的精神世界时,三岁的孩子都知道,那只是"童话"。假的。成人是没有童话的。你要自以为是一只兔子,喊狐狸一声"姐姐",世界人民都会拿你当疯子。人类可是有尊严的,在动物面前个个都是真龙天子。完全可以这样说:动物时代开辟了动物的奴隶主义时代。

二

说到这里很自然地要写到三样动物:狗、猫、猪。我之所以要提及这三位先生,是因为我的一个发现:所有的动物园里,几乎都没有他们(是他们,不是它们——作者注)的身影,即使有,也是轻描淡写,一笔而过。究其原因,是他们的"家常",即通了人性。先说狗。狗的口碑并不好,是谓"小人"也。"狗眼看人低""狗腿子""狗娘养的""狗尾巴"都已经"人格"化了。然而人类爱狗,狗乃人类一宠物也。何故?他是通了人性的。狗的"似人非人"满足了人类"主子"的思想与

"奴才"的思想的矛盾需要。张承志先生在一篇文章里非常诗意地论述过狗思想与狗精神。我读了几乎热泪盈眶起来。我一冲动,差一点说出"我要做狗"这样的话。我甚至觉得我们这个民族之所以落后于日本民族,正是由于缺少了某种思想与精神。后来我终于没有这样喊,我似乎弄通了一个参照:狗之可贵,也是对人之需要而立的,有了这个参照,狗才可敬可爱起来,失却了这个参照,便是瞎激动。我们人类既然已经做了君主,就得有点君主的样,要不然,狗会伤心,也会批评我们。说我们"为君不尊"。

其实,要真正让我做狗,我还是乐意的。甚至我会努力做一条好一点的狗。但好狗是有标准的,就是决不学人样。狗的不幸是学了人,且通了人性。这真是狗的大不幸。人类的精明之处在于不让狗做真正的狗。让狗有点要人模,同时又还是狗样。人类用一块骨头或一只肉包使狗渐次"异化",终于落到"狗不狗、人不人"。我个人认为,"人不人狗不狗",这句古语蕴藏了人对真正狗性的尊重,狗后来之所以下三流,在其"不狗"之上。狗在这一点上不如狼的坚决。人类之所以不能蔑视狼,是狼有自己的原则:不给我骨头我吃人,给我骨头我同样吃人。狼这么恶狠狠地一路吃下去,人类只能远之。狼总是对人类说:在上帝面前,我们的灵魂是平等的。也许正因为这一点,动物园里最焦躁不安的就是狼,他总是来回走动,想着他的千秋宏愿、未竟事业,胸中汹涌万顷波涛。我每次见到狼都郁闷难平。

猫要下流得多。我几乎不想提这个东西。她泪汪汪的大眼和满嘴胡须简直莫名其妙。她小心翼翼的小姐模样、躲在角落里打量人的姿态、眯起眼睛弓了腰,体贴主人的抚摸触觉的努力,都标示了她的猥琐。猫的最大特点在其腰板上,猫的腰板那样没骨力还背了个脊椎动物的名,真是讨了大便宜。但谁又计较她呢?猫的不怕摔打可能是另一种天赋,一跤之后,她总能站得稳,立场坚定,四爪朝下。可不知道怎么回事,猫站得愈稳,我愈觉得恶心。站得那么稳还要看狗的脸色,不如摔死了省事。

关于猪,我想说它是一种植物。长满肉,随农夫宰割。或者我想这样说,它是一种会走路的肉。人类用几千年心血教它做奴才,它就是连这点心智也没有,只能把它杀掉。猪是唯一在杀戮时得不到同情和尊重的生命。生得肮脏,死得无聊。作为生命,猪是一个失败的例子。

三

现在让我们真正来到动物园,来到那些被称作"动物"的世界去。我是爱逛动物园的,有时带着妻子,但大多独步而行。我的心中碰上大波动是不肯坐咖啡屋的。于我而言,动物园是平静风火浮躁、产生感觉与思想的地方。我到许多城市都要先去动物园。有动物园垫底,什么样的人我全能对付——这只是一句笑话罢了,我的的确确是爱走走动物园的。

就个体生命力而言,人类只能数中等水平。人类最终能按自己的逻辑摆布世界,这实在是一件不逻辑的事。康德对人类的秩序曾有过热情洋溢的赞美,人类给定了宇宙一个法律,宇宙似乎真的执行了这一法律,康大人一定高兴坏了。

狮、豹、虎、熊、狼,谁的"腕儿"不比人大? 谁的"交椅"没有人高? 上帝就是把世界给了人类。我注意过上述动物在铁笼子里的眼睛,他们无限茫然。他们弄不明白上帝一不小心,小丑怎么就成了主宰生灵的英雄了。莎士比亚毫不自谦地说,人类是"宇宙的精华、万物的灵长",狮子们当然是知道莎士比亚的这句话的,他们嗤之以鼻,死不认账。然而,历史只认成败。这是历史的小气处。

优势的大逆转在两个字上:琢磨。

动物们不注重上帝的心思,而人类爱琢磨宇宙里所有的举手投足。人类知道自己想要做什么,便有了目的;人类明了怎样才能达到目的,便看见了规律。有了目的,把握了规律,人类的身影在地平线上慢慢变得巨大。一支麻药,一个陷阱,猎豹的矫健身躯倒下去了,黑熊的粗硕个头塌下来了。四两拨千斤、以毒攻毒……动物世界节节败退。人类,这个上帝的平庸之子,开始在世界微笑了。人类牙齿的洁白光辉标志了他对世界的占领。就像西方寓言里老猎人对狐狸说的那样:任你满身灰毛,但见我白发苍苍。"白发苍苍"显示了人类在"琢磨"上的多大耐心与功力! 动物们失败了,他们在囚笼里追忆似水年华与失却的天堂。"雕栏玉砌应犹在,只是朱颜改,问君能有几多愁,恰似一江春水向东流。"

悲夫!"昔日横空莽昆仑",平阳狮落遭人欺。

站在动物园里,我时常想,如果没有人类,世界的主人到底会是谁呢? 或者说,如果上帝再给所有动物一次机会,谁是世界最后的"秦始皇"呢?

我看好狮子。

这里头当然有我对狮子的偏爱,但更多的是一种哲学推论。我注意过古埃及人的图腾意识,他们的"狮身人面"像给了我极大的困惑。根据我的理解,"狮身人面"这个汉字翻译是成问题的,而应当是"狮身人头"。古埃及人在尼罗河畔、金字塔下、黄土之上对生命的理想格局一定是绝望的。"狮身人面"说明了他们矛盾的心态。这种绝望心态给了他们极大的勇敢的想象:人类的理性精神+狮子的体魄=理想生命,只有这个生命方能与"自然"打个平手。这样的想象结果是苍凉的、诗意的,是哲学的,也是美学的。

然而,就狮子自身而言,他蔑视"智能"。狮子对自己身体的自信与自负使他视智力为雕虫。狮子的目光说明了这一点。我常与狮子对视。从他那里,我看得见生命的崇高与静穆,也看得见生命的尊严与悲凉。与狮子对视时我时常心绪浩茫、酸楚万分,有时竟潸然泪下。我承认我害怕狮子。即使隔了栏杆我依旧不寒而栗。他的目光使我不敢长久对视。那种沉静的威严在铁栏杆的那头似浩瀚的夜宇宙。那种极强健的生命力在囹圄之中依然能将我的心灵打得粉碎。我没遇见过狮吼和狮子发威。他就那样平平常常地看你一眼,也胜得过千犬吠、万狼嚎。我意识到这是不公正的,不"民主"的,但民主似乎并不见得是生命力的平均。

狮子是离上帝最近的一种动物。狮子的表情一定正是上帝的表情。狮子的眼睛里一定有上帝的精神内涵,谁能与狮子对视,谁就在接近上帝。问题是,有哪一种生命能与狮子对视呢?在狮子面前,所有的生命只能做一件事:转过身去,然后,撒腿狂奔。

人类就是这样离上帝远去的,不少动物都是在逃跑中建立起了自己生命的特征。上帝一定无可奈何地死了。生命世界就这么一个窝囊相。

四

我注意过以狮子为代表的高级动物和以蚂蚁为代表的低级动物的区别。生命的高级与否往往取决于一点:有无孤寂感。越高级的动物往往越孤寂,同样,越低能的动物则越喧闹。高级动物们都有一种懒散、冷漠、孤傲的步行动态,都有一双厌世不群的冰冷目光。他们无视世界的接受与理解,只在懒洋洋的徜徉中再懒洋洋地回回头,看过自己留给苍茫大地的踪迹,他们便安静地沉默了。他们的沉痛与苦楚都是隐蔽的,他们的喧哗与欢愉也是静悄悄的。这种沉默可能来之于他们涉足过的广袤空间。巨大的空间感是易于造就巨大的孤寂感的。在孤寂里,生命往往更能有效地体验生命自身与世界。我知道这世上并没有鲲鹏,我所知道的这种动物是从庄子的《逍遥游》里得到的。"背若泰山,翼若垂天之云,抟扶摇羊角而上者九万里,绝云气,负青天,然后图南且适南冥也。"可以想见,在九万里青天之上,鲲鹏展翼而飞,将是怎样的大孤独大自在与大逍遥。谁能知道他的精神空间呢?不知道为什么,我每次读《庄子》,得到的不是彻悟、"看透了",而是苍凉与酸楚。世界是那样的不可企及,就连庄子这样的巨哲,也只能借想象中的鲲鹏而逍遥一番,可见逍遥是多么困难。而今大街上满是"何不潇洒走一回",真是浮躁得了得。

蚂蚁就是能闹。我想许多人都是爱看蚂蚁"走穴"的。为了一粒米、一块肉屑、一只苍蝇的尸,蚂蚁出动了成千上万的部队,他们热情澎湃,万众欢呼,群情激奋,汹涌而上,汹涌而退。我时常在观察蚂蚁时失却了世界。蚂蚁辛勤的一生让人肃然起敬,又让人可悲可叹。我时常出于同情,给蚂蚁王国送去一大碗米饭。我想,那可以给他们的国家用好几年了。但是不行。蚂蚁就是那种忙碌猥琐的品格,这种品格决定了他们的生存。没有了那种让人难忍的品格,蚂蚁就不存在了。他们勤劳而又安居乐业,他们为此而充实而幸福,我们又何必硬要同情幸福者什么呢?

和蚂蚁是不能谈哲学的。有一个夏日午后我把一群蚂蚁放到一只乒乓球上,我不停地转动小球,蚂蚁就那样用功地"长征"了一个上午。我想,蚂蚁一定在说:啊,地球是多么巨大!我敢打赌,说这话的蚂蚁是最智慧的一只蚂蚁,相当于一个"诗蚂蚁"吧。

说到这里极易产生出这样一种误会,以为动物的高级与否决定于他们的体积。其实未必,与动物的自身的气质习惯相比较,体积实在是次要的,虽然体积提供了更多的能量。比如说熊,我便不太喜爱,这也是个缺乏孤寂感的家伙,行为怪,心气漂浮,由于积了一身好力气,便有些像做打手而暴发的那一类,手持大哥大,腆了大肚皮,整天喷着酒气,横行霸道,凶残无礼。处处可见四肢发达大脑简单的蠢样。在动物园里,熊是受戏弄较多的一族。熊在动物里属于那种为长不尊的典型。这委实也受制于熊自身的品格了。

五

我从赵忠祥先生解说的专题片《动物世界》里发现这样一个现象:弱小生命之间往往是相互间同情的,互为因果、相依为命的;强大生命之间则是另一种景象,他们之间彼此都很克制,懂得尊重与忍让。我注意到非洲草原上猎豹与雄狮的和睦相处。他们井水不犯河水的安详画面让我感动。猎豹在一边怀旧,而狮子则享受着自己的天伦之乐。这对"一山容不得二虎"是一种嘲弄。这是强大生命之间表现出的一种真正自信。这样的自信是上帝赋予的,没有任何装腔作势,故而平静如水。比较起来人类与狗就小家子气多了,胆子越小的狗就愈会叫,自卑的人类则喜欢端了一副架子,放不下。其实,生命的自信是这个世上平静的根源,只要有一方对自己没把握了,世上就有了阴谋与战争。越是担心被对方吃掉,越是想一口吃掉对方,而且吃得不光明、不磊落,即使衔了敌手的尸,也要躲进丛林里去。等吃完了死尸,才敢弄出一副王者的模样来,舔舔唇边的血迹,踱着四方步,对夕阳款款而行。

我觉得动物间的这种等级差别是极有意味的。等级其实正是秩序。它展示出来的恰恰是强、弱之间的力量落差。有了这个落差,弱者的同情与强者的礼让显得太局限了,永恒的生动的画面是:吃与被吃。

六

在这里我想提及另一类动物,牛、马、驴、骡。这几位朋友我想分开来提及,当然是出于他们与我们人类的特殊关系。这几位朋友中,我对驴的感受是特别深厚的。所有有眼睛的生命中,驴的眼睛是最动人的。我读大学时最常做的事就是看驴眼。驴的眼睛光润而又忧郁,他注视远方的凝神模样完全是一位抒情诗人。但我从来听不见驴倾诉什么。罗曼·罗兰说,许多不幸的天才缺乏表达能力,把他们沉思默想得来的思想带到坟墓里去了。我认为罗曼·罗兰这话完全是为驴说的。和驴对视时常让我双眼湿润。在我读大学的最后一个初夏,我正经历着人生的第一个关口。那是我的灵魂极其苦痛的日子。我不得不逃课,一个人在校园内外四处走动。就在这个初夏,我的大学校园突然出现了许多驴,他们是为一个高大建筑物拖运砖木的。驴的眼睛很吸引了我,我是怀着一股崇敬端坐在驴面前的。驴的眼睛太美了,超凡脱俗,典雅清澈,闲静时似娆花照水,眨眼时似弱柳扶风。完全是产生大思想的样。驴就那样伤心郁闷地望着我,对我寄托了无限希望与重托。我从驴的眼睛里看见了拯救、启蒙等伟大话题。这样痛苦的对视持续了十多天。我想我快发疯了。人也瘦下去。但驴就是不开口,甚至不给我任何暗示。我一遍又一遍在心里问:驴,你忧郁什么?你痛苦什么?驴眼就是阴天那样不语。驴留给我心灵的创伤是巨大的,至今不能愈合。我总觉得我至今有一种境界没有领悟,有一种情感没有体验,有一种心灵震颤没有经历,有一种使命没有完成。而这些不是我的大学图书馆留给我的,是一群驴。我怎么也弄不通长了这样聪慧眼睛的动物为什么会被人类说成"蠢驴"。人类真是太蠢了。我觉得我们应当好好研究研究驴,甚至可以建立一门新兴的"驴学"学科,没准"一不小心"便会弄出个相对论或哥德巴赫猜想来。谁知道呢。

下面当然就要说到骡子。骡子是带有喜剧色彩与悲剧意味的东西。这东西相当怪。我怀疑只有中国有这种东西,我甚至觉得其他语种里压根儿没有与"骡"这个汉字相对应的单词。谁都知道骡子是个杂种,是马与驴的杂交结果。有一点是完全可以肯定的,骡子不能生育后代。依照逻辑,骡子似乎是(似乎是——作者注)不该有性别和性欲这两样伟大事物的。这样说来,骡子到底算不算是动物就很让人头疼。一个有血有肉的种类居然没有生育能力而存活在世上,委实滑稽到了荒唐的地步。太好笑了。一个在种上没有延续能力,一个在类上没有列祖列宗,却能在世上永垂不朽下去,骡子真是旷世奇才。如果骡是人类的话,那好笑的当然是人类;如果只是中国特有,这样的"中国特色"也太让人哭笑不得了。不过,我至今没在动物园里见过骡子。是共同疏忽,还是从来就没人拿骡子当"动物"?我个人以为,这个话题蛮有意思。

七

听说,仅仅是听说,不少国家——津巴布韦、坦桑尼亚等——是有"国家动物园"的。国家动物园的玩法和城市动物园的玩法有一同一异。同,都是看动物;异,方法是相反的,一个是动物在笼子里,一个是人在笼子里。如果这个"听说"是成立的,"国家动物园"就太反讽了。虽然这种玩法很新鲜,也很刺激。

主与客的位置变化,看与被看的心理逆转,是我们能够面对与承受的吗?这句话换一种说法就涉及到自由上去了,万一人类没有自由了,也能指望动物们建立一支"绿党"吗?关于自由,放在这里讨论可能更惊心动魄些。人类给予人类自由与不给予人类自由,早就闹了不少话题,当人类一旦从属于动物之下时,人类——所有的人,对自由的看法会不同的吧。由此可不可以这样说呢,当人们意识到自由之可贵时,其实我们离笼子就远了。笼子意识到空间失去。而没有空间的时间,是多么可怕、恐怖!所以人类发明了监狱,剥夺你的空间,只给你时间,以此达到惩罚和净化。这时的时间是无比狰狞的,虽然人人都求长寿,活到百岁是每个人的奢愿,可又有谁愿意听到"有期徒刑一百年"呢?完全可以设想,当人类处在动物的笼中时,人类一定会干脆连时间也不要的,一死了之了。幸好人类终究没有成为笼子里的尤物。不过我们别忙欢庆我们的胜利,动物的"想干而没敢干"的事,没准人类自己会那么做。人类"一不小心"就会做出使自己目瞪口呆的事。我很担心伟人们的"一不小心"。魔鬼还不是上帝"一不小心"给弄出来的。就算人类不这样作践自己,把自己放进笼子我也很为我们的未来担忧,有句话是怎么说的?"三十年河东,三十年河西?"到时候谁还弄得清哪里是笼子东,哪里是笼子西?夜里睡不着觉哩。没准一觉醒来,动物们正在我的铁窗外头,夹着烟、挎着BP机、留着对分头、满嘴狼言狈语、谈笑风生地一路走过去,那真是辱煞列祖列宗也!那时候我们总不至于蹲在笼子里,无记名选举"笼长"吧?

然而,我倒是希望我们的国土上能有一座"国家动物园",从"国家动物园"里走一遭的人,应该都能成为真正的人。至少,能知道人类的今天还是有点乐趣的。这么说吧,上帝既让我们做人,上帝既拿我们当作"人"看,总得对得起上帝吧。我这样说当然没有"人类沙文主义"的意思,就像我说"我要做一条好狗"一样,既做了人,就该做得有点人样。人的模样、狗的嘴脸,狼心驴肺、鸡脖子鸭爪,也太不是东西了吧。让上帝见了也吓昏了头,总不太厚道。就我个人而言,投了"人胎"是没有自豪的,既做之,则安之吧。我最听不进的便是拿"当牛做马"以示自谦的一说,牛和马要不碰上人,日子差不了哪里去吧,哪里就不如人的呢?人类真是自大惯了,骂自己都不会骂了。说到底"国家动物园"是用得着的,比读一回博士来得管用。

八

该说的其实都说了。为了弄点所谓的"深度",不妨玩一回深沉,也"思考"一把。弄不好也"一不小心"弄出一部启示录来。

我们人类总爱说这样一句话:"地球,我们的家园。"这话气派的确大,三下五除二就冲出院墙国界,直指地球。不过地球委实不独是我们人类的。没准有人说,人类这么多人,地球不给我们,还能给谁? 这话差大了。地球上蚂蚁有多少? 麻雀有多少? 苍蝇、蚊子又有多少? 人家也没拿地球当家私。我不是共产党人,不过我委实是一个地球共产主义者,大家都在地球上混,玩玩罢了,有什么必要独吞?

　　人类对其他生命种类的不节制行为是一种不妙的事。我知道人类的理想,是想拯救生命。就是创建动物园,除了满足人类的好奇之外,确有拯救动物的意思。但根据我的阅读经验,我发现,人类一旦想拯救什么,什么就会遭殃,这样的结论似乎被人类自身的实践多次证实。把狗还给狗。把狮还给狮。把水牛还给水牛。这是我们人类唯一要做的事。生命一直是结伴而行的,别的生命都进了动物园,人类的末日便不远了。上帝的事还是留给他老人家去做,他老人家不发话,不让我们"按既定方针办",我们还是老老实实做人为上,替动物们想得太多,当心人家不领情。我别的不怕,就怕人类自作多情,"一不小心"把自己给赔了。

那个男孩是我

那一场肾病差点要了我的命。我的腹部至今保留了许多肤斑,类似于怀孕过的女人最常有的标记。那是持续多月的浮肿消退后的痕迹。肾病的病象之一是浮肿,一劳累或一吃盐我的身体便如同馒头遇上了雨淋,一层皮就白胖胖的,仿佛要胀裂开来。我并不知道肾病是什么,"肾"这个词在我的眼里太高级太科学了,要是有人对我说"腰子"我就明白了。猪腰子我见过很多,几乎两三天我就要吃一只臊气烘烘的那东西。我不想把我生病的年纪交代得太清楚,这完全是下面的故事决定的。我只能这样。但我可以说,那时正值我青春期之前极神圣的准备阶段——那时候无限美好,我今天能够写小说与那个时期有因果关系。美好的岁月里我得了一场要命的肾病。

母亲说,把他送到城里去吧,否则总不是事。父亲说也好,青霉素和链霉素实在也太难买,——就怕他婶子管不住他,闯下什么祸来。母亲说,他病成这个样,能闯下什么祸。我生病时父母都没有"解放",在乡下的一间破瓦房里教孩子们乘法除法和收租院的故事。有一年的腊月我就生在这个破瓦房里,那一天飘满大雪,我从我母亲追忆的眼神里看到过那场大雪,母亲目光的那一头一直有我极其肯定的童话,蜗居在干净的雪景和干净的冬青树画框里。

一天的轮船过后,我晕沉沉地来到了县城。婶婶比我预想的要胖,脸上有很多慈善。只是我父亲很喜爱的表姐我一见面便不喜欢。她高我一个头,表姐俯下头和我亲热时她的嘴里散发出很不好的气味,这使我们俩的关系一直笼罩着肾病一样的无精打采。这个细节对以后的故事至关重要。

我可以每天注射青霉素和链霉素了,也可以每一个星期化验一回黄色的小便了。这对我是否有效我不知道。我整天躺在表姐的那张带有腥味的木床上。表姐的床头桌上有她喜爱的瓷质白毛女芭蕾舞造型,白毛女的整个身体全落在她的一只脚尖上,后腿摆得很高,这让人看上去相当累。有几次我想把白毛女的脚放平了,但是一直没有成功。表姐下班后有时也照着塑像踮着脚走两步,表姐走得不好。有一次表姐把一条腿跷得老高地问我:"像不像?你看我像什么?"我说:"像狗拉尿。"过了很久表姐才说:"明天不许你睡在我的床上。"

和表姐的不和非常隐蔽地游动在我们之间,我的孤寂感好像因此被拉长了。最要命的还是白天。每一个白天对我来说都相当困难。婶子她们上班后我总是被反锁在家里。阁楼上老鼠们磨牙飞蹿,弄得我十分地想念过去和母亲。我胡乱地想着心思,尽是些驴唇不对马嘴。到后来我甚至把婶子家的家具都拿来,一件一件想了一遍。先把它拆开来,然后又装上去,我甚至把这些家具被谁用过,又要被谁继承过去,也替他们家想了一回,这些都是很累的事。但我一直以为青春期之前过于健康的体魄对想象力的发展是有害无益的。海明威那头公牛应该只是个例外。

天井里开着一株栀子花,许多花朵白白地开在我的病中。隔着方格子木棂那些栀子花的乔木叶片仿佛相当悠远。我知道这都是那些方格子引起的错觉。花香委实很近,花的香气哀伤地飘拂,和我的心思一样近在咫尺。

孤寂中另一种,和栀子花一样,让我无法测定距离的事出现在我的身边。我听见了极好听的钢琴声。起初我以为邻居在开收音机,接下来的连续几天我终于知道真的是有人在附近抚弄琴键。曲子是我很熟知的,是《白毛女》极悲伤极反抗的调子。唱出来的词应该是这样——

乡亲们哪乡亲们
黄家逼债
打死我爹娘

但是没有人唱。好像周围还有许多人。有一个女人每隔一些时候就喊:"停!"于是琴声和周围的响声就没有了。过一刻又响起来,又被喊"停"。琴声在"打死我爹娘"的那句调子上弹弹停停地反复了几十回,我的整个下午被那种凄凉弄得十分的忧伤。

晚饭后我对婶婶说,明天不要再锁我了吧,我想起床了,我躺得太累了。婶婶说,不能的,你这个病就是要躺。我说我可以躺,但不要锁我。婶子说,钥匙我给你,你可不能胡乱走动。

快睡觉时表姐对我说,今夜不许尿床了,都这么大了,真烦死人了。我没有料到表姐会用这么大的声音把这事说出来,顿然间我万分地惝惶。我一直都是不尿床的,我怎么也弄不懂生病之后我怎么反过来尿床了。第一次尿床时我是被惊醒的,我用手摸到了热热的一块,心中就咯噔了一下。我认认真真地用身体焐干后还是被表姐从床单上发现了一块黄斑。一大早表姐惊奇地笑着说,你尿床了?我羞愧万分地说,我没有。我只希望表姐说话时声音能小一点,表姐却像广播一样对全家说,还赖,你自己看看。后来的日子里每一次入夜我都不敢入睡,我真想就那样能熬到天亮。我总要熬到快天亮时才困得不行地睡去。要命的是,一入睡我反而更迅速地尿下了。一次婶子悄悄对我说,我给你做一块尿布吧。我几乎是哭着对婶子说,我不要尿布,我为什么要那种东西!今天表姐又提起了这事,婶子答应不锁我的喜悦立即就被入眠的恐惧替代了。

这是我进城后第一次正常地起床。屋子里依旧空荡。我坐在软垫上开始回顾我的所有的连环画。软垫相当舒服,是婶子为我做的,我的两瓣屁股蛋早就被针眼戳烂了。我开始回顾我的连环画,母亲送我进城时我精心挑选了二十本。这二十本已经让我背透了,甚至画面我都能靠想象,把这二十本可爱的小书一页一页地重现一遍。

悠扬哀怨的琴声在一片寂静里突然响起,在无聊与空洞中绰约地飘起最美丽的影子。我一直不会弹钢琴,但钢琴的声音在我的记忆里永远是夏夜最晴朗的星空。

我走出了大门,循着琴声我拐进了那个干净的院落。原来就是隔壁的那个大院,院子里堆放了许多彩旗和舞台用具。我站在门口,从半开的门缝里,我看见了一个真正的白毛女用她的脚尖踩着琴声优美痛苦地挣扎。这时候琴声反而没有了,我的眼里只剩下了那个通体洁白的白毛女。她并不像塑像上的那么累,相反,她神奇的脚尖使身体轻盈舒展,如羽毛、如琴声一样在风中哀婉地随风飘拂。

"停!"那个老太太高声地叫停,她走到白毛女的面前,轻声说,"把胸脯送出去,这样,送出去。你身上的每一个部分都是舞蹈的语言。记住,它们不再是你的乳房,而是反抗和仇恨。送,送出去。"

随后老太太对白毛女说:"大伙歇一歇,——你把衣服披上,别受风了。"

白毛女披着上衣向门口走近。她一出门槛就让我很吃了一惊。她顶多才十六七岁,看上去比我的表姐还要年轻。刚才的一头长白发被她拿在手上,属于她自己的是一头乌黑柔和的短发。仅有的这点变化使她顷刻间艳若仙人。两只乳房顶着白上衣的前襟,没有反抗与仇恨,到底是什么我没有弄清楚,我一阵心跳就再不知道我到底在想什么了。

白毛女做了两次深呼吸,说,这么香,哪里来的这么香的栀子花。她一直没有注意我,这让我有种说不出的失望。整个上午我就迷糊在这个院子里,看她舞蹈,看她眼神里的每一次苍茫,指尖上极微妙的无助与绝望。

我整整站了一个上午,后腰上沉沉的,有些疲惫。

中午婶子回家一见到我就喊了出来:"怎么弄的,你的脸怎么肿成这样?"我说:"我嘴馋了,偷吃了咸菜。"这个我有经验,在家里我只要一偷吃有盐的东西母亲马上就能从我的脸上发现的。"快喝水,"婶婶说,"给我喝白开水。"

下午的琴声一响我就又站到了隔壁。很长时间那个老太太都不让下课。我累得已经不行了。我感到这么长时间来我一直用芭蕾的姿态伫立在门外。后来白毛女终于出来了,跨出门槛时她依然不肯看我一眼。我走到她的身边,把偷采下来的栀子花送到她的面前。

给你。我说。

她的眼睛瞪大了。她一脸美丽的兴奋让我无比幸福。给我的? 她反问我。

我想我脸上一定很窘,我没有开口,只是平举着那朵栀子花。

她接过花随意在我的头发上摸了几下,问我,你在这儿干吗?

看你跳舞。我说。

我跳得好吗? 她问。

我不知道,我不知道她跳得好不好,她老是反反复复做同一个动作。但是我喜欢。我喜欢看你跳。我说。

那你到五一广场去看。她说。

我不认识,我说,我是乡下来的,我来看病。

你有病? 你这么胖有什么病?

这是肿胖,我告诉她,是假的。我用相当自豪、相当文雅的语调对她说,我得的是肾病。

白毛女再没有说话,她的眼睫毛一点一点地挂下去,脸上的神色又如栀子花香一样忧伤了。是这样。她说。实际上她一点不肯说清楚到底是怎样了。

后来的岁月里我的病中充满了关于脚尖走路的内容,许多想象习惯于从她的舞步上开始腾空。再后来我又做了许多梦,梦中的栀子花一直在门外期待。时间成了我哀伤的最直接因素,而期待又成了时间的最直接形式。最后忧愁的梦和甜蜜的梦一起让尿床所冲走,苏醒就如同我的床单一样让自己很不情愿地正视。

晚上表姐对着镜子扭她的腰肢。表姐对着镜子看自己跳舞时有一种让人无力回天的惨绝气氛。表姐弄了一刻,好像自己也不太满意,竟愣愣地走起了神。表姐很爱舞蹈,这个我看得出来。表姐一遍又一遍地叹息,她的叹息如我梦中白毛女的白发一样绰约而又孤楚深长。我不喜欢她这种样子,好像黄世仁老是逼着她问她要租子似的。

我说,你这么爱跳,怎么不到芭蕾舞团去?

表姐恶狠狠的一句回话让我摸不着头脑。表姐说,要不是你爸爸,我早就进了芭蕾舞团了!我的爸爸在乡下教书,这个谁都知道,他和芭蕾舞又能有什么关系?

那个午后发生的事使我觉得好生奇怪。表姐正在买自来水,她用两只白铁皮敲成的水桶从巷口的拐角处往家挑自来水。天井的大门似乎有些毛病,只要没有东西撑住它们就自己咯吱咯吱地关上了。这对表姐的劳动是个妨碍。表姐对我说,你来,给我拉住这扇门,我便走过去站在门后拉住了。我的这个站立地点使我对下面的事得到了一个奇特的观察视角。不论怎么说,从门缝的里口向外所看到的事物,多多少少总有些神秘感。

我看到了白毛女披着上衣正从斜对面过来,她一定是排练结束了。我并不知道表姐挑着自来水站在她的对面。我刚想出门喊住白毛女就听见有人狠狠"呸"了一声,这声"呸"之后我隔着门缝清清楚楚地看见白毛女也狠狠地"呸"了一声。随后我就听见了表姐的声音,表姐说,跳!再跳快把你的×给跳撕了!白毛女停住脚,笑着说,你撕不了,你的腿比水桶还结实哪里撕得动。这么说着她矜持地走了。这场战斗无缘无故地开始,又随着表姐进门时水桶的一声撞击突然地结束。那一摊水迹以极其怪诞的形状卧在地砖上,完全是不期而然的形状。表姐往水缸里倒水时带了很大的怨气。我站在那里研究着她与白毛女之间的事,没有结果。这个悬念成了我少年时代最耿耿于怀的疑症。

挑完水表姐便站在天井里发呆,她的眼睛望着那株栀子花树,目光在树枝上舞蹈。这时的天空有些灰色,这个我很清楚,表姐就在这样灰蒙蒙的天气里对着那棵树内心进行一些苦楚的翻滚。表姐突然说,花呢?怎么花少了那么多。表姐没有问我,按常理男孩子是不会喜欢植物花朵的,表姐只是反复对自己说,那些栀子花怎么会少了这么多。

我和白毛女幸福而又无奈的对话依然进行在她排练的间歇。这一回白毛女主动走上来和我说话。和她说话时我越来越觉得自己有些不对劲了。我的目光越来越想回避她白色衬衣中仇恨与反抗的部分。这是一种相当折磨人的事。

"你多大了?"她问我。

"十六,"我说,"我十六岁。"

"瞎说,"她好看地笑着说,"你尽瞎说,你哪里有十六岁。"

我支吾了半天,说:"是……还不到。"

她嗅着我新采的花朵说:"那你干吗说十六?"

我有些害怕回答这个问题,但我还是回答了。我望着她的眼睛对她说:"我想长到你这么大。"

"为什么?"

"你就不再说我是小孩了。"

"你真是个傻孩子,"她又笑了,"你长到我这么大,可我又长大了,你还是孩子。我眼里的你永远是个孩子。"

听了这话我就好像回到了肾病刚开始的那几天。同学们兴高采烈地从我身边嬉逐而过,留给我的只是空洞的疲惫与疲惫的无奈。我想我的眼睛肯定是走神了。否则白毛女不会问我,想什么了?

我为自己有许多东西无法表达而伤神。我什么也没有想,只有一种说不出的情绪。这种情绪像不会言语的植物在风中随风的姿态摇曳,最后又败零在雨中。

那边的钢琴又响了。是那一种调子,唱出词来就是这一句——

北风(那个)吹,
雪花(那个)飘。

表姐是怎么知道栀子花的事的,我至今不得而知,总之表姐是知道了。表姐一开门就对我叫道,你把栀子花给了谁了? 说,你给了谁了?

疾病这东西一定会改变人的,如果在过去,我会满不在乎地说,你管我给谁了!近来我自己也发现我身上发生的一些细微变化。我低声说,给了白毛女了。

婶婶在一旁笑了,说,这孩子怎么会说这样的俏皮话。表姐把身子弓到前面来,对婶婶大声说,哪里是俏皮话,是给了那个小妖精了。婶婶说,哪个小妖精?表姐说,还不是那个披头散发的妖精,还能有哪个妖精。表姐脸上的神情是很委屈的样子,表姐的这种样子相当难看。表姐说话时我正盯着我最心爱的一颗花骨朵儿,这一个特别地大,我早就计划好等它一开放我就把它送给白毛女。

我不知道是无意的还是表姐安排好了的,这个早晨对我永远是无可挽回的一天。这一天表姐休息,她在家里东拉西挪像个妈妈。我是说像妈妈,不是像母亲,这不是一回事。后来她走到我的床前,给我叠被子。她一走到我的床前我的心就沉了下去。她掀开我的被子,撇着嘴回过头来,说,这样的床也能睡?你怎么今天又尿下了?你瞧你!满床画的地图,你胸怀祖国了,你还想放眼世界怎么的?

我说,表姐……

表姐扯下我的床单就往天井里跑,她拿出一根竹竿把我的床单挂起来,又用丫杈撑到阳光明媚之处,在风中如红旗一样迎风飘扬。我羞愧地站在一边,一动不动,表姐大声说,这么大的人了,还尿床,再尿天天给你拉出来晒!

表姐……我说。

灭顶之灾出现在眼前,这时候我听见有一小队人哼着

"北风(那个)吹雪花(那个)飘"走到了天井的门前。白毛女那张好看的脸极其残酷地出现在敞开的大门外头。我望着白毛女那张好看的脸,一样东西在胸中很缓慢地粉碎。她肯定什么都听见了。她肯定什么都知道了。我视而不见地望着门口,我的泪水如尿床的预感一样不可遏止。

整整一天我躺在没有床单的床上,整整一天我的耳边响着那架钢琴琐琐碎碎的反复。钢琴的音质原来是透凉的,我望着方格子棂外悠远的花骨朵儿,我的勇气与自尊在香气中悲惨地消解。我连续不断地梦见白毛女与我的母亲。我的梦中开始出现泪水的内容。

后来的一天,钢琴声再也没有了。但我坚信白毛女一定在那个铺满地板的大厅羽毛一样轻盈地舞蹈。我知道她肯定一个人在那里舞蹈,我渴望见到她和她的眼睛与胸脯。我独自站在天井,孤独地仰望着栀子花树背后的墙头,墙头上有几棵衰草的枯尸,在风中不语。

过了好几天,表姐回家,兴高采烈地说,他们完蛋啦,彻底完蛋啦。表姐说,那个老太婆原来是个反革命,揪出来啦,他们彻底完蛋啦!表姐痛快淋漓地说,看你还神气,这下你彻底和我一样了,你神气吧,哼!表姐的两只手叉在腰间,像女民兵一样英姿飒爽。

我不知道表姐说的是什么,但隐隐约约感到一种不妙。那个下雨的日子我终于鼓起勇气挨着墙角走了过去,我渴望能碰上白毛女但我又担心会遇上白毛女。隔壁的大门紧关着,上头上了一把特大号的铁锁。两张白纸条写着日期,"×"字形贴在大锁的上方,两张白纸条的尾部是两个鲜红的公章。

永别了,弹弓

从入学到小学毕业,陪伴我的是一把弹弓。那时候,弹弓不仅是我们的玩具,同时还是我们随身携带的武器。我的弹弓很高级,先说"丫"字形弓柄,我选用的是桑树枝杈,一边是笔直的,而另一侧则带有天然的弧度,握在手里有美不胜收之感。桑树有极好的韧性,硬挣而又极具弹性,这一来在瞄准的时候就可以把弹弓的弓柄握得很靠近,只在中间留下一段很小的距离,这对提高射击的精确性大有好处。而我的拉簧就更高级了,我的拉簧是赤脚医生那里用于打吊针的滴管,这种黄色的橡胶管有惊人的弹力,射出去的子弹呼呼生风。而我的子弹不是小石头,我精选了形状上佳的楝树果子,楝树的果子水分充足,沉甸甸的,在它击中生猪、耕牛、毛驴或山羊的时候,这些畜生们会平白无故地四蹄离地,像乒乓球那样一蹦多高,又一蹦多高。但是,它们的皮毛不会有外伤,只有绿色的汁液缓缓地流淌。我那把弹弓绝对是高科技的产物——所谓高科技,完全是材料,说得科学一点,就是最合适的材料用在最恰当的地方。

像我这个岁数的中国人有几个不知道弹弓的呢?在六十年代至七十年代,弹弓是中国大地上最普及、最常见的少儿玩具与少儿武器。在更多的时候,它不是玩具,而仅仅是武器。因为那时的教育是一种仇恨教育、警惕教育。我们每个人的心中都有警惕,都有仇恨。警惕什么?仇恨什么?我们不知道。但愈是不知道就愈是要教育,愈是要培养。有警惕与仇恨就必须有武器,全民皆兵,我们也是兵。红小兵没有钢枪,红小兵就必须有弹弓。我们整天把弹弓揣在口袋里,射击鸟类、家禽、家畜、电线,在放学的路上相互瞄准。

1984年,在美国洛杉矶,在23届奥林匹克运动会上,许海峰为我们中国赢得了第一枚奥运金牌。举国为之欢腾。许海峰是一个搞射击的,众所周知,他出色的基本功得益于少年时代的弹弓训练。弹弓、射击、奥运会、金牌、举国欢腾,这里头有它的内在逻辑。那一年我正在读大二,我真是羡慕许海峰。如果我们能有机会得到一把手枪,凭我们扎实的弹弓基础,把那枚金牌带回来的绝不可能只是许海峰一个。"枪杆子里面出政权",枪杆子里头同样出奥林匹克荣光。

我没有能成为许海峰,因为我"出事"了。第一件不算大——我在百无聊赖的日子里用弹弓射击了一位农民朋友家的老母鸡。母鸡正在觅食,我躲在墙角,用一颗楝树果子精确无比地击中它的脑袋,这只老母鸡突然张开了翅膀,斜着头,围着一个并不存在的圆圈不停地打转。我快活疯了,跟着它手舞足蹈起来。人一得意就得出事,我被老母鸡的主人当场逮住了,他把我交给了我的父亲。我的父亲用一种很古怪的方式收拾了我。他命令我写了一份检查书,当着我的同班同学,站在老母鸡主人的家门口大声宣读。那种羞耻真让我终生难忘。现在想来,从这件事情上我们至少可以正视三点：一、人之恶；二、羞耻感的被唤起；三、适当的外部力量。

但是，我想说，作为玩具，弹弓实在不能说是一样坏东西。真正的大事出在数月之后——事情的起因我可是一点都想不起来了，结果是极其可怕的，当时我正在教室里头，我用弹弓打坏了黑板上方人物肖像的眼睛。尽管我还是一个孩子，然而，在那个刹那，我懂得了什么叫大祸临头，什么叫魂飞魄散。谢天谢地，我的班主任王大怡老师取下了画像，同时没有声张。但那种"后怕"伴随了我很久。你只有真正恐惧过，你才能明白什么叫"后怕"。我扔掉了我的弹弓，再也没有摸过一次。某一种东西认定了它的武器性之后，即使是玩具，游戏的性质也只能是零。

今天是六一儿童节，我与妻子陪我的儿子到金鹰去买玩具，在满眼的玩具面前，我的儿子简直手足无措，高兴得像个贼。这是一种幸福的标志。他的幸福让我开心。我想起了我的童年与少年。那是一个没有玩具的年代，那是一个人之恶易于膨胀的年代，那还是一个最容易被恶所威胁的年代。儿童节是一个多么美好的日子，可我却想起了那把该死的弹弓。

我所接受的语文教育

回想起来,我所接受的语文教育既不是语言的教育,也不是文学的审美教育,而是意识形态教育。说得准确一点,是专制意识形态教育。我的语文教育的中心词只有一个:听话。这不是我毕飞宇的命运,而是整整一代人,甚至不止一代人的命运。

我的语文教育开始于1969年,启蒙老师是我的母亲。我的母亲花了整整一个学期带领我们喊"万岁"。这个"万岁",那个"万岁"。"万岁"铺成了我的语文教育的底色,"万岁"不只是我们的知识结构,也成了我们的情感方式。比方说,在我们高呼"万岁"的时候,不仅需要发音准确,而且要做到情声并茂。

如果让我给我们这一代人的语文教育打分,我不会打"0分",因为它不是"0分",而是负数。我之所以这样说,一点都没有故作惊人的意思。我们都有这样的体会,在接受了小学、中学的语文教育之后,我们不得不花上很大的力量再来一次自我教育和自我启蒙。

语文教育是复杂的,和算术、数学、物理、化学比较起来,语文教育对一个人的影响要巨大得多。在今天,我们业已建立了这样一个共识,语文教育不只是一个知识系谱,它同时具备了塑造心灵、建立人格以及培养审美趣味的功能。由于有了这样的功能,"无产阶级"才要格外地"占领"它。语文不只是字、词、句、语法与修辞,篇章与结构,语文暗含着受教育者的"质地"。

说起语文教育,当然就不能不提写作文。毫不夸张地说,那时候我的所有的作文里头没有一句我自己的话,没有一句真正属于毕飞宇内心的话。从小到大,我在作文方面得过数不清的小红旗与五角星,我成了一只快乐的鹦鹉。我意识到自己是一只鹦鹉的时候我已经是一个大学中文系的学生了。必须承认,直到那个时候我依然不会表达我自己,首先是勇气方面,然后才是技术问题。如何表达我自己,我必须从头来过。北岛说:"万岁 / 就他妈喊了一句 / 胡子长了出来。"在我自我启蒙的时候,舒婷这一代诗人成了我选择的教材。

这些年我注意到《北京文学》和《书屋》等刊物发表的有关语文教育方面的文章,许多文章都是从教材入手的,着重点是素质教育。我觉得我们谈素质教育一开始就出了大问题,"素质"?什么"素质"?是学舌的"素质","永远有理"的"素质",还是丰富自己、表达自己、尊重生命、尊重个体、合作共建的"素质"?"自己"是什么?"表达自己"又是什么?这个问题教师们不弄清楚,"素质"将永远是一笔糊涂账。

我对那些勇敢地质疑语文教材的朋友们心存钦佩,然而,质疑教材依然是不够的。在教学中,教材的重要性远远不及教师。一个连基本的人权都不尊重的教师,你还能对他手中的教材抱有多高的期望呢?我们不能要求教师都去做道德上的典范,这样的要求是反生活的,我们不在这个问题上啰唆。然而,一个语文教师起码是一个人道主义者,我认为这是一个底线,只有这样,教材的意义才会显示出来。

前些日子一家教育部门喊我过去,和语文老师座谈语文教育改革问题。集中起来说,我们讨论了三个话题:一、发言先举手。我不认为在语文课堂上发言要"先举手","得到同意"才能够"站起来"。语文教育第一要做的事情不是指导学生"举手",而是鼓励孩子们说话。学生的发言权必须得到尊重,任何人都有参与讨论的权利。否则,一个只会"听老师说"的学生,长大了只能"听领导说",听"权威说"。我们还是应当把课堂上的"举手"和一些特殊场合的"举手"区分开来,课堂毕竟不是迎宾室。二、启发式教育。启发式教育作为一种"教学法"我没有任何疑义,可是我觉得,现在的"启发式"变成了一个下流的东西。它通常是这样的:做教师的先有一个先验的结果,然后,慢慢地把同学们往一条单行线里头赶,最后一头扑到老师的怀里。"启发"只是"打开",而不是"诱导"和"诱供"。三、培养想象力。我觉得"培养想象力"是一个很荒谬的说法,想象力是一种天生的东西,它属于生命的本体,它与生俱来。一个与生俱来的东西要你"培养"做什么?你只要尊重它、爱护它就可以了。我们的老师们老是在那里谈论"培养"想象力,这只能反过来说明一个问题,孩子们的想象力已经被压抑多时了,甚至被扼杀了。

这三点是我对自己所接受过的"语文教育"的反思。我不是语文教育的行家,但是,我们这一代人所接受的语文教育可以说太失败了,这一点我有切肤的体验。我把我的三点意见说出来,求教于今天从事语文教学的老师们。

写满字的空间是美丽的

我的小学就读于一所乡村学校,而我的家就安置在那所学校里头。学校有一块操场,还有三面用土基围成的围墙。一到寒假和暑假,那块操场和三面围墙就成了我的私人笔记本了。我的手上整天拿着一只粗大的铁钉,那就是我的笔,我用这支笔把能写字的地方全写满了。有一次,我用一把大铁锹把我父亲的名字写在了大操场上,巨大的操场上只有我父亲的名字。父亲后来过来了,他从他的姓名上走过的过程中十分茫然地望着我。我大汗淋漓,心中充满了难以名状的兴奋与自豪。残阳夕照的时候,我端详着空荡荡的操场和孤零零的围墙,写满字的空间实在是妙不可言,看上去太美。

现在想来我的那些"作品"当然是狗屁不通的。但是,再狗屁不通,我依然认为那些日子是我最为珍贵的"高峰体验"。那些日子最大限度地满足了我的表达欲望,这种欲望至今没有泯灭。天底下没有比这样的日子更令人心花怒放和心安理得了,她自由,充满了表达的无限可能性;她没有功利色彩,一块大地,没有格子,好写最新最美的文字。

我在我的短篇小说《写字》里描写了这段生活,我写道:

"我的字越写越大,越写越放肆。我甚至用跑步这种方式来完成我的笔画了。整个夏季空无一人,我站在空旷的操场上,一地的汉字淹没了我。那些字大小不一,丑陋不堪,伴随了土地的伤痕和新翻的泥土。但是我痛快。我望着满地的疯话——心中充盈了夏日里的成就感,充盈了夏日黄昏里兼有痛感的喜悦。"

我还能在大地上写字、写作吗？我的内心还有那样的天真、纯粹、干净、安宁和舒展吗？我写的汉字还能那样情趣盎然、像小鸟一样毛茸茸地啾啾鸣唱吗？它们摞在一起组成句章之后,还能像积木那样散发出童话般的气息吗？和那个时候比较起来,我究竟是一个更好或更糟糕的作家吗？谁能告诉我？

听老太太聊天

我的父母1958年就到乡下去了,所以我出生在乡下。直到今天我依然认为我是个乡下人。

乡下最缺少的就是劳动力,男孩子长到七八岁就得给父母做下手了,或出入田间,或上锅下厨。老师们也常用李铁梅的唱词来增强我们的劳动观念:"好比说,爹爹挑担有千斤重,同学们也应该挑上(那)八百斤。"

然而我的父母都是教师,他们肩上的担子加起来也不到八十斤,我只能在寂寞之中游手闲荡。能够承受寂寞是心智健全的标志,可我却不行。我就和老太太们一起闲坐。老太太们三五成群地围在一起,手里头都有捻线砣这样的细活儿,只有有文化的人才会闲了两只手很高级地说话,老太太们没文化,只能边做边聊,无主题,前言不搭后语。她们所说的话题永远都是家长里短,也就是人情世故。由于她们的对话,村子里的每一个人在我的眼里都变得复杂起来了,生出了许多纵深。有一次她们说起了一个女人,说她"同"村支书了。说得极紧张,极神秘。"同"这个字被她们说得古怪得要命,弄得你不能不浮想联翩。我不得其解,只好走到女人的家门口,坐在地上,静静地看她。她终于被我看得很不放心了,便小声问我:"你看我做什么?"我只好站起来,一个人走掉。现在想起来那真是惊心动魄。我至今记得这个漂亮的乡村女人,她使我相信所有的中国人并不属于自己。我们永远生活在"被叙述"之中。我们生存的艰难程度往往等同于"被叙述"的精彩程度。就像《马桥词典》所展现的那样,人在骨子里都"生活在语言中"。

乡村的老太太大多不刷牙。她们上了岁数,嘴里就只剩下舌头了。她们用她们绵软的方式说一些无用的话。她们没有文化,然而生命本身给了她们许多东西,她们的话往往一针见血。只有没有牙齿干预的舌头才能有这样出色的功能。这同样使我想起了一句哲学大师的话:枝繁叶茂的树木从来都没有资格支撑庙堂。

老太太们性情各异。她们坐在那儿捻线砣或剥毛豆,然而,她们说话的方式区分了她们。人在说话的时候不知不觉地流露了自己,告知人们有关他的一切。人又何尝不是他自己的叙述方式呢?

村里头终于有一个妇女到县城住医院去了。她回到村里的时候胸脯上一边高,一边低。老太太们说,她被"割掉了一个"。我的母亲说,她得的是乳腺癌。但是老太太们不知道"乳腺癌",她们用最质朴的语言把那个可怜的女人所得的病说成了"奶子病"。那一次我终于插话了,正确地指出:"是乳腺癌!"直到这一天老太太们才放下手里的活儿,一起看我。也许此时此刻,她们才知道身边除了狗和猫之外,还有一个人。她们把我撵走了。是的,人长大了,你就再也没有资格去听别人评判生活了。你只能把耳朵捂上,把嘴巴闭上,然后,转过身去,睁开你的双眼。

我描写过的女人们

婉　怡

我没有见过我的奶奶,我的父亲也没有见过我的奶奶。1991年,当我动手写《叙事》的时候,我的内心涌动着的其实是"见一见奶奶"的愿望。想象力是无所不能的,这是人类智性的可贵处,我坚信依靠我的想象力我的奶奶能够在夜深人静的时刻靠近一下他的孙子。想象力同时又是一无所能的,因为想象力不及物,你不可能依靠想象力改变生活的基本格局。

我不可能知道奶奶的名字,我一厢情愿地认定了她老人家就叫"婉怡",我就觉得这两个字特别地像。有时候,姓名的字形或发音简直就是你的命运。我所描写的"婉怡"只有十七岁,这个年龄是我假定的,我坚信十七岁是女性的一生走向悲剧的可能年龄,十七岁也是女性一生中最薄弱的生命部分。那是一个夏季,这个季节是我特意安排的,如果一定要发生不幸,夏季一定会安静地等在那儿,像芭蕉巨大而又无力的叶片那样,不声不响地做悲剧的背景。婉怡的一生后来完全被战争搅乱了,她一个人离开了故土,飘零在波涛汹涌的大上海。

为了寻找"婉怡"她老人家,"我行走在大上海,我的心思空无一物地浩瀚,没有物质的纷乱如麻,数不尽的悲伤在繁杂的轮子之间四处飞动。我奶奶的头发被我的想象弄得一片花白,她老人家的三寸金莲日复一日丈量着这个东方都市。我在夜上海的南京路上通宵达旦地游荡,尽量多地呼吸我奶奶用惯的空气,我一次又一次地体验上海自来水里过浓的漂白粉气味,因为寻找,我学会了对自己的感受无微不至,十一天的游荡使我的体重下降了四公斤。感觉也死了。我拖着皮鞋,上海在我的脚下最终只成了一张地图,除了抽象的色彩,它一无所有。我相信了父亲的话,这个世界上没有上海。上海只是一张地图。它是真正意义上的地图,比例1:1,只有表层,永远失去了地貌意义"。

"婉怡"永远是我的谜,在命运面前,我的所有努力都是苍白无用的。可是有一点我坚信不疑,这个世界上一定有(或有过)这样一个可亲的女性,她是我的奶奶。我永远怀念、永远感谢这个我永远不能见面的女性。我愿意套用张爱玲女士的一句话:"在我死去的时候,她将会在我的血液里再死一次。"

筱 燕 秋

筱燕秋是《青衣》里的人物,一个青衣行当里的中年女性。我不喜欢这个女人,可是我一点也不恨她。筱燕秋是一个我必须面对的女人,对我个人而言,无视了筱燕秋,就是无视了生活。

每个人都渴望实现自己,然而,我看得最多的恰恰是心想事不成。我不知道我们的生活在哪儿出了问题,它似乎总是与你的意愿拧着来。面对这种"不成",解决的办法不外乎两种:一、在自己的内心"内部消化",所谓"想开一些","退一步海阔天空";二、一根筋,一条道走到黑。我注意到张艺谋的一些作品,他塑造得最多的似乎就是"一根筋"。贾平凹先生说,陕西人在气质上就属于"一根筋",所以我理解张艺谋的"一根筋",甚至赞赏他的那些"一根筋"。可是有一点我是不能同意的,秋菊们一个劲儿地要"说法",最后总能碰到"神仙显灵",了却心愿般地有了"说法"。生活里的"大多数"其实不是这样的,她们的命运正相反:你要说法,偏偏就不给你说法。

筱燕秋也是一根筋。遗憾的是,她没有遇上"神灵",她永远也不会有"说法"。这既是她的性格,也是她的命运。有一句话是这样说的,性格即命运。我还想补充一点,在某种时候,命运才是性格。在最后的失败准时正点地来临之后,她只能站在冬天的风里,向漫天的雪花抒发她无泪的哭。

如果我还算尊重生活的话,我必须说,在我的身边,在骨子里头,在生活的隐蔽处,筱燕秋无所不在。中国女性特有的韧性使她们在做出某种努力的时候,通身洋溢出无力回天还挣扎、到了黄河不死心的悲剧气氛。她们的那种抑制感,那种痛,那种不甘,实在是令人心碎。所以我要说,我不喜欢筱燕秋,不恨筱燕秋,我唯一能做的是面对筱燕秋。我面对,不是我勇敢,是她们就在我的身边,甚至弄不好,筱燕秋就是我自己。

慧　嫂

1995年的那一场意外使我在病床上躺了十六天。严格地说,《哺乳期的女人》就是在病床上的十六天里"写"出来的。慧嫂是《哺乳期的女人》里头那个年轻的、正在哺乳的母亲。我要说的是,我写的不是母亲、母爱,而是母性,母性的直觉,以及由这种直觉所带来的异乎寻常的、感人心脾的理解力。

我常说,人身上最具魅力的东西有三样:性格、智商、理解力。它们彼此关联,却又不能替代。理解力是重要的,许多时候,人们格外地热爱母亲,并不是母亲的付出,母亲的给予,是母亲对我们因为血肉相连而与生俱来的理解。"知子莫如父",其实只是用父亲做了一个例子,无论如何,母亲是撇不开的。想一想吧,还有什么样的痛苦能超过母亲的不理解、误解乃至曲解呢?我注意到一些征婚广告,许多男人都有这样的"要求",女方能"善解人意"。尽管做起来难,但是,作为男人,我想说,这个要求实在是合理的,一点都不过分。我不是男权主义者,我只是强调,男人和女人其实都是脆弱的,都有权渴望理解。

慧嫂的理解是针对五岁的男孩旺旺而去的。旺旺的父母挣钱去了,把他留在了乡下。对一个五岁的孩子、一个物质时代的孤独者来说,母性(未必是母亲)是他的天使。应当说,"慧嫂"也是我们的天使。不幸的是,她的理解力扑了一个空。取而代之的是禁忌、蛮横、画地为牢。一些优秀的女人在那里呼吁"女权",如果有一天,那些优秀的女人们开始捍卫"母权"了,我个人以为,在当今的中国,会有它超乎寻常的意义。对男人们来说,这又何尝不是一个容易忽略的问题呢?"女权"意味着平等与独立,而"母权"不只是这些,它更具备沟通、包容、合作与共建的现代意味。

我没有女儿,只有一个傻乎乎的、蛮不讲理的儿子。如果我有一个女儿的话,也许我会很自私。我不希望自己的女儿过分地理解别人。不管她未来面对的是她的同事、上级、手下、丈夫或公婆。出色的理解力会给她带来别人的赞许,然而,她的一生将永远背负着一种痛。理解力是一把多情的、绝情的双刃剑,它给别人送去了温暖,却总是给自己带来划痕。理解力尤其喜爱善良的女性,它在善良女性的内心嗜血成性。说到底理解力不来自于性格,不来自于智商,而来自你心底的善。

林 瑶

林瑶是小镇上的一个智障女人,也可以说,是一个"花痴"。她整天捧着琼瑶女士的书,给自己起名字,给自己谋划天上人间。她嫁给了同样智障的乡村青年阿木,他们一起生活在他们的梦里,如痴如醉。但是,人们不答应。在"正常人"的眼里,他们必须是人们的"小品"与"段子",一个逗哏,一个捧哏。他们有义务像春节联欢晚会上的赵本山与宋丹丹那样为人们"搞笑",如果你不搞笑,我们就有必要把你的老底全翻出来,让你吃不了全兜着走。

我在《阿木的婚事》里描写了这两个智障的青年男女。我的朋友批评过我,说我太残酷了。我承认我不是东西。但是,如果你目睹了一些人是怎样糟蹋我们的生活的话,我渴望有人告诉我,谁是东西?

我不想打扮我自己,把自己弄成一个布道者。可是我实在难以容忍人身上(包括我自己在内)极强的破坏欲。往小处说,如果大街上有一只气球,他拐弯抹角地一定要把它踩炸了;如果他偷一样东西而又偷不走,他宁可把它毁了他也不愿把它完整地留下来。往大处说,如果你刚过了两天正常的日子,他就要放幺蛾子,不把你弄得屁滚尿流就绝不撒手。我就想看一看,人的破坏欲对林瑶这样的女人会不会放过一马呢?答案是可疑的,可能会,但更可能不会。

作为一个智障的女人,新婚之后的林瑶开始走上了正常生活,但是,正常生活有时候是有罪的,因为它使我们失去了风景。没有风景怎么办?挖掘、布控、明察、暗访、调查、研究再加发明与创造。

还是让别人活得更好一些吧。如果你不能帮助别人,那么至少,不要千方百计地毁坏别人。德国哲学家马克思说:"只有解放全人类,无产阶级才能最终解放自己。"我没有马克思那样的胸襟,可是我明白,只有每个人都过上好日子了,自己才能够活好。

2008 读《德伯家的苔丝》

《德伯家的苔丝》是我年轻时最喜爱的作品之一,严格地说,小说只写了三个人物:一个天使,克莱尔;一个魔鬼,没落的公子哥德伯维尔;在天使与魔鬼之间,夹杂着一个美丽的、却又是无知的女子,苔丝。这个构架足以吸引人了,它拥有了小说的一切可能。我们可以把《德伯家的苔丝》理解成英国版的,或者说资产阶级版的《白毛女》:克莱尔、德伯维尔、苔丝就是大春、黄世仁和喜儿。故事的脉络似乎只能是这样:喜儿爱恋着大春,但黄世仁却霸占了喜儿,大春出走(参军),喜儿变成了白毛女,黄世仁被杀,白毛女重新回到了喜儿。后来的批评家们是这样概括《白毛女》的:旧社会使人变成鬼,新社会使鬼变成人。这个概括好,它不仅抓住了故事的全部,也使故事上升到了激动人心的"高度"。

但是,"高度"是多么地令人遗憾,有一个"八卦"的、婆婆妈妈的,却又是必然的问题,《白毛女》轻而易举地回避了。喜儿和大春最后怎么了?他们到底好了没有?喜儿还能不能在大春的面前劈叉?大春面对喜儿劈叉的大腿,究竟会是一个什么样的男人?

《德伯家的苔丝》之所以不是英国版的、资产阶级版的《白毛女》，说白了，是因为哈代选择了面对。哈代不肯把小说当作魔术：它没有让人变成鬼，也没有让鬼变成人——它一上来就抓住了人的"问题"，从头到尾。

人的什么问题？人的忠诚，人的罪恶，人的宽恕。

我要说，仅仅是人的忠诚、人的罪恶、人的宽恕依然是浅表的，人的忠诚、罪恶和宽恕如果不涉及生存的压力，它仅仅就是一个"高级"的问题，而不是一个"低级"的问题。对艺术家来说，只有"低级"的问题才是大问题。道理很简单，"高级"的问题是留给伟人的，伟人很少。"低级"的问题则属于我们"芸芸众生"，它是普世的，我们的每一个人都无法绕过去，这里头甚至也包括伟人。

苔丝的压力是钱。和喜儿一样，和刘姥姥一样，和拉斯蒂尼一样，和德米特里一样。为了钱，苔丝要走亲戚，故事开始了，由此不可收拾。

苔丝在出场的时候其实就是《红楼梦》里的刘姥姥。这个美丽的、单纯的、"闷骚"的"刘姥姥"到荣国府"打秋风"去了。"打秋风"向来不容易。我现在就要说到《红楼梦》里去了。我认为我们的"红学家"对刘姥姥这个人的关注是不够的，我以为刘姥姥这个形象是《红楼梦》最成功的形象之一。"黄学家"可以忽视她，"绿学家"也可以忽视她，但是，"红学家"不应该。刘姥姥是一个智者，除了对"大秤砣"这样的高科技产品有所隔阂，她一直是一个明白人，所谓"明白人"，就是她了解一切人情世故。刘姥姥不只是一个明白人，她还是一个有尊严的人——《红楼梦》里反反复复地写她老人家拽板儿衣服的"下摆",强调的正是她老人家的体面。就是这样一个明白人和体面人,为了把钱弄到手,她唯一能做的事情是什么?是糟践自己。她在太太小姐们(其实是一帮孩子)面前全力以赴地装疯卖傻,为了什么?为了让太太小姐们一乐。只有孩子们乐了,她的钱才能到手。

刘姥姥的傻是装出来的,是演戏,苔丝的傻——我们在这里叫单纯——是真的。刘姥姥的装傻令人心酸;而苔丝的真傻则叫人心疼。现在的问题是,这个真傻的、年轻版的刘姥姥"失贞"了。对比一下苔丝和喜儿的"失贞",我们立即可以得出这样的判断:喜儿的"失贞"是阶级问题,作者要说的重点不是喜儿,而是黄世仁,也就是黄世仁的"坏";苔丝的"失贞"却是一个个人的问题,作者要考察的是苔丝的命运。这个命运我们可以用苔丝的一句话来做总结:"我原谅了你,你(克莱尔,也失贞了)为什么就不能原谅我?"

是啊,都是"人",都是上帝的"孩子","我"原谅了"你","你"为什么就不能原谅"我"?问题究竟出在哪里?上帝那里,还是性别那里?性格那里,还是心地那里?在哪里呢?我想说的是,"人"的丰富性、复杂性、可阅读性,或者说生活的丰富性、复杂性、可阅读性,在这里一下子就拓宽了。

2008年5月10日,我完成了《推拿》。三天之后,也就是5月12日,汶川地震。因为地震,《推拿》的出版必须推迟。7月,我用了十多天的时间做了《推拿》的三稿。7月下旬,我拿起了《德伯家的苔丝》,天天读。即使在北京奥运会的日子里,我也没有放下它。我认准了我是第一次读它,我没有看刘翔先生跨栏,小说里的每一个字我都不肯放过。谢天谢地,我觉得我能够理解哈代了。在无数的深夜,我只有眼睛睁不开了才会放下《德伯家的苔丝》。我迷上了它。我迷上了苔丝,迷上了德伯维尔,迷上了克莱尔。

事实上,克莱尔最终"宽恕"了苔丝。他为什么要"宽恕"苔丝,老实说,哈代在这里让我失望。哈代让克莱尔说了这样的一句话:"这几年我吃了许多苦。"这能说明什么呢?"吃苦"可以使人宽容吗?这是书生气的。如果说,《德伯家的苔丝》有什么软肋的话,这里就是了吧。如果是我来写,我怎么办?老实说,我不知道。我的直觉是,克莱尔在"吃苦"的同时还会"做些"什么?他的内心不只是出了"物理"上的转换,而是有了"化学"上的反应。

——在现有的文本里,我一直觉得杀死德伯维尔的不是苔丝,而是苔丝背后的克莱尔。

在忠诚、罪恶和宽恕这几个问题面前,哈代的重点放在了宽恕上。这是一项知难而上的举动,这同时还是勇敢的举动和感人至深的举动。常识告诉我,无论是生活本身还是艺术上的展现,宽恕都是极其困难的。

我们可以做一个逆向的追寻:克莱尔的宽恕(虽然有遗憾)为什么那么感人?原因在于克莱尔不肯宽恕;克莱尔为什么不肯宽恕?原因在于克莱尔受到了太重的伤害;克莱尔为什么会受到太重的伤害?原因在于他对苔丝爱得太深;克莱尔为什么对苔丝爱得那么深?原因在于苔丝太迷人;苔丝怎么个太迷人呢?问题到了这里就进入了死胡同,唯一的解释是:哈代的能力太出色,他"写得"太好。

如果你有足够的耐心,你从《德伯家的苔丝》的第十六章开始读起,一直读到第三十三章,差不多是《德伯家的苔丝》三分之一的篇幅——这里所描绘的是英国中部的乡下,也就是奶场。就在这十七章里头,我们将看到哈代——作为一个伟大小说家——的全部秘密,这么说吧,在我阅读这个部分的过程中,我的书房里始终洋溢着干草、新鲜牛粪和新鲜牛奶的气味。哈代事无巨细,他耐着性子,一样一样地写:苔丝如何去挤奶,苔丝如何把她的面庞贴在奶牛的腹部,苔丝如何笨拙,如何怀春,如何闷骚,如何不知所措。如此这般,苔丝的形象伴随着她的劳动一点一点地建立起来了。

哈代能写好奶场,哈代能写好奶牛,哈代能写好挤奶,哈代能写好做奶酪。谁在奶场?谁和奶牛在一起?谁在挤奶?谁在做奶酪?苔丝。这一来,闪闪发光的还能是谁呢?只能是苔丝。苔丝是一个动词,一个"及物动词",而不是一个"不及物动词"。所有的秘诀就在这里。我见到了苔丝,我闻到了她馥郁的体香,我知道她的心,我爱上了她,"想"她。毕飞宇深深地爱上了苔丝,克莱尔为什么不?这就是小说的"逻辑"。

必须承认,经历过现代主义的洗礼,我现在迷恋的是古典主义的那一套。现代主义在意的是"有意味的形式",古典主义讲究的则是"可以感知的形式"。

2008年12月24日,平安夜,这个物质癫狂的时刻,我已经有了足够的"意味",我多么地在意"可以感知的形式"。窗外没有大雪,可我渴望得到一只红袜子,红袜子里头有我渴望的东西:一双鞋垫——纯粹的、古典主义的手工品。它的一针一线都联动着劳动者的呼吸,我能看见面料上的汗渍、泪痕、牙齿印以及风干了的唾沫星。(如果)我得到了它,我一定心满意足;我会在心底喟叹:古典主义实在是货真价实!

青春和病

中国历史的生命史是颠倒的,先老年,后中年,再青春。一句话,中国人越活越年轻。这不是我的发明。早在1900年,激情四溢的梁启超就曾站在本世纪的地平线上这样"一言以断之曰,欧洲列邦在今日为壮年国,而我中国在今日为少年国"。我们先把梁启超的一腔热血放在一边。我注意到,在一些人文著作中,中国的知识精英们一到了晚明突然变得天真起来了,灿烂起来了,澄澈而又灵动,飘逸而又自主,让我们看了都难受,我怎么就没有生在晚明的呢?当然,论述者并没有忘记补充,晚明文人的这种变化原因有二:一是专制,二是文人"自我意识"的觉醒与膨胀。其实,封建史数千年,专制何处没有?何时没有?关键是文人们自己醒了,像亚当偷吃了禁果那样,铛的一下,眼睛亮了。我产生了这样一种印象,嘉靖、隆庆之后的"我大明"不是中国文人的"孩提"就是中国文人的"青春"。晚明的文人成了中国史上的新人类, 玩儿的就是心跳,玩儿的就是"酷",他们在晚明这条小路上来了一次大撒把。天真多好,灿烂多好,孩提幸福,青春万岁。只要别做李卓吾,杀头可不是碗大的疤,只要别做徐青藤,捣碎自己的睾丸有点疼。做一做纨绔子弟张宗子就不错,有精舍、美婢、娈童、鲜衣、美馔、骏马、华灯相伴,夫复何求?张大复也行,一潭水,一庭花,一枕梦,一爱妾,一片石,一轮月,逍遥三十年,实在无聊了,就弄点病生生,反正闲着也是闲着。明代好哇,它"觉醒"了,勃起了,它是中国文人的青春期。这一点逻辑上倒是说得过去,如果说,1900年的"我中国"是"少年国",那么,按照颠倒的逻辑,三百年前的"我大明"不是中国人的第一次梦遗又是什么?晚明的文人天真烂漫,童趣盎然,通体透亮,"一片冰心在玉壶"。

当然,我们并没有说梁启超的激情业已构成后人修史的逻辑依据,事实上,我们的论述和梁启超的话题并没有多大关联。必须承认的是,后人们从晚明的背影里看到了天真,自然有其合理的因素。比方说,晚明的文人就有一张中国史上特别生动的脸。关于中国文人的脸,年不满四十的韩愈有过一番自我描摹:"而发苍苍,而视茫茫,而齿牙动摇。"这句话是经典性的,差不多成了中国知识分子面部表情的大写真。但是晚明的人们不。又是"本色"(徐青藤),又是"童心"(李卓吾),又是"性灵"(袁中郎),又是"主情"(汤义仍)。

但是我不相信。我只相信用"木马计"攻克了特洛伊城的古希腊人是天真的,是童趣盎然的,一个稚拙得居然把儿戏当作"计谋"的民族,再怎么自赏自己的"刁滑",它也只能是稚拙的。同样,一个在儒、道、墨、法、释的大酱缸里浸沤了数千年的民族,到了它的末世突然羞答答地做起了稚拙状,这就和八十八岁的老太太剃起了童花头差不多了。与其说晚明的文人是天真的,毋宁说是表演天真,或曰,对天真的一次恶性戏仿。对任何人,我们不能听他们说什么我们就信什么。所以,面对历史,我们必须鼓起这样的勇气:一、以小人之心度君子之腹;二、先小人,后君子。只有这样,我们才能从最基础的层面上入手,完整而活泼地把握"人"的命脉。我不相信晚明文人的天真。我不相信他们的本色、童心、性灵、个体生命意识的觉醒。他们重复一万遍我也不信。他们比任何人都老于世故。他们的天真、本色、童心、性灵、个体生命意识的觉醒,其情态只是最成熟男人的酒后佯狂、装疯作傻、依疯作邪。直言之,是晚明的文人病了。只不过病得太久,病的人太多,他们就拿这种病当了常态。在病中,他们抓住了两项极为"个人"、极为"身体"的集体项目:一是酒,二是性。当酩酊与高潮来临的时候,他们迸发出了汪洋恣肆的生命动态,迸发出了灿烂绚丽的瞬时感觉,我想,不少人惊呼中国人的"个体生命意识"在晚明的文人身上业已"觉醒",或许就原始于此。

幸好我们有比照。在欧洲,文艺复兴差不多可以看成"人"的一次大觉醒、大解放了。"个体生命意识"在那个"产生和需要巨人"的时代得到了空前的大提升。晚明到底是不是我们的文艺复兴,我们不去做这种无聊的辨析。然而,要使我们的"个体生命意识""觉醒"起来,以下三点是最为基本的:一、人本精神;二、"人"对未来的强烈希望;三、"人"对个体生命的坚定自信。晚明的文人生活在末世感与卑微感的双重阴影下面,借助酒与性进行了一次集体自残与集体自戕,硬把一个(或一群)自我放逐、自残与自戕的人说成"觉醒",听上去简直是挖苦。文艺复兴为我们人类留下了这样一个诗意盎然的定义:"宇宙的精华,万物的灵长。"定义者是伟大的莎士比亚。晚明文人眼里的"人"又是怎样一副暗淡呢?费振钟在他的《末世幽默》中曾有一段深刻的评说:"人在历史强力面前,是那样的微不足道,这种人与生存世界之间的巨大反差,张岱在他写于崇祯五年十二月的《湖心亭看雪》笔记中,比喻得十分清楚,那种借着自然的广大无垠而把人在其中戏为'两三粒而已'的黯然,正是人生之渺小情态的流露。"人只有"两三粒",还"而已",晚明文人的关于"人"的伤叹,由此可见一斑。还是让我来引用费振钟的另一段话吧:"明代文人在试图从理学突围出来的过程中找不到宽阔的出路,于是只能退回到内心方寸之地讨生活。"因此明代文人,在思想识度上往往一味局限在一己性情范围内,认识自我生活的自由意义,这样他们的个性就越来越走向内在化、趣味化,他们也可能会旷达,但是这种旷达,不是从更加无所畏惧的精神自由的意义上表现出来的生存境界,而是在拒绝外在拘束的借口下,对身外世界的冷淡和疏离,也就是明代文人所谓的个人身心到了"极无烟火处"。此言极是。也许,晚明文人的真正觉醒,只是看到了一点:"人"已不再是自身的目的,只是自己的工具,甚至玩具,如是而已。

晚明文人并没有给我们带来觉醒。那么现在,我们也许该真的来谈一谈专制了。应当说,晚明文人的非常态,专制是导致这种非常态的原因之一,这一点我原则上不反对。但是,我似乎又不能同意。封建文人果真就那么反感与惧怕专制吗?我看倒是未必。别的不说,仅仅一部中国文学史,就有相当一部分是"没做稳奴隶"的长吁短叹。常识告诉我们,历朝历代的文人真正惧怕的可能倒不是专制,而是失去了被专制的机遇与身份。他们最恐慌的是被专制所遗忘、所埋没,说得文气一点,是"英俊沉下僚",这才合于封建伦理与封建文化。可以认定,封建时代并无制度关怀,所关注的唯有帝统与宗法。一部《桃花扇》已经极其戏剧化地说明了这个问题。只要是正统的"天子",他们就必须和乐于服从(效忠、规劝、死谏),不正统的则与贼无异,事之则豕狗不如。封建文人从来就没有反抗封建文化的使命,相反,封建文人最大的天命就是维护这种文化,最重要的当然就是帝统的正宗性。而我认为,明代文人的整体堕落,正是维护这种正宗性的全面失败。

说起"帝统",我们就不能不涉及大明帝国的那些"天子"了。无论从"宗法"还是从"道统"加以考察,明代的帝系都堪称中国历史上的搅屎棍。混乱的"宗法"给明代的文人投下了极其巨大的阴影。先是四年"靖难"。尽管胡适先生说,成祖朱棣的流氓行为"最像他的老子",但是,成祖的皇位毕竟是从他的侄儿手中抢得的,不是大行皇帝的指派,这无疑就注定了方孝孺的非命。接下来就是英宗朱祁镇与代宗朱祁钰哥俩又上演了中国历史上唯一的一次"复辟"戏,这一回死去的是于谦他们。再接下来就是旷日持久的嘉靖的"大礼仪"闹剧了。在这些周而复始而又旷日持久的混乱当中,我们到底看到了什么呢?从明代献出了包括方孝孺、铁铉、陈笛、史景清、于谦、王相等人在内的上千颗脑袋上,我们看到了明代文人维护"帝系"的纯洁性比维护性命更加顽固的决心。明代"宗法"的大混乱,对明代的文人来说,其影响远远超出了我们的估计。但是,这一切并不致命。对明代文人构成致命一击的,不只在混乱的"宗法",而在"道统"的大崩。朱家父子们把大明帝国当成了世界上最大的一座妓院,他们在这座妓院里不仅当上了首席嫖客,他们甚至兼起了吧台掌柜、流行歌手、戏子、蛐蛐赌徒、虐待狂、受虐狂、木匠修理工、春药的义务试验员,游龙戏凤、游凤戏蛇。在他们被女人掏空了身躯之后,他们被没有睾丸的男人扶回了大内,用静心"斋醮"来打发他们的不朝期。于是,从此君王去斋醮,三十八年不上朝。这时的大明帝国,真是问茫茫大地,还有几许祥瑞,看浩浩苍天,尚存一穸青词。有一个细节我们是不该忽视的,当皇觉寺的出家和尚朱重八做了大明帝国的开国皇帝之后,他的子孙们并没有把他们的热情过多地给予佛教,相反,却对道教如醉如痴。明世宗对方术、青词、斋醮的执迷说明了这样一个基本事实:朱元璋的子孙们对佛家的"普度众生",虚弱到哪怕连"做秀"的热情与力气都没有了。他们舍弃了"我不下地狱谁下地狱"的佛家精神,急着想要的却是"我不成仙谁成仙"的道家精髓。其实,所谓"道教",说穿了只不过是他们枕边不可或缺的一粒"伟哥"。这一来问题终于出来了,"道统"的大崩,直接造成了这样一种局面,即"天子"的专制改变了形式(本质当然还是一样的),直接面对晚明文人的,是斋醮票友(如严嵩)的专制,是锦衣卫的专制,是阉人"二姨妈"(如魏忠贤)的专制,一句话,是奴才的专制。人主的专制固然是可怕的,而奴才的专制却更为恐怖。也就是说,令晚明文人们真正汗不敢出的,绝不止主子,更多的是奴才。同时,这种奴才的专制也使晚明的文人们一下子失去了人生的目标与意义。晚明文人们真正绝望了。除了狂、痴、癫、疯、病,晚明的文人们看不到任何终极意义,看到的只是终点,也就是末世。概之,晚明文人的病,既不来自于君主专制,更不是什么"觉醒"。而是第一,因"宗法"的混乱所带来的极度恐惧,第二,因"道统"的大崩而形成的彻底绝望。这二者构成了晚明文人身上浓郁的、挥之不去的"世纪末"状态,也就是狂放的玩世不恭。

狂放的玩世直接导致了这样一个恶果,他们使整个明代社会失去了最有力的增长点。知识分子的堕落才是一个社会彻底的和最后的堕落。堕落的标志是对真正的"人"的"零度"冷漠。有人说,如果满人不入关,晚明会"自然而然"地把我们的历史带向近代。事实上,在徐渭击碎了他的睾丸之后,整个晚明还有什么可供我们击碎?当吴三桂打开山海关的时候,清兵以百米冲刺般的速度踏进了大明的紫禁城。这不是一场战争,它充其量只是一次权力交接的仪式。它的意义恰恰是把奄奄一息的专制交给了精力充沛的专制。

封建文人的最大理想依然是"做稳奴隶",说到"人"的"觉醒",只能是"五四"之后,尽管"'五四'提出的问题,直到现在还没有解决"(于光远)。只有真正的"觉醒",真正意识到"专制"作为"制度"的残酷,人才有"类"的意义,人的所有努力才称得上现代性。在此意义上,我赞美伟大的预言家梁启超,尽管他后来又忙着保皇去了。

记忆是不可靠的

《文学与记忆》是一个好题目,说它好,是因为写作和记忆有着特别微妙的关系。那么,我的写作和记忆的关系是什么呢?那就是:我不相信记忆这个东西。"不相信"就是我的写作与我的记忆之间的关系。我一直以为,记忆是动态的,充满了不确定性。这种动态或不确定使记忆本身带上了戏剧性,也就是说,带有浓重的文学色彩。就在前几天,我在电视上看到了一个专题,是关于安徒生的,安徒生写了一本自己的传记,可是,后来的研究者发现,安徒生的传记几乎没有真实的内容,从伦理意义上说,全是谎言。指责安徒生撒谎太容易了,也太无趣了,现在的问题是,安徒生为什么在处理自己记忆的时候,呈现出如此巨大的复杂性?

谈安徒生有点遥远了,也许不能说明问题,我还是来说我自己吧,我和我自己的记忆。

我在初中一年级的时候,和班里的一位同学打了一次架。关于男人的打架,我们在酒席上时常听说。我不知道大家注意过没有,许多人在叙述自己打架的时候都要在前面做一点补充,补充什么呢?——先说明被打的那个家伙不是东西,该打。我也是这么干的,我一次又一次地告诉大家,我的这个行为是正当的。其实,在打架之后,我的父亲让我脸面失尽,可我从来不说我被父亲修理这个事情。——这就涉及我要说的第一个问题,面对记忆,我们时常会做道德上的修正。这种修正是不自觉的,道德上的需要一下子就使我们的记忆变形了。记忆是利己的,它不可能具备春秋笔法,它做不到不虚美、不掩恶。记忆最大限度地体现了人类的利己原则,这是人性的特征之一。

记忆不只是自利,在道德上做不自觉的修正,它还有第二个特征,那就是美学化倾向。我还是说我初中阶段的那次打架吧,这件事我说过许多次,我发现,每一次叙述我都要添加一点东西,说到最后,我快把我自己说成金庸小说里的武功高手了。这是一个逐步演变的过程,我的故事被我越说越精彩,戏剧性越来越强,我为什么要这样呢?我不知道,你不能轻易地批评我撒谎,在主观上,我没有撒谎的企图。我只想说,记忆一旦遇到当事人的叙述,它就会脱离事态的真相,离虚构越来越近。虚构又何尝不是人性的特征之一呢?

所以,记忆的特征和文学的特征有相似性,记忆一旦偏离了它的正常轨道,离不开人性的外部处境,有时候,让记忆偏离轨道,也许正是我们内心的一点需要,这需要其实挺可怜的,它有没有抵抗的意思呢?它是不是也构成了当事人与现实的关系?我不知道。

我还要说一件事。我的少年时代是在六十年代的苏北乡村度过的,家里非常穷。草房里只有两张床,一张是我的两个姐姐合用的,一张是我的父母和我合用的。许多夜晚,我的父母都要坐在床上,悄悄地谈他们过去的生活。我就躺在他们身边,听他们说。他们谈的是生活,没错,是生活,可是,关于生活,我的眼里有一个完整的概念,那就是六十年代的苏北乡村。——生活怎么还会有另外一副样子的呢?就在我父母的嘴里,它一样很现实。一方面是我父母的叙述,另一方面是我的真实体验,问题来了,关于生活,我的记忆呈现出了分裂的局面。我想说,我父母所描述的那个"生活"我从来没有参与过,可是我有一个顽固的认识,在我的记忆中,"我家"的生活就是我的父母所叙述的那个样子,而不是六十年代的苏北乡村。这就是我关于"家"的记忆,这里的分裂是惊人的。有一句话我不知道正确不正确,对于写小说的人来说,记忆的分裂是一件好事情,真实记忆与虚拟记忆之间能够产生张力,彼此形成一种互动,最终产生出化学反应。内心的生动性和饱满程度也许就是由记忆的分裂性带来的。

想起来了,刚才有一位老师提到了余华的一句话,余华说:"一个记忆回来了。"他觉得一个记忆"回来了"这个说法他不能理解,还提出了不同的看法。我不能同意这位老师的话。"一个记忆回来了",这其实不难理解,余华是对的。

要理解一个记忆的"回来",就必须回顾我们的历史。我们都知道,上个世纪的八十年代,我们的文学经历过一个特别的时期,我们把那个时期的文学叫作"先锋文学"。先锋文学有两个最显著的特征,也就是历史虚构和现实虚构。这两个虚构又有一个共同的背景,那就是西方:既有西方的观念,也有西方的方法。无论是历史虚构还是现实虚构,和我们的本土关系其实都不大。换句话说,先锋小说是"失忆"的小说。

但是，文学的发展脉络说明了一件事：慢慢地，中国的作家似乎渴望脱离西方了，中国作家的眼睛睁开了，渴望看一看"我们自己"所走过的路。这是本土意识的回归，在这个前提下，余华说，"一个记忆回来了"。这个"回来"是针对"失忆"的，它改变了当代文学的走向，我们的文学有效地偏离了西方，越来越多地涉及我们的本土，我们的记忆里终于有了我们的瞳孔、脚后跟、脚尖。拥有瞳孔、脚后跟和脚尖的记忆和完全彻底的虚构，这里头有本质的区别。这也不是一两个作家的事，本土化和现实感，许多作家都在进行这样的努力。——记忆可靠不可靠是一回事，回来和不回来则是另外的一回事。

关于记忆的不可靠，我还想就这个问题再进一步谈谈。

我们都还年轻，还要继续写，换句话说，我们"现在进行的记忆"必将对我们未来的写作产生重大的影响，我们今天生产出什么样的记忆，决定了我们明天的走向，这是一个重要的问题。

大家都看电视新闻，我们每天都要看许许多多的"真实"的消息，事实上，那些真实的事件无一不是被镜头处理过的，还有播音员的讲解。面对实物，我们时常会忽略一件事，那就是我们的机位时时刻刻在做"推、拉、摇、移"，不能小看这个"推、拉、摇、移"，它是怪异的，它使同一个实体和同一个事件千姿百态起来了。我们的记忆比镜头复杂多了，它当然也有它的"推、拉、摇、移"，这说明了一个事实，记录或记忆只能有一个命运，那就是千姿百态。

为了获取最有效的记忆,我们就不能依赖"推、拉、摇、移",我们就要有更多的分析、比较,我们就不能过分信任我们的情感,更何况我们自身还有那么多的局限、偏见与狭隘。当然,这样一来我们的记忆离"记忆本身"反而更远了,这也是可能的。可是,从理论上说,我特别渴望自己的记忆能和外部的世界建立起这样一种关系,也就是1∶1的关系。这有点过于理想了,但是,我还是想说,1∶1的关系有助于我们更加聚焦、更加深入地切入人生,我一直一厢情愿地认为,如果我们的胸怀更阔大一些,内心更柔软一些,我们记忆的变形将会小一些。谢谢大家。

作家身份、普世价值与喇叭裤

　　我对作家的身份一直比较木然,对中国作家的身份也一样。一个写作的人,没事的时候谁会去琢磨这个呢。但是,一个偶然的机会,我和许多国家的作家走在了一起,我的英语很烂(当然,比余华要好一点点),外国作家的话我一点也听不懂,但我还是听出头绪来了,有一个词大家重复得特别地多。我回过头来查了一下电子字典,那个词是"身份"。在后来的聚会中,慢慢地我又听出头绪来了,说"身份"这个词的作家有一个共同的特征,他们大多来自亚、非、拉,也就是第三世界作家。过了几天,借助于朋友的帮助,我和一位来自非洲的女作家聊了起来,她是用法语写作的,但是,在生活中,她几乎不用法语,她和她的家人一直都在用她的本土语言。说起她的本土语言,这位非洲女作家的肢体动作就非常夸张,载歌载舞的,说她的本土语言是多么的美。

　　一个人对本土语言的喜爱是不难理解的,这其中牵扯到她的开口说话,她的成长,她的发育,她内心的千头万绪,她骨子里的秘密。然而,这位非洲作家的本土语言早就遭到了侵犯,覆盖面其实很有限了,到了写作的时候,她只能放弃她的本土语言,用起了法语,否则她的书就没几个人去看。法语其实已经是她的生存技能了,为了写下去,活下去,她不得不这么做。——到最后,在写作的过程中,她把她自己写成了"他者"。她的写作只是做了这样的一件事:我不是我,我是你。在非洲和拉美,许许多多的作家都是这样,因为殖民地的缘故,他们写作时的"第一语言"不是他们的母语,我猜想他们都有些特别的感触,所以,他们格外在意"身份",这是一种痛,这件事的代价是巨大的。

中国也曾经是殖民地,不过,幸运的是,在殖民的过程中,我们的汉语一直被保留下来,这个不难理解,这个我们是占了人多、地大的便宜。殖民者要想改变中国人的语言,他出不起这个教育成本,汉语被语言殖民的成本实在是太高了,所以,中国作家和其他第三世界的作家比较起来,是幸运的,我们至今都可以用汉语写作,我们一直保留了汉语作家的身份。

但是,我们能不能说,一个书写者只要用他的母语写作就一定不会成为"他者"呢?我看也不一定。外部的力量可以使一个写作者成为"他者",内部的力量也一样可以。我们可以看到这样一个基本事实:中国的作家一直处在价值分离的窘境之中,这个价值分离就是普世价值与核心价值的分离。这是中国作家需要付出的代价。相当长的时间之内,我们一直处在核心价值里头,远的不说,五十年代之后,我们的写作其实是在某种核心处境之下的写作,这是具有中国特色的。后来的情况有了改变,有人说,我们的处境已经完全改变了,进入经济中心时代之后,我们已经是在经济价值为核心价值的处境下写作了。对此我是怀疑的。不管怎么说,普世价值与具有中国特色的核心价值是分离的,这是一个基本事实。

为了把这件事说好,我要讲一个故事,故事发生在我的少年时代。那时候中国的大地上刚刚时兴喇叭裤。有一天,在一条船上,一个穿着喇叭裤的年轻人上船了,另一个没穿喇叭裤的小伙子就和穿着喇叭裤的小伙子对视。我在这里要补充一下,在我的家乡,民风相当彪悍,两个男人的目光对峙,往往会有意想不到的后果。那一天的情况正是这样,那个没穿喇叭裤的小伙子站起来了,抽了穿喇叭裤的小伙子一大嘴巴。穿喇叭裤的小伙子问:"你为什么要打我?"没穿喇叭裤的小伙子说:"我看不惯你的裤子。"就因为这个,穿喇叭裤的小伙子和没穿喇叭裤的小伙子打起来了。打完了,船舱里七嘴八舌,人们开始讨论这件事。有意思的事情就发生在这里,我发现人们讨论的是那个穿喇叭裤的小伙子该不该穿喇叭裤,而没有涉及那个没穿喇叭裤的小伙子该不该打人。话说到这里就简单了,人不可以打人,这是一个普世价值,我们恰恰把它忽视了。忽视普世价值,过分热衷于特殊的核心价值,也许这就是我们的一个基本形态。普世价值是什么?我认为并不复杂,其实就是每一个人的心中所固有的,是全人类的本能,而不是时代的本能,或民族的本能。认同普世价值,而不只是特殊价值,这就需要中国作家拥有自由的、独立的身份。否则,写来写去,你依然是"他者"。从这个意义上说,中国的文学真正融入这个世界,我们还有很长的路要走。

《推拿》的一点题外话

我出生于六十年代的苏北乡村,在六十年代的中国乡村,存在着大量的残疾人。

我注意过知青作家的作品,在他们的作品中,人物的名字很有特点,经常出现二拐子、三瞎子、四呆子、五哑巴、六瘫子这样的人物。这不是知青作家的刻意编造,在我的生活中,我就认识许多的三瞎子和五哑巴。

我对残疾人一直害怕,祖上的教导是这样的:"瘸狠、瞎坏、哑巴毒。"祖上的教导往往凝聚着民间的智慧。"瘸"为什么狠?他行动不便,被人欺负了他追不上——这一来"瘸"就有了积怨,一旦被他抓住,他会往死里打;"瞎坏"的"坏"指的是心眼,"瞎"为什么坏?他行动不便,被人欺负了也不知道是谁——这一来他对所有的"他者"就有了敌意,他是仇视"他者"的,动不动就在暗地里给人吃苦头;哑巴为什么"毒"呢?他行动是方便的,可他一样被人欺负,他从四周围狰狞的、变形的笑容知道了自己的处境,他是卑琐的,经常被人"挤对",经常被人"开涮",他知道,却不明白——这一来他的报复心就格外地重。我并没有专门研究过残疾人的心理,不过我可以肯定,那个时候的残疾人大多有严重的心理疾病,他们的心是高度扭曲的和高度畸形的。

他们的心是被他人扭曲的,同时也是被自己扭曲的。

在六十年代的中国乡村,人道主义的最高体现就是人没有被饿死、人没有被冻死——如果还有所谓的人道主义的话。没有人知道尊严是什么、尊重是什么。没有尊严和尊重不要紧,要紧的是要有娱乐。娱乐什么呢?娱乐残疾人。最直接的方式就是取笑和模仿——还是说出来吧,我至今还能模仿不同种类的残疾人,这已经成了我成长的胎记。

我们都知道著名的小品演员赵本山,他的早期的代表作之一就是模仿盲人。他足以乱真的表演给九百六十万平方公里的大地送来了欢乐。我可以肯定,赵本山的那出小品不是他的"创作",是他成长道路上一个黑色的环节。

我要说的是,在六十年代的中国乡村,每个乡村不仅有自己的残疾人,还有自己的赵本山。不可思议的是,这些"赵本山"不是健全人,而是残疾人。我的父亲、母亲,我的两个姐姐,包括我本人,至今还记得一位这样的盲人,他叫"老大朱"。为了取悦村子里的父老乡亲,他练就了一身过人的本领,比方说,他的耳朵会动,比方说,他会学狗叫、猫叫、驴叫,他还能模仿瘸子走路。只要有人对他吆喝:"瞎子,来一个。"他就会来一个。请允许我这样说,他的生活是"牛马不如"的。在夏天,他几乎每一天都能吃上肉——所谓肉,是酱碗里白花花的蛆。我曾亲眼看见老大朱把那些白花花的蛆虫送进自己的口腔,一边吃,一边对我们这些围观的孩子说:"好吃!你们吃不吃?"

老大朱没有门牙,他的两颗门牙一定是被一棵树或一堵墙夺走了。但是老大朱喜欢咧着嘴,他在任何一个地方都要露出疑似的、没有门牙的笑容。当他伫立在巷口或猪圈旁边的时候,乡村快乐的时光就来了,人们会把手指、树枝、鸡毛,甚至尖辣椒塞到他的牙缝里去,老大朱强颜欢笑,所有的人都可以透过他门牙上的豁口看见他愤怒的、无可奈何的舌尖——我们的笑声欢天喜地。

我阅读过一些分析我们"民族性"的书籍和文章,在那些书籍和文章里,虽然观点不尽相同,但是,有一点又是一样的,他们说,中华民族之所以能够"屹立"在东方,和我们这个民族"苦中作乐"的精神是分不开的。当然,相应的小说我也读过。什么是"苦中作乐"的精神呢?我想我知道。它的本质是作践,作践自己,并作践他人。

写到这里我必须要说《阿Q正传》。我想知道的是,鲁迅先生在写《阿Q正传》之前他想了些什么?作为一个乡下长大的孩子,他看见了什么?他的体会是什么?在他长大之后,他对他的"童年记忆"作了怎样的回溯与规整?这些我都想知道。阿Q无疑是中国民间"苦中作乐"的杰出代表,他的面容是模糊的,鲁迅先生用Q这个英文字母只给了一个背影——这是一个中年的男人,因为缺钙,他的脑袋硕大无朋,因为营养不良,他的小辫子相当地枯瘦,一小撮黄毛而已。我相信鲁迅先生先确认了阿Q这个名字之后一定经历了一番振奋,他摩拳擦掌了。他看到了一个民族的背影,也可能是一个民族"时代"的背影。

我并不认为阿Q和他的"未庄"人是麻木的,阿Q们不是麻木,"演员"是明白的,看客也是明白的,这明白就是将所有的"脸面"一把撕碎,然后,"难言之隐,一笑了之"。阿Q们仅有的一点偏执是将娱乐进行到底。

> 瓦尼亚将身坐在沙发
> 酒瓶酒杯手中拿
> 他还没有倒满半杯酒
> 就叫人去请卡金卡

这是俄罗斯的民歌,柴可夫斯基把它的旋律借用过来了,写成了《如歌的行板》。我想说,优美的、忧伤的《如歌的行板》里有一种精神,这精神才是苦中作乐。阿Q们的则不是。道理很简单,苦中作乐里头有人的尊严,它包含了自尊、帮助、友善和有所顾忌;而阿Q们的逻辑则是这样:我就不是人!我就不要脸!即使要,那也是虚荣,与尊严无涉。

但鲁迅终究是怀有希望的,他认准了阿Q们依然喜爱一点体面,为此,他不惜"用了曲笔",他在阿Q的坟头上"放了一个花环"。这个花环就是阿Q的画押,他要把那个"圆"画圆了,并放在自己的坟头。这是一个人最后的、莫须有的体面,也叫尊严。

我如此的在意尊严是在这些年和残疾人朋友的相处之后。我不是先知,但是,因为长期的相处,他们的"行为"使我意识到了一个问题,尊严的问题不再是一个可有可无的问题,在中国,它几乎是一个社会问题,是的,一个社会问题。

我不能说我们这个民族仇视尊严,我只想说,在我们这个时代,尊严是严重缺失了。我不知道人的"终极问题"是什么,但是,如果"人"从"尊严"的旁边绕过去,那一定是一条不归路——在今天的中国,如果还有一群人、一类人在讲究尊严的话,那一群、那一类是残疾人。大多数人,当然也包括我自己在内,我们精神上唯一的向度是"利润"。在利润面前,我们无所顾忌,我们无所不用其极。我们还会将这样的无所顾忌、这样的无所不用其极上升到"智慧"的高度。

这是一个物质的时代,或者说,商品的时代,不少人因为对现状的失望,把他们(包括勒·克莱齐奥在内)的批判锋芒瞄准了物质,或者说,商品。这是荒谬的瞄准。物质没有错,商品更是无辜,我们唯一要问的是,我们自己丢弃了什么。这丢失不是发生在今天,它早就丢失了。它生龙活虎的、不知羞耻的"体现"则是在物质时代。可怜的物质时代,你遭受了多大的委屈!

我一直渴望自己能够写出一些宏大的东西,这宏大不是时间上的跨度,也不是空间上的辽阔,甚至不是复杂而又错综的人际。这宏大仅仅是一个人内心的一个秘密,一个人精神上的一个要求,比方说,自尊,比方说,尊严。我认为它雄伟而又壮丽,它是巍峨的。我把任何一种精神上的提升都看得无比的宏大,史诗般的,令人荡气回肠。很不幸,我承认我的看法会遭到反对。人们在意的"宏大"依然是一个古老的话题:把故事拉长到五十年至一百年;把故事放在三百六十万平方公里至八百六十万平方公里上——唯其如此,方能体现艺术,尤其是长篇小说的"规模"与"构架"。老实说,我深不以为然。为什么?那其实很容易,真的很容易。

我突然就想起来给我的儿子买鞋,在他七岁的那一年我带他去买鞋。七岁的孩子是崇敬爸爸的,他觉得爸爸大,爸爸的什么都大,大很了不起,所以,七岁的儿子也要大。他在鞋柜面前闹,他不要合脚的鞋,他要"像爸爸一样"穿"大鞋"。我告诉他,不行,你穿那样的鞋是要摔倒的,他不听,他宁可摔倒他也要大鞋。结果是这样的:他的两只小脚站在了两只大鞋里,像脚踩两只船。他的脸上绽开了幸福的笑容。我爱死了那个场景。

问题是,孩子干的事成人是不能干的,同样的事,七岁的孩子干了,他无比地可爱,成人去干呢,那是什么?我不知道,不体面那是一定的。

《推拿》的写作

作品和作家的组合关系也很有趣,如果是1995年——我写《哺乳期的女人》那一年——三十一岁的作者该如何去写《推拿》呢?我想可能是这样的:他一定会把《推拿》写成一部象征主义的作品,作品中的人物是次要的,人物的感情也是次要的,他要逞才,他要使性子,他要展示他语言的魅力,他要思辨。亨廷顿说了,这是一个"理性不及"的世界,借助于盲人这个题材,三十一岁的年轻人也许会鼓起对着全人类发言的勇气,试图图解亨廷顿的那句话。年轻人很可能会做出这样的决定:张三象征着局部,李四象征着局限,王五象征着人与人,赵六象征着人与自然——所有的人都在摸象,然后,真理在握。在小说的结尾,太阳落下去了,它在什么时候才能再一次升起呢？没有人知道。盲人朋友最终达成了这样一个伟大的共识：这个世界从来就没有太阳，它只是史前的一个蛋黄。

写作其实不是文学，而是化学。这么多年的写作经验告诉我，同样的人、同样的事，在不同的年龄阶段，它们在小说家的内部所构成的化学反应是完全不一样的。什么是好的语言？布封说："恰当的词放在恰当的地方。"什么是好的机遇呢？我会说："恰当的小说出现在恰当的年纪。"在恰当的年纪，作品与作者之间一定会产生最为动人的化学反应。

我写《推拿》的那一年是四十三岁，一个标准的中年男人。因为长期的家庭生活，中年男人有了一个小小的改变。过去，中年男人无比在意一个"小说家的感受"，为了保护他的"感受力"，他的心几乎是封闭的、绝缘的。但是，生活慢慢地改变了他，他开始留意家人，他开始关注"别人的感受"。对一个家庭成员来说，这只是一个小小的变化，但是，相对于一个小说家而言，他迈出了革命性的一步。

就在我写完《推拿》不久，我在答记者问的时候说了一句话："对一个小说家来说，理解力比想象力还要重要。"这句话当即遭到了学者的反对。我感谢这位学者的厚爱，其实他完全用不着担心，想象力很重要，这个常识我还是有的。我之所以把理解力放到那样的一个高度，原因只有一个，我四十三岁了。我已经体会到了和小说中的人物心贴心所带来的幸福，有时候，想象力没有做到的事情，理解力反而帮着我们做到了。

想象力的背后是才华，理解力的背后是情怀。一个四十七岁的老男人可以很负责任地说,人到中年之后,情怀比才华重要得多。

情怀不是一句空话,它涵盖了你对人的态度,你对生活和世界的态度,更涵盖了你的价值观。人们常说,中国的小说家是"短命"的,年轻时风光无限,到了一定的年纪,泄了。这个事实很能说明一个问题,我们不缺才华,但我们缺少情怀。

小说家的使命是什么?写出好作品。这句话只说对了一半。小说家也有提升自身生命质量的义务。在我看来,生命的质量取决于一件事,作为一个人所拥有的情怀。我渴望自己有质量,虽不能至,心向往之。

我至今也不认为《推拿》是一部多了不起的作品,但是,对我来说,它意义重大。我清晰地感受到,通过这本书的写作,我和生活的关系扣得更紧凑一些了,我对"人"的认识更宽阔一些了。这是我很真实的感受。基于此,我想说,即使《推拿》是一部失败的作品,在我个人,也是一次小小的进步。

我找到了我的新方向,我又可以走下去了。